Konrad Schaef, Werner K. Giesa
Manfred Wegener, Achim Mehnert

Exposé Thomas Ziegler

2107
Vorstoß nach Katai

SCIENCE FICTION-ROMAN

BLITZ-VERLAG

Postfach 11 68, 51556 Windeck

Telefon: 02292/7870, Fax: 02292/6340

Internet: www.blitz-verlag.de

Sollte Ihre Bezugsquelle nicht alle Titel des Blitz-Verlages verfügbar haben,
können Sie fehlende Bände bei folgender Adresse nachbestellen.

ROMANTRUHE-BUCHVERSAND

Hermann-Seger-Straße 33-35, 50226 Frechen
Telefon: 02234/273528, Fax: 02234/273627
Internet: www.Romantruhe.com, E-Mail: Romantruhe@t-online.de

Unverlangte Manuskripte bitte nur an folgende Adresse als Kopie einreichen.
Eine Rücksendung erfolgt nicht.

Manuskript-Redaktion:

Andreas Kuschke, Billerbeck 25, 29465 Schnega

Leserbriefe, Kritik, Anregungen etc. bitte nur an folgende Adresse.

Öffentlichkeitsarbeit und Leserkontakt:

Alfred Wallon, Heidestraße 8, 35085 Ebsdorfergrund, Fon/Fax: 06424/4230

Cover: Swen Papenbrock

Gesamtherstellung: BLITZ-VERLAG

2. Auflage 901-1300 (neu überarbeitet)

ISBN 3-932171-70-5

1.

Lukas Hagen bekam einen heftigen Stoß in den Rücken und flog in die Zelle. Er stolperte und landete hart auf dem Boden. Dort verharrte er auf Händen und Knien, während die Tür hinter ihm zuschlug, und atmete schnaufend, bis er wieder halbwegs klar denken konnte. Nach einer Weile ging es ihm etwas besser; er drehte sich um und betrachtete seine Umgebung.

Die Zelle war eine kleine Kammer von kaum drei Metern im Quadrat. Vier grau-stumpfe Wände ohne Fenster. An der hohen Decke ein paar Leuchtkörper. Das Mobiliar bestand nur aus einem länglichen Podest ohne Auflage an der der Tür gegenüberliegenden Wand, das unschwer als Lager zu interpretieren war, und an der linken Schmalseite eine sanitäre Vorrichtung. Ansonsten war sein Gefängnis leer.

Er richtete sich mühsam auf und ging mit unsicheren Schritten zu dem Podest, um sich zu setzen. Er kniff die Augen zusammen und faltete beide Arme um seinen voluminösen Oberkörper, konnte aber nichts gegen das unkontrollierte Zittern tun. Wie war er bloß in diese schreckliche Lage gekommen?

Er versuchte, sich zu erinnern...

Mexiko!

DeGorm-City!

Die Show im Xanadu hatte ihren Höhepunkt erreicht. Die vollbusige Rothaarige an seiner Seite war immer ausgelassener geworden und ihre Andeutungen ständig anzüglicher. Als sie vorgeschlagen hatte, die Bar zu verlassen und die restlichen Stunden der Nacht an einem anderen Ort zu verbringen, hatte er nur zu gerne eingewilligt. Ohne zu überlegen war er ihr in jenes Apartmenthaus gefolgt. Er konnte sich noch entsinnen, daß sie lachend die Tür geöffnet hatte und...

Nichts.

Gähnende Leere.

An dieser Stelle riß der Film seiner Erinnerung ab. Er setzte erst wieder an jenem Punkt ein, als er vor wenigen Augenblicken durch einen

Korridor geschleift und in diese Zelle gestoßen worden war. »Dieses verdammte Luder«, murmelte Professor Lukas Hagen und schimpfte sich eine Weile und sehr ausdauernd einen hirnrissigen Narren, daß er der Rothaarigen – sie hatte sich Tiny genannt – auf den Leim gegangen war. Sie war nichts anderes gewesen als ein Lockvogel für eine Kidnapperbande, die im Auftrag irgendeines Syndikats handelte, soviel war ihm inzwischen klar geworden.

Aber wozu hatte man ihn entführt? Und wie, zum Henker, sollte er einen Ausweg aus dieser unwürdigen Lage finden? So sehr er sich auch das Gehirn zermarterte, es fielen ihm keine Antworten auf diese Fragen ein. Daß er inzwischen Tausende von Kilometern zurückgelegt und sich an einem gänzlich anderen Ort befand, wußte er zu diesem Zeitpunkt noch nicht. Ächzend legte er sich auf den Rücken und starrte gegen die Decke. Er war hundemüde, alle Glieder schmerzten, und in seinem Magen war ein ständiges, sehr lästiges Bohren. Seufzend schloß er die Augen. Die harte Unterlage malträtierte seine Wirbelsäule, doch in seiner augenblicklichen Verfassung hätte er auch auf dem nackten Fußboden einschlafen können. Nach einer Weile sank er in einen flachen, erschöpften Schlaf...

Er hörte, wie die elektronische Verriegelung zurückschnappte und die Tür zur Seite glitt. Aber erst ein derber Schlag ins Gesicht machte ihn richtig wach. Eine Faust packte Hagen vorn am Jackett, zerrte ihn mühelos wie eine Feder hoch, stellte ihn auf die Füße. Dann wurde er durch die Tür hinausgestoßen.

Draußen wartete ein weiterer schwerbewaffneter Wächter in einem grau-grünen Kampfanzug. Sie nahmen ihn zwischen sich und zerrten ihn schnell davon, wobei sie nicht gerade sanft mit ihm umgingen.

Sie gingen durch einen fensterlosen, nur von Leuchtplatten erhellten Korridor. An seinem Ende blieben sie vor einer Tür stehen. Der eine Wächter klopfte an, wartete einen Augenblick und schob dann seinen Gefangenen in den hell erleuchteten Raum, während er und sein Kumpan draußen blieben.

Lukas Hagen war nun ganz wach und spürte, wie sein Herz schwer in derBrust schlug.

Er blinzelte in das grelle Licht. Der Raum schien leer zu sein. Als sich seine Augen an die Helligkeit gewöhnt hatten, sah er sich einem

Mann gegenüber, der jenseits des Lichtkreises hinter einem geschwungenen Tisch saß und ihn fixierte. Der Mann war hager, hatte ein hartes Gesicht und einen durchtrainierten Körper. Wie eine Stahlfeder. Die Haut über den Wangenknochen hatte einen leichten gelblichen Schimmer. Trotz seiner zur Schau gestellten Langeweile machte er den Eindruck einer angriffslustigen Viper. Er musterte den nur 160 Zentimeter großen dicken Wissenschaftler mit ausdruckslosen Blicken. Schließlich zeigte er mit einer knappen Kopfbewegung auf einen Sessel vor seinem Schreibtisch.

»Setzen Sie sich!«

Hagen blieb stehen.

Sein Gegenüber furchte die Stirn, dann zuckte er die Achseln. In seinen Augen trat ein Glitzern.

»Okay, bleiben Sie stehen. Bis Sie Ihre Lage voll und ganz verstehen, sollen Sie nur zuhören.« Er musterte seinen unfreiwilligen Gast mit einem Ausdruck höhnischen Amüsements, schwieg einen Moment und fuhr dann fort: »Wissen Sie, daß Sie ganz oben auf unserer Todesliste stehen?«

»Ich... ich verstehe nicht«, ächzte Lukas Hagen, und hundsgemeine Angst badete ihn in wahre Schweißbäche; sein Doppelkinn zitterte, und die eisgrauen Augen unter dem schütteren, aschblonden Haar blickten erschreckt. »S-sie scheinen mich mit jemanden zu verwechseln...«

»Geben Sie sich keine Mühe. Wir wissen alles über Sie.« Der Hagere blickte auf das in die Tischoberfläche eingelassene Display und las vor: »Lukas Hagen, geboren 2057 in Mega-Berlin. Studium der Robotik an der TU-Berlin mit abschließender Professur. Experte der moranischen Robotik. Astrospezialist. Seit langem Mitarbeiter in der Forschungsabteilung der HTO-Corporation – und erklärter Feind der Gaia-Front.«

Es erschreckte Lukas Hagen, daß sie so viel über ihn wußten. Er fürchtete sich. Er war längst nicht so tapfer, wie er sich einzureden versuchte. Sein ganzer Körper verkrampfte sich, und er brauchte alle Energie, um auf den Beinen zu bleiben.

»Sie sind mit einer verdammt blühenden Phantasie gesegnet«, brachte er trotzdem hervor. »Ich bin nie und nimmer dieser Lukas Hagen.«

Sein Gegenüber lehnte sich vor, lächelte unbestimmt und drückte einen Kontakt. Die beiden Wächter kamen herein. Sie blieben hinter Hagen stehen.

»Lassen wir doch dieses alberne Katz-und-Maus-Spiel, Professor.« Der Mann erhob sich. Er kam um den Schreibtisch herum und setzte sich dicht vor Hagen auf die Schreibtischkante. »Wir haben die Möglichkeit«, sagte er mit einer Sanftheit, die erschreckender war als jede Drohung, »die Wahrheit aus Ihrem eigenen Mund zu hören. Und damit Sie sehen, was ich meine, halte ich eine praktische Demonstration für das beste.«

Bevor er wußte, was geschehen war, hatten ihn die beiden Wächter gepackt. Der Mann vor ihm kam mit einer silbern schimmernden Pistole auf ihn zu, preßte sie gegen Hagens Arm und drückte ab.

Ein zischendes Geräusch.

Ein leichter Schmerz.

»Laßt ihn los!«

Die Wächter traten zurück.

»Was war das denn?« fragte Hagen verdutzt und rieb sich den schmerzenden Arm. »Wenn das al...« Er kam nicht mehr dazu, seinen Satz zu vollenden.

Schweigend krümmte er sich, stürzte auf die Knie.

Sein Kinn berührte die Brust, die Hände krallten sich in den Nacken. In dieser Stellung kippte er nach vorn auf den Boden und drehte sich zur Seite.

Er begann zu zittern.

In Sekunden verwandelte er sich in ein zuckendes, winselndes Bündel. Finger und Unterarme, der Brustkorb und die Muskeln des Halses kontraktierten, wurden im nächsten Augenblick wieder gedehnt.

Aus seiner Kehle rang sich ein Stöhnen und Röcheln. Die Absätze der Schuhe trommelten ein hartes Stakkato in den Teppich. Krallenartig bohrten sich Finger in den Flor und rissen ganze Büschel heraus. Vor den weit aufgerissenen Augen erschienen rotierende Kreise in allen Farben des Spektrums. Der Herzschlag verlangsamte sich erst und beschleunigte innerhalb der nächsten Sekunde um das Doppelte. Schweiß rann in Sturzbächen über das feiste Gesicht, das von den unaufhörlichen Kontraktionen des Trigenemus zu einer Maske verzerrt wurde, die einem Dämon zu gehören schien.

Dann verließ das Blut die peripheren Gefäße. Er begann zu frieren. Wilde Krämpfe schüttelten ihn und warfen seinen massigen Körper auf dem Boden herum. Die Lippen zogen sich in der grauenhaften Parodie eines Grinsens von den Zähnen zurück.

Der Hagere studierte jede Phase dieses Anfalls; er durfte ihn nicht zu lange dauern lassen. Lukas Hagen sollte nicht sterben – noch nicht.

Es schien genug.

Er beugte sich zu dem wimmernden Bündel Mensch hinunter, setzte einen Injektor an und löste den Kontakt aus.

Die Wirkung setzte augenblicklich ein.

Hagens Körper streckte sich. Krämpfe und Schweißausbrüche verebbten, die Lungenfunktion stabilisierte sich, das Herz pumpte sauerstoffreiches Blut durch die Adern.

Er fühlte, wie das Bewußtsein langsam zurückkehrte. Sein Blick klärte sich, wenngleich er zunächst noch immer den Eindruck hatte, als sähe er alles doppelt.

Bis auch das verschwand.

Mit Hilfe der Wächter kam er mühsam auf die Beine, schleppte sich zu einem Sessel und fiel keuchend hinein. Übelkeit schüttelte und würgte ihn, zerrte an seinen Eingeweiden.

Die scharfe Stimme erklang erneut.

»Das war natürlich nur eine kleiner Vorgeschmack auf Künftiges. Mehr will ich Sie im Augenblick nicht durchmachen lassen, und dafür dürfen Sie mir dankbar sein.« Er setzte sich wieder an seinen Schreibtisch. »Beim nächsten Mal werde ich eine etwas größere Dosis nehmen. Die Wirkungszeit wird dann entsprechend länger dauern. Ich kann Ihnen versichern, es wird ein weitaus unangenehmeres Erlebnis sein.« Die Stimme schwieg kurze Zeit, dann fügte sie brutal hinzu: »Ohne das Gegenmittel werden sich bei den nächsten Anfällen die Herzkranzgefäße immer weiter zusammenziehen und schließlich nicht mehr öffnen. Ihr kostbares Gehirn erhält keinen Sauerstoff mehr – das ist der Tod für Sie, Professor! Wir könnten aber auch das Gegenmittel etwas zu spät injizieren. Sie würden dann zwar weiterleben, aber der dadurch hervorgerufene Sauerstoffmangel wird irreparable Schäden im Hirn hinterlassen. Sie wären für den Rest Ihres beschissenen Lebens nichts als ein lallender, sabbernder Idiot. Unangenehme Vorstellung, wie?« Professor Lukas Hagen öffnete die blutunterlaufenen, medikamentenumnebelten Augen und starrte ins Licht. »Kaum«, stieß er hervor. »Wie ich euch Gesindel kenne, werde ich so oder so getötet. Was spielt da Ihre Warnung für eine Rolle?«

»Eine große, Professor. Eine sehr große!«

Lukas Hagen wandte den Kopf zur Seite. Die bewaffneten Wächter standen noch immer hinter ihm. Vergebens suchte er in ihren Gesichtern nach Anzeichen von Anteilnahme.

Der Hagere legte die Fingerspitzen zu einer Pyramide zusammen und sah ihn darüber hinweg an.

Hagens Gedanken waren weit weg.

Die Wärme war wie ein schweres Tuch, das alle Empfindungen dämpfte und sämtliche Geräusche wie durch Stummfelder filterte. Sein vegetatives System focht erbitterte Kämpfe mit den Reizstoffen des Medikaments. Nur langsam sickerten die Worte in sein Gehirn.

»Es handelt sich um eine außerordentlich effektive Droge. Bei unseren Versuchen mit – hm – Probanden stellte sich heraus, daß sie eine längere Einwirkung dieser Droge nicht überlebten.«

Hilflos bewegte Hagen den Kopf. Die Erschöpfung der abklingenden Tortur kerbte tiefe Linien um seinen Mund. Er flüsterte rauh: »Fahren Sie zur Hölle…«

Sein Gegenüber blieb gelassen und gab einem seiner Leute ein Zeichen. Der trat neben den Gefangenen, und seine Hand machte eine mit den Augen kaum wahrnehmbare Bewegung.

Von einem Schlag gegen die rechte Kinnseite getroffen, stürzte der Wissenschaftler aufschreiend vom Stuhl. Er landete hart auf der Seite, wälzte sich herum und kam benommen hoch; auf seinen Lippen spürte er Blut. Wie durch Watte hörte er das, was der Hagere sagte.

»Sie werden noch auf den Knien darum flehen, schnell sterben zu dürfen. Darauf gebe ich Ihnen mein Wort.«

Jetzt verließen Hagen die Kräfte. Er öffnete den Mund, brachte aber keinen Laut hervor. Der Wächter rückte wieder näher, hob erneut den Kolben seiner Strahlwaffe. Sein Gesicht schwoll zu einer grotesken Maske an.

Hagen brachte es fertig, in dieses übertrieben große, undeutliche Gesicht zu spucken, bevor in seinem Schädel grelle, bunte Lichter explodierten und er in einen bodenlosen, nachtschwarzen Schacht stürzte.

Die Nacht war stickig heiß, und kaum ein Lüftchen regte sich am nordöstlichen Kai des Lago de Managua. Jenseits des Kais erstreckte sich die ölige dunkle Wasserfläche des Sees, in der sich der sternenübersäte Himmel der südlichen Erdhemisphäre spiegelte. Shalyn Shan und Takagawa wechselten kaum ein Wort miteinander. Ihnen war nicht zum Reden zumute. In der Dunkelheit duckten sich Reihen von Lagerhallen und aufgelassener Schlachthäuser; die Außenbezirke der verrotteten Hafenanlage waren wie eine Kulisse aus Dantes Inferno und erinnerten an eine Stadt nach einem langen Krieg mit pausenlosen Bombardierungen. Verwahrloste, zusammengefallene Häuser säumten die Straßen; Trümmer herabgefallener Mauern verhinderten ein rasches Fortkommen.

Die Moranerin und Anake Takagawa wateten durch Abfall und Müll. Kleine Schatten huschten durch den Unrat.

»Vorsicht!« mahnte Shan. Takagawa knurrte verhalten.

»Keine Sorge«, erwiderte er und trat gedankenschnell nach der riesigen Ratte, die keine Chance gegen seine hochgezüchteten Reflexe hatte und quieckend durch die Dunkelheit flog. »Ich gebe acht!«

Irgendwo erklang krächzendes Gelächter und bewies, daß in den dunklen, heruntergekommenen Seitenstraßen noch Leben herrschte; Parias, Ausgestoßene, die ohne Hoffnung in den seit langem für unbewohnbar erklärten Gebäuden dahinvegetierten. Die beiden hielten sich in der Mitte der mit Unrat übersäten Straße. Hinter einer Mauer jaulte ein Hund, andere stimmten ein. Und für Minuten war die Nacht von ihrem Geheul erfüllt. An den Ecken waren längst keine Straßennamen mehr angebracht, aber Shalyn Shan kannte die allgemeine Richtung, die sie einhalten mußten, um Kontakt mit diesem Possko aufzunehmen.

Ein vom See kommender, lauer Wind trug den Gestank von faulendem Tang und verwesenden Fischen heran. Dazu gesellte sich der penetrante Gestank aus den alten Schlachthäusern. Der in Mega-Tokio geborene Abenteurer rümpfte von dem Gestank angewidert die Nase, während er zwei Schritte neben Shalyn Shan herging, mit der Hand an der Waffe nach allen Seiten sichernd.

Ein Kribbeln im Nacken warnte ihn, daß er die Automatik in dieser Nacht vielleicht noch brauchen würde. Früher einmal, sehr viel früher, war Managua mit über 615000 Einwohnern Hauptstadt und Verwaltungssitz des Departement Managua gewesen, hatte eine Technische Universität und mehrere Akademien besessen; das ethnologische Institut hatte Weltruf gehabt. Vom all dem Glanz und Ruhm war nichts mehr vorhanden. Inzwischen war Managua zur Grauzone Mittelamerikas geworden, zur ›Stadt der Gesetzlosen‹, die von rivalisierenden Gangstersyndikaten beherrscht wurde, die vom Drogenschmuggel in die TSU, der TERRA STATES UNION, lebten, vom Menschenraub, Waffenhandel und anderen kriminellen Geschäften. Managua war längst eine Brutstätte des Bösen, Treffpunkt von Verrückten, Terroristen und Verbrechern aus aller Welt. Die Stadt bot all jenen Unterschlupf, die Dreck am Stecken und genug Sols hatten, um sich den Schutz der Syndikate erkaufen zu können, unter denen das Damokles-Syndikat, das Aushängeschild der Gaia-Front, sich mit besonderer Härte hervortat.

Die Gaia-Front war es auch, so hatte ihm die Moranerin erklärt, die Professor Lukas Hagen in ihrem Hauptquartier in Managua gefangenhielt. Einen Robotik-Experten und HTO-Forscher.

Sie waren hier, um den Wissenschaftler zu befreien. Shan wollte ihn unbedingt als Astrospezialisten für die Crew der neuen PROMET gewinnen.

Ihren gepanzerten Gleiter, der sie in diesen Teil der Erde gebracht hatte, hatten sie am Stadtrand versteckt unter einen halb zusammengestürzten Dach eines niedrigen Schuppens zurückgelassen.

Shan konsultierte ihren handtellergroßen CompTracker; im fahlen Leuchten des kleinen Bildschirm wirkte ihre Miene angespannt. Dann orientierte sie sich und wies mit einer Handbewegung in die neue Richtung.

Sie kamen um eine Ecke. Dieser Possko mußte jetzt ganz in der Nähe sein. Sie sahen eine Reihe kleinerer, halbverfallener Häuser. Außer ihnen beiden schien in dieser Gegend niemand auf den Beinen zu sein. Plötzlich ertönte gedämpftes Stakkato aus einer Seitenstraße. Schreie ertönten, erstarben in gutturalen Lauten. Wieder ertönte ein Krachen, diesmal heller.

Eine andere Waffe. Offenbar eine Schießerei, schloß Takagawa und erinnerte sich, daß Shalyn Shan davon gesprochen hatte, daß zur Zeit wieder einmal ein brutaler Bandenkrieg zwischen den Syndikaten herrschte.

Zwischen zwei zerfallenen Gebäuden führten drei Stufen von einem Absatz nach unten in einen schmalen Durchgang. Sie huschten vorsichtig die Gasse hinunter. Takagawas ausgestreckte Fingerspitzen glitten zu beiden Seiten an den Mauern entlang. Es war unvorstellbar dreckig und stank entsetzlich. Sein Fuß stieß unbeabsichtigt gegen einen schlafenden Hund, aber das verwahrloste Tier winselte nur und schleppte sich aus dem Weg. Am Ende der Gasse wandten sie sich nach rechts und gingen nach allen Seiten sichernd weiter. Hier lagen allerlei alte Kisten und sonstiges Gerümpel herum. Eine magere Katze fauchte Shalyn Shan an und huschte lautlos in die Dunkelheit.

Dann öffnete sich die Gasse auf einen Platz, der von alten Fabriken und halbzerfallenen Fertigungshallen gesäumt wurde.

»Dort!« murmelte die Moranerin und deutete mit einer knappen Handbewegung auf eines der Gebäude.

Sie huschten über den Platz. Unkraut wucherte zwischen den geborstenen Platten. Sie drangen in ein ehemaliges Lagerhaus ein.

»Hier muß es sein«, murmelte Shalyn Shan und sah sich aufmerksam um.

Die Halle war leer.

Niemand war da und erwartete sie; das Mondlicht fiel in breiten Bahnen durch die leeren hohen Fenster und verbreitete genügend Helligkeit.

Erneut warf die Moranerin einen Blick auf den Tracker; dieser Possko hatte ihr gesagt, er würde sie beide um Mitternacht in dieser verfallenen Industrieanlage erwarten. Takagawa schaute auf seine Uhr; es war bereits fünfzehn Minuten nach zwölf. Das allein genügte schon, um ihn mißtrauisch zu machen, und er war bereits soweit, an eine Falle zu glauben, als er in der Dunkelheit ein Geräusch hörte. Er fuhr herum; gleichzeitig mit ihm hatte Shan ihre Waffe in der Hand, und sie sahen, daß sich hinter ihnen in der Wand des Lagerraumes eine kleine Tür geöffnet hatte, aus der jetzt ein Mann trat. Er war mittelgroß, kahl und trug einen overallähnlichen Anzug mit vielen Taschen, der aussah, als habe er mehrere Wochen darin geschlafen.

Possko!

Er warf hastige Blicke nach allen Seiten, dann fixierte er lauernd seine beiden Besucher. Er sah eine etwa dreißig Jahre alte, 170 Zentimeter große exotische Schönheit vor sich, deren leicht schrägstehende Augen von intensiv-grüner Farbe waren. Sie hatte hohe Wangenknochen, einen sinnlichen Mund und silberfarbene, schulterlange Haare. Der gleichgroße Mann neben ihr hatte ein wüst zernarbtes Gesicht, dunkle Augen und trug sein pechschwarzes Haar lang und zu einem Pferdeschwanz gebunden. Sein martialisches Aussehen wurde noch durch die umgehängten Waffen verstärkt, die unmißverständlich signalisierten: Dieser Mann ist gefährlich! Dabei war es die attraktive Frau, die ungemein gefährlicher war, aber das konnte Possko nicht wissen.

»Shan und Takagawa?« flüsterte er, besorgt, die Nacht könnte ihn hören.

Die Moranerin nickte.

Possko öffnete die Tür weiter und forderte sie auf, einzutreten. Nachdem er die Tür wieder geschlossen hatte, zog er an einer schmalen Kette, und der Raum wurde überflutet vom Licht einer nackten Leuchtstoffröhre, die unter der Decke angebracht war. Es war ein kleiner Raum, und die zertrümmerte Einrichtung machte den Eindruck, als hätte er früher als Büro gedient.

Possko zog eine Flasche aus einer der vielen Taschen seines Anzugs, schraubte mit hastigen Bewegungen den Verschluß ab und trank lange und gierig.

Als er die Flasche absetzte, schien er sich etwas beruhigt zu haben, trotzdem blickten seine weitgeöffneten, blutunterlaufenen Augen nach wie vor gehetzt. Takagawa hatte solche Augen schon gesehen, bei Hunderten von Menschen. Es waren die Augen eines in ständiger

Angst lebenden Mannes. Offenbar befand er sich in einer permanenten Paranoia; als Waffenhändler und Spitzel der World-Police hatte er auch allen Grund, sich zu ängstigen.

»Die Information, Possko«, sagte Shan ungeduldig und warf mit einer Kopfbewegung einen silberfarbenen Haarschopf aus der Stirn. Wie unbeabsichtigt legte sie die Hand auf den Kolben der Strahlwaffe.

»Nicht so schnell«, erwiderte er, und seine Blicke glitten von ihrer Figur zur Waffe, die ihn sichtlich nervös machte. »Nicht bevor ich die fünftausend Sols bekommen habe. Erst dann liefere ich die Information, wo genau sich euer Mann aufhält und wie ihr unbemerkt hineinkommt.«

Die Moranerin dachte nach, aber nicht lange. Fünftausend Sol waren ein geringer Preis für das, was er zu bieten hatte. Obwohl sie mit ihren empathischen Fähigkeiten spürte, daß er etwas vor ihnen verbarg. Aber im Grunde hatten sie keine andere Wahl, doch das brauchte er nicht zu wissen. »So läuft das nicht«, wehrte sie ab. »Du begleitest uns. Wir wollen sichergehen.« Und sie warnte ihn vor dem, was ihm widerfahren würde, wenn er krumme Sachen machte.

»Ich meine es wirklich ehrlich, Shan«, winselte Possko.

»Dann ist es ja gut«, bemerkte Shalyn, wohl wissend, daß dieser Waffenhändler es alles andere als ehrlich meinte. »Ich sage dir, was wir machen: Zweieinhalb jetzt, die andere Hälfte dann, wenn du uns zum Headquarter gebracht hast.«

Possko schüttelte den Kopf. »Nein. Alles auf einmal. Jetzt sofort. In der Stadt wimmelt es von Leuten, die hinter mir her sind. Schon aus dem Grund kann ich euch nicht begleiten. Man würde mich bestimmt entdecken.«

»Wer ist hinter dir her, Possko«, fragte Anake hart, »und warum?«

»Das braucht euch nicht zu kümmern«, wehrte Possko ab und sah den Sohn Nippons schief an. »Es hat nichts mit diesem Geschäft zu tun. Es ist persönlich.«

Jetzt war es an Shalyn Shan, den Kopf zu schütteln.

»Keine Chance«, beschied sie ihm knapp. »Entweder du bringst uns hin, oder du kannst den Deal vergessen.«

Possko kämpfte sichtlich mit sich. Etwas schien ihn daran zu hindern, ihrer Forderung nachzugeben, andererseits war da die Gier nach dem Geld. Letzteres überwog offenbar, denn er willigte dann doch ein. Sichtlich genervt steckte er die Hälfte der vereinbarten Summe in die Tasche. Dann führte er die beiden durch eine eiserne Tür in die angrenzende Lagerhalle.

Unter staubigen Planen verborgen stand ein verbeulter, mit Schrammen übersäter CombiTurbo. Possko schimpfte und jammerte vor sich hin, während er sich hinters Lenkrad setzte und die Maschine anließ. Nach einigem Husten und Würgen startete der Motor mit einem dumpfen Grummeln.

»Worauf wartet ihr noch?« rief er und zappelte hinter dem Steuer herum. Shalyn Shan ließ sich auf dem Rücksitz des startklaren Wagens nieder. Anake grinste böse und glitt neben dem Waffenschieber auf den fleckigen und nach Staub und Öl stinkenden Sitz. Der schwere Strahler bohrte sich in seine Magengrube. Er zog ihn aus dem Holster und legte ihn in seinen Schoß; die Mündung zeigte dabei wie unbeabsichtigt in Posskos Richtung.

Der Waffenschieber stöhnte unterdrückt auf, und sein Fuß trat das Gaspedal nieder. Mit einem urweltlichen Röhren bewegte sich der zerschrammte Turbo durch die halbzerfallenen Tore auf den Vorplatz hinaus, bog mit polternden Reifen auf die Straße und brauste los.

Possko scherte sich den Teufel um die innerstädtisch vorgeschriebene Richtgeschwindigkeit. Im Kegel der Scheinwerfer zischten Autowracks vorbei. An den Kreuzungen stoben vereinzelte Gestalten vor dem heranbrausenden Turbo davon. Es herrschte um diese Zeit kein nennenswerter Verkehr, und so kamen sie relativ rasch vorwärts.

Als Anake seinen Kopf aus dem Fenster steckte und hinauf in den Nachthimmel blickte, sah er in einiger Entfernung über einem vielgeschossigen Gebäude das Gaia-Logo leuchten. Dort befand sich das Hauptquartier des Damokles-Syndikats. Possko steuerte darauf zu.

Auf dem verlassenen Parkplatz eines mit schweren Gittern verrammelten Einkaufzentrums stellte er die Maschine ab; hinter den Bäumen eines Parks erhob sich das Damokles-Headquarter. Keine fünf Fußminuten entfernt. Sie verließen den Turbo.

Possko streckte die Hand aus.

»Das Geld«, verlangte er. Anake grinste. »Die Information, Possko?«

Possko seufzte. Er kramte in einer seiner zahlreichen Taschen. »Da!« Er schnippte Anake einen münzgroßen Datenträger zu.

»Und wie soll uns dieser Mikrochip helfen?« Anake betrachtete den Waffenhändler und Spitzel mit hochgezogenen Brauen. »Er enthält einen virtuellen Gebäudeplan des managuanischen Gaia-Headquarters«, versicherte der Waffenhändler mit lapidarer Stimme, aber Shalyn blieb der nervöse Unterton nicht verborgen.

»Wie werden wir unseren Mann finden?«

»Keine Sorge.« Ein mürrischer, verschlagener Blick traf den Mann aus Mega-Tokio. »Ein... ein Freund hat den Gebäudecomputer angezapft«, fuhr Possko fort, »und Zugriff auf fast alle Daten der verschiedenen Sicherheitsebenen genommen. Der Chip enthält den genauen Aufenthaltsort dieses Professors. Ihr braucht nur dem grünen Icon auf dem Display zu folgen.«

»Na dann.« Anake grinste Possko an, ein Grinsen, das sich ausschließlich auf seine Lippen beschränkte.

Possko streckte erneut fordern die Hand aus.

»Das Geld!« mahnte er nervös, ängstlich sich nach allen Seiten umblickend. »Ich habe meinen Teil der Abmachung erfüllt.«

Shalyn händigte ihn die restliche Summe aus.

Possko steckte die Scheine ein, ohne sich zu vergewissern, ob der Betrag die geforderte Höhe hatte. Grußlos verschwand er in der Dunkelheit. Den Turbo ließ er einfach stehen.

2.

In einem anderen Distrikt bewegte sich ein Mann zielstrebig durch die höhlenartigen Straßen eines heruntergekommenen Ghettoviertels von Managua. Die Gehwege waren von Unrat übersät. Verwahrloste Gestalten lagen zusammengerollt unter alten Pappkartons an den Mauern und in den Eingängen. Auf den Straßen verlassene, zerstörte, ausgebrannte Wagen, durch die sich der spärliche Verkehr seine Bahn suchte. Ein mit zerschrammten Platten und Stahlgittern gepanzerter Wagen voller grölender Teenager pflügte mit röhrender Maschine rücksichtslos durch die Ansammlung von Schrott; in seinem Schlepp ein ebenfalls gepanzerter Wagen der Metro-Police, der die johlende und schreiende Jugendbande mit wimmernden Sirenen und zuckenden Warnlichtern verfolgte. Der Mann trat kurz in den tiefen Schatten einer Haustür und wartete, bis der Streifenwagen um die nächste Ecke gebogen war. Etwas raschelte hinter ihm – und mit einer nur Bruchteile von Sekunden scheinenden Bewegung erschien eine schimmernde Waffe in der Hand des Mannes. Der integrierte Laserscanner zuckte durch die Dunkelheit und fiel auf ein altes Gesicht mit dunklen Augen und grauem, schmierigem Haar, das ihn verständnislos entgegenstarrte; der Alte kauerte unter seinem Karton, als hätte das Leben ihn vergessen.

»V-verschwinde, das ist m-mein Platz.«

Es war ein kaum wahrnehmbares Flüstern, das aus einem zahnlosen Mund kam.

Der Mann grunzte und steckte die Waffe weg.

»Keine Sorge, Alter«, murmelte er, »soweit ist es noch nicht.«

Den Eindruck machte er auch nicht. Er war noch jung, höchstens Mitte Zwanzig, zwei Meter groß und breitschultrig. Das Licht einer trüben Straßenlampe spiegelte sich auf einem völlig haarlosen Schädel. Der Mann nannte sich Cyberjohn Five; für die wenigen Freunde, die er in seinem an Ereignissen nicht gerade armen Lebens gewonnen hatte, war er einfach Cy.

Er kramte aus seinen Taschen einen zerknüllten Geldschein hervor und ließ ihn vor dem Pappkarton auf den Boden fallen, dann trat er auf den Gehweg hinaus und ging weiter. Durch eine kleine Seitengasse kam er zum José da Cruz-Theater. An der Ecke blieb er kurz stehen und blickte zum Himmel. Durch den Smog, der Managua wie eine giftige Wolke einhüllte, schimmerte der bleiche Mond – ein seltsam rötlicher Farbton.

Dann betrachtete er das Geschehen auf der Straße.

Um diese Zeit herrschte kein nennenswerter Verkehr, und er sah auch keinen weiteren Streifenwagen der Metro-Police. Das beruhigte ihn, denn er konnte sich keine Kontrolle seiner Person leisten. Er hatte schon früher in der Stadt der Gesetzlosen zu tun und wiederholt mit den zweifelhaften Gesetzeshütern von Managua zu schaffen gehabt und nicht gerade die besten Erfahrungen gemacht. Die korrupten Beamten fackelten nicht lange, und es kam immer wieder vor, daß sie jemanden in eine Zelle sperrten, um ihn dort für eine ganze Weile einfach zu vergessen.

Auch der ewige Krieg der Nacht, in dem rivalisierende Syndikatsleute in immer wieder auflodernden Gewaltausbrüchen einander umbrachten, schien für den Augenblick eine Atempause zu machen. Five ging weiter.

Nicht zu langsam, als wäre er auf etwas ganz Bestimmtes aus, aber auch nicht zu schnell, um nicht den Argwohn der Syndikatsleute zu erregen, die die eigentlichen Herren der Stadt waren. Laute Musik kam aus den vielen Bars, an denen er vorüberkam. Auch hier ragten zwischen Ladenpassagen und Apartmenthochhäusern halbzerstörte Gebäude empor, aber die Verwahrlosung war weit weniger ausgeprägt als in den Außenbezirken. Reklamelichter summten und blitzten, und vor den Geschäften und Apartmentlobbys standen unübersehbar grimmig blickende und schwerbewaffnete Männer der Syndikate, die den Schutz dieser Einrichtungen übernommen hatten.

Unterwegs blickte er sich ein paarmal unauffällig um. Niemand hatte sich an seine Fersen geheftet. Niemand schien Notiz von ihm zu nehmen – bis auf die vier Typen, die plötzlich aus einer Seitenstraße auftauchten und hinter ihm herkamen.

Er holte seine Nachtsichtbrille von HTO aus der Brusttasche und setzte sie auf. Die winzigen Dioden im oberen Rand wechselten von Grün auf Rot, und die Gläser paßten sich den herrschenden Lichtverhältnissen an; die Weitwinkellinsen wirkten wie Spiegel und erfaßten alles, was hinter und seitlich von ihm vorging. Er taxierte die Gruppe – und entspannte sich. Es schien sich um Halbwüchsige zu handeln. Ein Mädchen im schrillen Outfit und mit vulgärer Sprache war darunter. Sie bildeten keine Gefahr für ihn; offensichtlich handelte es sich um eine Straßengang, die während ihres nächtlichen Streifzuges auf Beute aus war.

Auch als sie aufholten und näherkamen, machte er sich keine Sorgen.

Wenn sie klug waren, legten sie sich besser nicht mit ihm an. Sie waren nicht klug.

Sie waren sogar ausgesprochen dumm – oder zugedröhnt. Five blieb kurz vor einem Waffengeschäft stehen und tat so, als ob er aufmerksam die Auslagen betrachte, die hinter massiven Gittern geschützt lagen. Nach ein paar Augenblicken bog er in eine Seitenstraße und tat weiter so, als ob er beim langsamen Weitergehen die Schaufenster betrachtete. Bewußt ging er nicht schneller. Er war durchaus in der Lage, sich bei einem Angriff zu verteidigen, falls es sich als notwendig erweisen sollte. Er blieb erneut stehen, diesmal vor dem nach innen versetzten Eingang eines Eros-Centers. In die Reihen der gelangweilt blickenden Nutten, die in der Lobby herumlungerten, kam Bewegung. Die meisten von ihnen waren erschreckend jung, daran änderte auch der grelle Farbauftrag nichts.

Er machte eine abwehrende Geste und trat wieder auf den Gehweg hinaus, gefolgt vom schimpfenden Gekeife der Nutten.

Er war noch keine zehn Schritte gegangen, als er eine Bewegung in den Weitwinkelgläsern seiner Brille erfaßte. Er drehte sich gelassen um – und starrte geradewegs in den Lauf einer abgesägten Riot-Gun. Eine antiquierte Waffe, aber offensichtlich das Lieblingsspielzeug des Burschen dahinter. Der Kerl, ein Bursche wie ein junger Pampastier, hielt sich mit beiden Händen daran fest.

Der Mann blickte von der Waffe auf den Jungen, schaute ihm in die Augen. Es war ein Managuaner von höchstens achtzehn Jahren mit langen schwarzen, ölig schimmernden Haaren und einem roten Stirnband – und offensichtlich der Boß der Bande.

Five war versucht, zu lachen, ließ es aber. Statt dessen sagte er: »Sieht aber gemein aus. Wozu die wohl gut ist?«

»Wirst du gleich feststellen, Glatze!« sagte der Anführer begeistert und grinste selbstgefällig. Die anderen beiden Typen, nicht viel älter als sechzehn, eher jünger, grinsten ebenfalls, und das Mädchen himmelte ihn mit sichtlichem Stolz an. Jetzt grinste er noch stärker und trat einen Schritt näher.

Der Mann vor ihm hob die Schultern. Was dann geschah, gab den Beteiligten noch lange Zeit zu denken, denn sie waren überzeugt, mit eigenen Augen das Unmögliche gesehen zu haben. Die linke Hand des Kahlen vollführte eine zuckende Bewegung. Finger aus Stahl umschlossen den Lauf der Pump-Gun, und Sekundenbruchteile später flog sie durch die Dunkelheit. Gleichzeitig schoß eine eisenharte Handfläche gegen die Brust des Gangführers, die ihn mehrere Schritte zurückschleuderte, als er wäre er aus vollem Lauf gegen etwas Unsichtbares geprallt. Mit verdrehten Gliedern blieb er mitten auf dem abfallübersäten Gehweg liegen.

Erst jetzt hörte man in der Ferne das scheppernde Aufklatschen der Waffe.

Während das Mädchen kreischend zu ihrem Freund lief, baute sich einer der beiden anderen vor Five auf. Er riß ein Schnappmesser aus der Tasche und ließ die Klinge herausspringen.

»Du hast meinem Kumpel ganz schön wehgetan, Glatze«, sagte er und richtete das Messer drohend auf Cy. »Das war gar nicht nett von dir. Deshalb werde ich deine Haut in Streifen schneiden. Ja, das werde ich.« Ein nervöses Grinsen entblößte seine schlechten Zähne.

Five hob beide Hände in Schulterhöhe. »Aber nur, wenn du noch dämlicher bist, als du schon aussiehst, was ich stark annehme.«

»Hä…? Was war das?« fragte der Bursche und richtete das Butterfly drohend auf Five.

Cy seufzte. Wie konnte er erwarten, daß der Intelligenzquotient dieses Halbwüchsigen ausreichte, zu begreifen, was er ihm zu verstehen geben wollte? »Laß es gut sein, Junge, steck das Messer ein, nimm deinen Kumpel, und die Sache ist erledigt.«

»Nichts ist erledigt!« Der Junge spuckte aus, während die kleine Schlampe im Hintergrund kreischte: »Verfluchte Scheiße. Schlitz ihn auf, Zeke! Schneid' ihm unser Logo in die Glatze. Bring' den Sack um, er hat Murph ernstlich verletzt.«

Zeke nickte entschlossen, packte sein Messer fester, trat einen Schritt vor und ließ die scharfe Klinge nur wenige Zentimeter vor Fives Gesicht durch die Luft sausen.

Cy Five sagte beinahe mürrisch: »Okay, Junge, du weißt hoffentlich, du hättest es bequemer haben können…«

Er wartete erst gar nicht, bis Zeke zum Stich ausholte, sondern brach ihm mit einem gedankenschnellen Fußtritt das linke Knie. Es knirschte häßlich. Zeke schrie vor Schmerz laut auf und taumelte zurück. Das Messer entfiel ihm, er stürzte zu Boden und wimmerte leise vor sich hin, plötzlich gar kein megacooles Gangmitglied mehr, sondern ein erschreckter, verstörter Fünfzehnjähriger. Blieb nur noch der Vierte, ein schmächtiger Junge in topmodischer Kleidung, die an seinen Gliedern schlotterte; sie entstammte offensichtlich einer Plünderung.

Als Five einen Schritt auf ihn zumachte, wich der Magere erschrocken zurück. Er überlegte noch, ob er ihm noch ein bißchen Angst einjagen sollte, als er in der Ferne das Wimmern einer Polizeisirene hörte. Eine polizeiliche Untersuchung war das Letzte, in das er sich verwickeln lassen wollte; die Art und Weise, wie er mit der Straßengang fertig geworden war, hätte sicher Aufsehen erregt.

Aus diesem Grund verdrückte er sich rasch in eine Hofeinfahrt, nur um zu entdecken, daß deren Ende von einem an die drei Meter hohen Drahtzaun versperrt war. Da das Wimmern der Sirenen bereits bedenklich nahe klang, schätzte er rasch den Zaun ab, kletterte gewandt über die Absperrung und gelangte so in eine andere Seitengasse, die schließlich auf eine belebte Straße führte. In einer Garküche stillte er seinen Hunger und setzte dann den Weg fort.

Er kam am Tikal-Stadion vorüber, ging über die Veracruzana-Brücke, die den mit stinkendem, verölten Brackwasser gefüllten Kanal überspannte und lenkte seine Schritte in die nach Norden führende Avenida Santillana. An ihrem Ende lag sein Ziel: das Hauptquartier des Damokles-Syndikats.

Gegen zwei Uhr morgens tauchte der Mond hinter dem See unter die Kimm. Shalyn Shan und Anake Takagawa verbargen sich unter den herabhängenden Zweigen eines Baumes auf der Südseite der La Pequena Plaza, deren Nordseite vom Damokles-Headquarter begrenzt wurde, und starrten hinüber zu dem Gebäude, dessen indirekt angestrahlte Fassade sich in die Nacht erhob. Vor dem kathedralenartigen Haupteingang war niemand zu sehen; daß das Gebäude nicht gänzlich verlassen war, sah man daran, daß sich von Zeit zu Zeit Liftkabinen durch die durchsichtigen Aufzugsröhren bewegten.

Anake murmelte: »Nachdem es uns gelungen ist, ungesehen bis hierher zu gelangen, bin ich neugierig, ob unser weiteres Vordringen von

von ebensoviel Fortune begleitet sein wird.« Mitunter gefiel er sich in einer etwas antiquierten Sprechweise.

»Warum nicht.« Die Moranerin lächelte in der Dunkelheit. Allerdings, so optimistisch, wie sie sich Anake gegenüber gab, war sie nicht. Leise Zweifel nagten an ihr. Fast fürchtete sie, den Plan zur Befreiung Hagens zu spontan gefaßt und nicht genügend durchdacht zu haben. An und für sich war sie Anhängerin der Theorie, daß jeder Einsatz gewann, je länger und intensiver die Vorbereitungen waren. Anderseits war es aber oft die plötzliche Spontaneität, mit der sie schon die größten Erfolge erzielt hatte.

»Was glauben Sie, auf wieviel Widerstand wir stoßen werden?« fragte Takagawa und knetete die Finger in den geschmeidigen Handschuhen.

»Wir werden sehen. Sind Sie bereit?«

»Bin ich.«

Die Stimme des Abenteurers und polyglotten Exopsychologen klang ruhig, obwohl er der noch unbekannten Auseinandersetzung entgegenfieberte.

»Dann los!« sagte die exotische Schönheit vom Planeten Moran mit angespannter Stimme.

Eine Lawine begann sich in Bewegung zu setzen, ohne daß es die beiden ahnten. Winzige Steinchen rollten. Zögernd erst, aber unaufhaltsam. Wie sich später herausstellen sollte, würden sie nicht nur diesen eng begrenzten Teil der Erde erschüttern.

Gleich Schatten unter Schatten huschten sie hinüber zu einem Nebeneingang, der, wie Possko versichert hatte, weniger stark bewacht war.

Tatsächlich waren nur zwei Wachen zu sehen, normale Wächter, keine Assassinen. Sie lungerten vor dem nach innen versetzten Eingang und unterhielten sich.

»Überlassen Sie sie mir!« flüsterte Anake. Seine Worte wurden vom Kehlkopfmikro in die tropfenförmige Hörkapsel übertragen, die die beiden in den Ohren trugen.

Er griff nach der schweren Hochdruckwaffe in seinem Brustholster. Eine Spezialanfertigung aus den HTO-Labors. Anstelle von Kugeln verschoß sie aus einem großen Magazin winzige Hohlnadeln, die mit einem schnell wirkenden Lähmungsgift präpariert waren. Jetzt zischte die Waffe zweimal kurz auf. Das Geräusch ging völlig im Hintergrundlärm der nie zur Ruhe kommenden Stadt unter.

Die Wächter sackten zusammen. Sie würden für mindesten eine Stunde bewegungsunfähig sein. Mehr Zeit brauchten die beiden nicht. Shalyn und Anake schleiften die reglosen Gestalten in das dicht wachsende Jakarandagebüsch wenige Schritte neben dem Eingang. Dann huschten sie zurück. Die Flügeltür öffnete sich widerstandslos unter dem Druck der Hände, nachdem Anake mit dem Detektor festgestellt hatte, daß sie keinen Alarm auslösen würden. Geräuschlos schloß Shalyn sie wieder hinter ihnen. Von weitem hörten sie gedämpfte Stimmen. In unmittelbarer Nähe war alles ruhig.

»Kennen Sie sich aus?« wisperte Anakes Stimme in Shalyns Ohr.

»Ich nicht«, antwortete sie, »aber dieses Ding hier.« Sie hob leicht ihren CompTracker, in dessen Speicher bereits die kleine, nur münzgroße Disk steckte, die ihnen Possko überlassen hatte.

»Also dann!«

Shalyn orientierte sich kurz, dann wandten sich die beiden nach rechts in den Seitenflügel. Geräuschlos bewegten sie sich durch diesen Teil des Damokles-Headquarters und kamen in einen Vorraum, hinter dem es, dem virtuellen Gebäudeplan zufolge, zum Tiefparterre und den Gefängniszellen ging.

Die wuchtigen Doppeltüren schwangen lautlos auf.

Ein breiter Gang öffnete sich. Anake machte eine rasche Handbewegung, zog scharf die Luft ein.

Ein weiterer bewaffneter Wächter saß am Ende des Ganges vor einer Bildschirmkonsole, wandte ihnen den Rücken zu und betrachtete eine Reihe von Monitoren.

Anake beseitigte ihn. Von einer der Hohlnadeln getroffen, sank der Wächter sofort zu Boden. Sekunden später standen die beiden neben dem Mann. Anake entlud die Waffe, dann schob er den schlaffen Körper unter die Konsole. Shalyn lauschte gespannt. Aber alles blieb still.

»Weiter!« murmelte sie. »Dort hinunter.« Sie nickte in Richtung Treppe, die sich hinter dem Knick des breiten Ganges befand und in die Tiefe führte.

Zielstrebig liefen sie die Stufen hinab. Unten angelangt, sahen sie einen Korridor vor sich, der sich in der Tiefe verzweigte. An der Decke der Gänge waren Mercury-Röhren befestigt, die helles Licht verbreiteten, und die Luft war frisch und kühl.

Und keine Wachen!

Shalyn Shan blieb am Fuße der Treppe stehen. Unschlüssig nagte sie an ihrer Unterlippe. »Was ist?« kam Anakes Stimme drängend. »Gefahr?«

Die Moranerin schüttelte den Kopf. »Worauf warten wir dann?« Sie zögerte noch immer.

Ihre empathischen Fähigkeiten sagten ihr, daß keine physische Gefahr in unmittelbarer Nähe drohte. Aber gerade das war es, was sie beunruhigte. Bislang waren sie auf verdächtig geringen Widerstand gestoßen.

Sie teilte ihm ihre Zweifel mit.

»Eine Falle?« Anake dachte über die Möglichkeit nach. »Wenn das zutrifft, könnte es etwas unangenehm werden«, bemerkte er schließlich.

»Daran läßt sich jetzt nichts mehr ändern. Außerdem können meine Zweifel auch unbegründet sein.« Sie schwieg einen Augenblick. Dann: »Los, bringen wir's hinter uns. Sollten wir wirklich in eine Falle laufen, können wir uns noch immer den Kopf darüber zerbrechen, wie wir ihr begegnen.«

Der Sohn Nippons nickte und verzog sein zernarbtes Gesicht; seine dunklen Augen leuchteten tatendurstig.

Dem grünen Leuchtpfeil auf dem Trackerbildschirm folgend, bewegten sie sich rasch durch die Gänge, ohne einen Blick hinter die zahlreichen Türen zu werfen, an denen sie vorüberkamen. Schließlich hatten sie die gesuchte Zelle gefunden. Das Icon auf dem Trackerschirm wurde zu einem pulsierenden Punkt.

Mit einer Handbewegung machte Shalyn Anake aufmerksam.

»Hier ist es.«

Hinter der Tür war es still.

Shalyn griff nach dem Knauf, als sie ein scharfes »Stop!« des Mannes aus Mega-Tokio zurückhielt, der seinen Scanner auf die Tür gerichtet hatte.

»Sicherungen?« erkundigte sie sich leise. »Einige«, bestätigte Anake. »Optische Signalanlage, magnetische Verriegelung und was dergleichen Scherze mehr sind. Die Einfälle der Erbauer sind schon recht ermüdend.«

»Schwierigkeiten?«

Anake knurrte abfällig.

»Dann fangen Sie an!«

Anake mußte nur einen Teil seines tatsächlichen Könnens unter Beweis stellen. Schließlich glitt die massive Tür seitlich in die Wand. Keine Alarmanlage schrillte.

Nach einem letzten, sichernden Blick in die Runde huschten die beiden in die Zelle.

Shalyn atmete scharf ein, als sie die massige Gestalt sah, die auf dem niedrigen, nackten Podest hingestreckt lag und stoßartig röchelte. Der Mann schien ohnmächtig zu sein.

Shalyn beugte sich über ihn und ergriff seine Hand.

Der Mann bewegte sich, öffnete die blutunterlaufenen Augen, starrte sie blicklos an und wich in panischer Furcht gegen die Wand zurück.

»Bei den Cegiren!« murmelte die Moranerin. »Was hat man Ihnen angetan, Professor?«

Lukas Hagen bot in der Tat einen entsetzlichen Anblick. Man hatte ihn geprügelt, hatte seinen Körper mit Fußtritten und Faustschlägen traktiert. Aus Schrammen und Rissen sickerte Blut; ältere, bereits verschorfte Verletzungen ließen erkennen, daß er schon länger diesen Torturen ausgesetzt sein mußte.

»Professor Hagen«, sagte sie mit eindringlicher Betonung, ohne seine Hand loszulassen, »hören Sie, wir sind Freunde!« Sie sprach die letzten Silben sehr nachdrücklich aus. »Wir arbeiten für die HTO und sind gekommen, um Sie zu befreien.«

»W-wer sind Sie?«

Shalyn wiederholte ihre Worte. Und langsam erschien Begreifen in den eisgrauen Augen des Wissenschaftlers.

»Mein Gott«, murmelte er, »ich habe nicht mehr daran geglaubt, daß ich lebend hier herauskomme!«

Ächzend versuchte er, sich aufzurichten. »Langsam, Professor. Nichts überstürzen.« Shalyn hielt ihn mit der flachen Hand zurück.

»Sorgen wir erst dafür, daß Sie sich für einen bestimmten Zeitraum wohlfühlen.«

Sie waren für derartige Situationen gerüstet.

Sie fingerte aus einer der Armtaschen ihres overallähnlichen Anzugs einen Gegenstand, der einem voluminösen Schreibstift glich und eine Hochdruckspritze darstellte, preßte die Spitze gegen Hagens Hals und löste aus, noch ehe dieser eine abwehrende Bewegung machen konnte.

Binnen Sekunden klärte sich der Blick der matten Augen, und Lukas Hagen richtete sich mit erwachender Energie auf. »Was haben Sie mir da gegeben?« forschte er; er schien sich blendend zu fühlen.

»Einen Cocktail verschiedener Substanzen, Professor«, befriedigte sie seinen Wissensdurst. »Amphetamine, Seren sowie ein paar zusätzliche Stoffe, die Ihren Adrenalinspiegel in Topform bringen. Für die nächsten vierzehn Stunden werden Sie sich wie ein junger Gott fühlen...« Anake räusperte sich im Hintergrund sarkastisch, weshalb sie einschränkte: »Na ja, sagen wir, wie ein etwas älterer Gott. Aber danach heißt es schleunigst, eine weiche Unterlage finden, wenn Sie nicht wollen, daß Sie dort einschlafen, wo Sie sich zu diesem Zeitpunkt gerade befinden.«

Anake mahnte laut: »Wir haben noch knapp vier Stunden, ehe es hell wird. Ich schlage vor, wir machen uns aus dem Staub.«

Vorsichtig schoben sich die drei auf den Gang hinaus. Niemand war zu sehen.

Mit einem Handzeichen bedeutete Shalyn Anake und Hagen, ihr zu folgen. Der Rückweg gestaltete sich etwas langsamer als das Eindringen. Aber Minuten später näherten sie sich wieder der Treppe, über die sie den Zellentrakt erreicht hatten, und betraten die Stufen.

Unbehelligt kamen sie hinauf. Schoben sich um die Ecke – und von einer Sekunde zur anderen änderte sich die Situation grundlegend.

Aus Lautsprechern wimmerten Alarmsirenen. Stählerne Schotten schoben sich aus den Korridorwänden und versperrten den Weg zum Nebentor, durch das sie in das Gebäude eingedrungen waren.

Eine computergenerierte Stimme begann zu plärren: »UNBEFUGTE EINDRINGLINGE – UNBEFUGTE EINDRINGLINGE.« Anake stieß einen Fluch aus, blickte wild um sich, so daß sein pechschwarzer Pferdeschwanz nur so flog, und zischte: »Und ich war sicher, daß wir ungeschoren davonkommen würden!«

»W – was ist jetzt los?« jammerte Lukas Hagen, und sein Doppelkinn zitterte vor Furcht.

»Keine Panik«, beschwichtigte ihn Shalyn, die neue Situation in Sekundenbruchteilen analysierend. »Man hat uns nur entdeckt, das ist geschehen.«

Sie orientierte sich an dem virtuellen Gebäudeaufriß, den ihr der CompTracker lieferte.

»Dort hinüber«, befahl sie und deutete auf eine breite, doppelflügelige Pendeltür, »wir müßten so in die Haupteingangshalle kommen. Vielleicht besteht eine Möglichkeit, von da ins Freie zu gelangen. Unseren Gleiter könnte ich dann mittels der Fernsteuerung herbeirufen!«

Diese Möglichkeit erwies sich als Trugschluß, wie ihnen kurze Zeit später bewußt wurde, als sie die hell erleuchtete Lobby erreichten und erkennen mußten, daß der Platz vor den Glasportalen von schwerbewaffneten Männern in gefleckten Kampfanzügen abgeriegelt war: Assassinen, die paramilitärisch ausgebildete und gefürchtete Mördertruppe der Gaia-Front, die sich vor einem Kampf meist mit Psiotin vollpumpten, was ihnen hypnotische Fähigkeiten verlieh, die sie zur Unterdrückung jeglicher Gegenwehr einsetzten.

Anake Takagawa war ein Mann, der das Wort ›Angst‹ eigentlich nicht kannte. Von Zeit zu Zeit überfiel ihn lediglich ein Gefühl der Unsicherheit. Jetzt war es besonders stark.

»Verdammt!« sagte er wutentbrannt. »Wenn ich diesen Possko in die Finger kriege, wird er sich wünschen, niemals geboren worden zu sein. Eine Falle! Ein hundsgemeiner Hinterhalt! Von Anfang an! Ich...«

Er kam nicht mehr dazu, seinen Satz zu beenden.

Ein halbes Dutzend Assassinen stürmten durch die aufzischenden Portale, richteten die schweren Impulsgewehre auf die drei im Inneren des Atriums und feuerten, was das Zeug hielt.

Shalyn versetzte Professor Hagen einen gezielten Tritt, der ihn hinter die hufeisenförmige Empfangstheke und in Deckung beförderte. Das geschah so schnell und unerwartet, daß er nicht mal vor Überraschung aufschreien konnte. Anake Takagawa hatte längst hinter den

Konsolen Schutz gesucht und feuerte bereits aus seiner Waffe zurück.

Während die Geschoßgarben durch den Raum jaulten, in die Wände schlugen und gezackte Löcher rissen, griff Shalyn in das Gefecht ein.

Ein Wächter wagte sich etwas zu weit vor. Sie schaltete mittels Daumendruck die Laserzielerkennung hinzu und erledigte ihn mit einem Schuß.

Der Mann wurde hoch- und zurückgerissen und landete krachend auf dem Boden.

»Anake! Dort!«

Shalyn deutete mit dem Lauf ihrer Waffe zur Seite.

Zwei martialisch ausstaffierte Gestalten stürmten vor und beschossen die geschwungene Empfangskonsole.

»Schon entdeckt.«

Anake fuhr herum.

Riß die Waffe hoch und traf den Söldner, der versuchte, mit Hakentricks seitlich an ihnen vorbeizukommen, um sie in die Zange zu nehmen, zwischen die Augen.

Der zweite stürmte im Zickzack wieder zurück in die Deckung einer Sitzgruppe, und eine Spur von Impulsgeschossen aus Shalyns Waffe folgte seinen Schritten, holte ihn ein und trieb ihn an der Sitzgruppe vorbei und hinein in die übermannshohen Glasscheiben des Eingangsbereichs. Er verschwand in einer Wolke von flirrenden Glassplittern, die krachend auf ihn herabstürzten und dabei einem weiteren Assassin den Kopf vom Rumpf trennten, der das Pech hatte, sich nicht rechtzeitig in Sicherheit bringen zu können.

So unvermittelt der Überfall begonnen hatte, so plötzlich endete er.

Die beiden noch im Inneren der Lobby befindlichen Assassinen zogen sich fluchtartig zurück. Und für einen Augenblick kehrte Ruhe ein.

Anake sah Shalyn an. Ein angespanntes Grinsen lag auf seinem zernarbten Gesicht.

»Erraten Sie, was ich denke?«

»Sicher. Die Schlacht ist noch lange nicht geschlagen – die Übermacht ist zu groß, denke ich...«

»Womit Sie recht haben, Shalyn Shan vom Planeten Moran«, kam eine machtvolle Stimme aus der Höhe.

Einem Echo gleich hallte die getragene Stimme durch das Atrium und schien von allen Seiten gleichzeitig zu kommen.

Während Lukas Hagen erschreckt zusammenzuckte, sprang Anakes Blick in der Lobby umher, suchte die Quelle zu lokalisieren.

Die Eingangshalle war hoch, reichte über mehrere Etagen. Im Hintergrund führte eine breite Treppe nach oben, daneben mehrere Liftröhren. An den Wänden eine Reihe von Sitzgelegenheiten, Pflanzeninseln, die die nüchterne, funktionelle Strenge auflockerten und die Lobby in verschiedene Zonen einteilten. Vor der Treppe lag die Empfangstheke, hinter der sie in Deckung saßen. Links und rechts davon, etwa in Höhe der ersten Etage, jeweils ein großer Bildschirm. Ein fahles Leuchten wie der Nachhall eines Wetterleuchtens glomm auf, und von den Schirmen blickte ein nebelhaftes Gesicht herunter, wurde deutlicher und ausgeprägter.

Es war das Gesicht eines grauhaarigen, rauschebärtigen, alttestamentarischen Propheten.

Es war ein Gesicht, das jeder auf der Erde kannte.

Es gehörte Adamson, dem geheimnisumwitterten Führer der terroristischen Gaia-Front. Er war ein Mann, der noch niemals als natürliche Person irgendwo aufgetreten war, sondern immer nur als virtuelle Manifestation durch die Datenbanken der weltweit vernetzten Computern geisterte, wo er von den Bildschirmen Haß auf alle Außerirdischen und auf die Raumfahrtgesellschaften predigte. Sein Credo war die Rückkehr zur ›guten alten Zeit‹ vor der interstellaren Raumfahrt, die für ihn Schuld an allen Übeln trug, die die Menschheit seit dem verhängnisvollen Absturz der LANZELOT und der Freisetzung gefährlicher außerirdischer Lebensformen in Zentralasien überkam wie die sieben biblischen Plagen. Die Kolonisierung fremder Planeten war für ihn widernatürliches Teufelswerk, und er erklärte die Raumfahrtkonzerne, allen voran die HTO, sowie die verhaßten Moraner zu willfährigen Werkzeugen des Urbösen.

»Sie, Adamson«, sagte Shalyn ohne Betonung. »Würde es Sie sehr treffen, wenn ich Ihnen sage, daß mich Ihre Show kein bißchen beeindruckt?«

Das übermannshohe Gesicht Adamsons wandte sich jetzt ihr direkt zu. Er blickte finster und furchteinflößend drein.

»Geben Sie auf«, forderte er. »Kapitulieren Sie. Ich verspreche Ihnen als Gegenleistung einen schnellen, schmerzlosen Tod.«

Gleichmütig hob Shalyn die Schußwaffe. Ein Feuerstoß ließ die beiden großen Schirme bersten.

»War Ihnen das Antwort genug?« fragte sie in den Raum, nachdem der Lärm verstummt war.

»Sie sind eine Närrin«, erwiderte Adamson, jetzt auf den kleinen Monitoren der Empfangstheke vervielfältigt sichtbar. »So verlängern Sie nur Ihr Leiden – und das Ihrer Begleiter. Ihr Ende wird lang und qualvoll sein. Vertrauen Sie darauf...« Das Bild zerflackerte auf den Monitoren, und Adamson verschwand wieder in seiner virtuellen Welt.

Aber seine letzten Worte schienen als Signal gewirkt zu haben. Die Reihen seiner willfährigen Kreaturen vor dem Portal hatten sich wieder gefüllt, und Shalyn war sicher, daß inzwischen das ganze Gebäude umstellt sein mußte. In geschlossener Front drangen sie langsam auf den Eingang zu.

Shalyn schüttelte verwundert den Kopf.

»Verstehen Sie das, Anake?« fragte sie, die heranrückenden Assassinen im Auge behaltend.

»Anake...?«

Er antwortet nicht! durchzuckte es Shalyn Shan. Die schwache Andeutung einer Bewegung schräg hinter ihr veranlaßte sie, sich umzudrehen. Sie stieß einen gepreßten Schrei aus.

»ANAKE!«

Ihr Kopf zuckte vor dem Hieb zur Seite, den Anake Takagawa eben mit seiner Waffe ausführen wollte. Die ins Leere gehende Bewegung ließ ihn taumeln. Aber schon hatte er sich wieder in der Gewalt, drang erneut auf sie ein. Sie wich vor ihm zurück, sah, wie sich der Professor aus seiner Deckung erhob und mit ausgestreckten Händen und leerem Gesicht versuchte, nach ihr zu greifen.

Jetzt erst vernahm sie die subvokalen Befehle am äußersten Rand ihres empathischen Empfindens.

Ein flatterndes Rauschen, nicht mehr. Es hatte keinen Einfluß auf sie, dank ihrer mentalen Fähigkeiten, umso mehr aber auf die Menschen, die den hypnotischen Beeinflussungen der Assassinen hilflos ausgesetzt waren.

So wie Anake und der Professor. Was jetzt? Die beiden waren nicht ansprechbar, ließen sich durch nichts zu Vernunft bringen, solange sie unter dem hypnotischen Bann der ständig näherrückenden Assassinen standen.

Und solange waren sie eine Gefahr für Shalyn.

Nein, keine eigentliche Gefahr.

Sie waren nur hinderlich bei dem bevorstehenden Kampf mit den Assassinen. Deshalb wandte sie eine der Techniken an, die sie als Meisterin der moranischen waffenlosen Kampftechnik Berserk im Schlaf beherrschte: sie schlug die beiden kurzerhand nieder. Schade. Sie unterdrückte ein Seufzen und zerrte die reglosen Körper tiefer in den Schutz der Konsolen, dann richtete sie sich auf und widmete der anrückenden Streitmacht Adamsons ihre ungeteilte Aufmerksamkeit.

Daß dabei mit ihr eine grundlegende Veränderung vorgegangen war, wußte nur sie – oder bestenfalls ein anderer Berserk-Meister moranischer Schule: Sie hatte sich in die Berserk-Kampftrance versetzt.

Berserk war nicht irgendeine Kampftechnik, wie es deren unzählige in der bekannten Galaxis gab. Äußerlich betrachtet eine Angriffs-und Selbstverteidigungstechnik ähnlich den Techniken von ›Gorin-no-sho‹, der Kunst des Samurai-Schwertweges des japanischen Samurai-Philosophen Myamoto Musashi, allerdings ohne Waffen, war Berserk auf Moran in Jahrhunderten in den Berserk-Akademien zu einer Angriffs- und Verteidigungsphilosophie gereift, die jenseits menschlicher Begriffsvorstellung lag. Die zielstrebige Hinführung zur absoluten Meisterschaft durchlief viele Stadien und war ein langwieriger Prozeß. Aber einmal die Meisterschaft erlangt, war ein Berserk-Meister in der Lage, sich in Sekundenbruchteilen in eine Kampftrance zu versetzen, die das Schmerzempfinden ausschaltete, sämtliche körperlichen Reserven mobilisierte, ihre Reaktionen um ein Vielfaches steigerte, die Reflexe beschleunigte, ihre Bewegungsabläufe verdoppelte und die Körperkräfte verfünffachte.

Sie hechtete aus der Deckung über die Empfangstheke – mit einer perfekten Flugrolle, deren Schwung sie wieder auf die Beine kommen ließ. Die Bewegung war so schnell und fließend, daß sie kaum mit dem Auge zu verfolgen war. Ihr Berserk-Lehrer wäre stolz auf sie gewesen. Sie fuhr herum, drehte sich dabei im Kreis, und ihre Waffe schickte flammenden Tod in die Reihen der anstürmenden Assassinen. Dann rannte sie los.

Wie ein tanzender Derwisch jagte sie von Deckung zu Deckung, erledigte einen Söldner nach dem anderen. Zwei Assassinen versuchten, sie in die Zange zu nehmen, ein dritter gesellte sich hinzu. Kugeln schlugen rings um sie in den Boden, in die Verkleidung des Pflanzenkübels, hinter dem sie gedankenschnell Deckung gesucht hatte. Glutheiße Einschläge fuhren dort in den Boden, wo sie eben noch gestanden hatte. Querschläger sirrten durch die Halle, schlugen in die Wände ein. Verkleidungen schmorten, flammten in Sekundenbruchteilen infolge der kinetischen Energieentwicklung auf und brannten mit zähem Qualm. Die Luft begann sich aufzuheizen. Eine atemlose Sekunde lang verharrte sie. Ein Assassine stürzte an ihr vorbei, drehte sich im Sprung und versuchte, sie mit einem Feuerstoß zu treffen. Aber so schnell er auch war – Shalyn war schneller. Sie rollte herum, hob die Waffe und riß den Abzug durch. Die Automatik stieß einen peitschenden Laut und eine unterarmlange Feuerzunge aus, und vier Meter vor Shalyns Gesicht verlor der Söldner seinen Kopf. Ein nur einen Sekundenbruchteil später erfolgter Feuerstoß erledigte die beiden anderen.

Sie rannte weiter, zur linken Seite hinüber. Die wenigen Schritte schienen die längsten ihres Lebens zu sein.

Wo war der Ausweg aus dieser verfahrenen Situation?

Sie hatte keine Angst, war viel zu beschäftigt, um ängstlich zu sein. Für Panik blieb keine Zeit. Zu viele Dinge, die ihre Aufmerksamkeit erforderten. Doch langsam setzte sich in ihr die Erkenntnis fest, daß ihrem verzweifelten Kampf gegen diese Übermacht diesmal wohl kein Erfolg beschieden war.

Da nahm sie eine Bewegung am äußersten Rand ihres Sichtfeldes wahr. Sie drehte sich, um den neuen Gegner ins Visier zu nehmen, dann hielt sie überrascht inne. Er war ein breitschultriger Riese, das kantige Gesicht blickte stoisch unter einem haarlosen Schädel, während er durch die geborstene Eingangsfront ins Innere der Lobby sprang. Er pflügte regelrecht durch die verwirrten Söldner Adamsons und brachte einige zu Fall, ohne daß erkennbar war, wie er es zuwege brachte. Seine Bewegungen kamen so schnell, daß sie für das menschliche Auge kaum feststellbar waren. Das unterarmlange Rohr einer laserunterstützten Automatik in seiner Linken wirkte fast wie ein Spielzeug, ein Spielzeug, das Tod und Verderben verbreitete. Den sensorbestückten Lenkprojektilen konnte niemand ausweichen, der einmal von der Trägerwelle erfaßt worden war.

Wer war der Fremde?

Shalyn fuhr instinktiv zurück, als er erneut seine Waffe abfeuerte. Ein Assassine wurde mitten im Sprung getroffen; mit verrenkten Gliedern stürzte er zu Boden. Qualm stieg aus seiner Brust.

Der Fremde blickte kurz zu Shalyn hinüber, lächelte seltsam. Er sagte etwas, das im allgemeinen Kampfgetümmel unterging – Shalyn glaubte nur zwei Worte zu verstehen: »...Hilfe brauchen...« Er schoß zwei Assassinen nieder, fegte zwei weitere mit der rechten, zu einer Kralle gekrümmten Hand von den Beinen und feuerte pausenlos weiter, wobei er die Waffe im Halbkreis schwenkte. Das konnte kein Mensch sein! Der Fremde wirkte wie ein Roboter, wie er so mit maschinenhafter Präzision und unglaublich raschen Reaktionen gegen die Assassinen vorrückte.

Jetzt sah er in ihre Richtung, stieß die rechte Faust in die Höhe, spreizte zwei Finger ab und machte eine kreisförmige Bewegung.

Shalyn nickte mehrmals, stieß erleichtert den Atem aus. Die Lage hatte sich sehr zu ihren Gunsten verändert. Wer immer der Fremde war, im Augenblick stand er jedenfalls ihr zur Seite.

»Okay«, rief sie laut über das Kampfgetümmel hinweg. »Ich weiß zwar nicht, ob Sie mich verstehen. Aber ich habe verstanden!«

Sie sprintete hinüber auf die andere Seite.

Shalyn Shan und der Fremde schossen jetzt gleichzeitig. Das Krachen ihrer Waffen mischte sich in die Feuerstöße der Assassinen, die, in die Zange genommen, langsam zurückwichen.

Und plötzlich war Ruhe, die Halle leer, ebenso der Vorplatz.

Shalyn erhob sich aus der Deckung, zögerte, schaute auf den Fremden und sagte: »Wir haben es geschafft. Oder?«

»Ich denke, ja.«

Er nickte, und seine Augen sahen aus, als lächelte er. Er schlug seinen knielangen, weiten Mantel zurück und nahm einen frischen Streifen aus einer Gürteltasche. Mit beherrschten Bewegungen wechselte er das leergeschossene Magazin gegen ein volles aus. Der Qualm und der Gestank nach verbrannten Polymeren verzog sich langsam in Richtung der geräuschlos arbeitenden Klimaanlagen.

»Ich danke Ihnen«, sagte Shalyn ernst. Sie drehte sich zu ihm hin und öffnete den Mund, um noch etwas hinzuzufügen, dann hielt sie überrascht inne. Ihre Augen weiteten sich unmerklich, als sie unter dem zurückgeschlagenen Mantel sah, daß sein Körper in einem gitternetzartigen, bis hoch zum Halsansatz reichenden Exoskelett steckte, das aus fingerdicken Strängen eines schwarzen Materials bestand.

Ein Cyborg?

Und erst jetzt sah sie die münzgroßen Cyberbuchsen an seinen Schläfen, die ihm eine ultimative Verbindung zwischen seinem Gehirn und externen Computersystemen verschaffen mußten.

Er war ein Cyborg. Shalyn bemerkte, daß er sie mit erhobenen Brauen ansah, offenbar weil sie ihn anstarrte. Sie räusperte sich, ging auf ihn zu, legte ihm eine Hand auf den Arm und blicke ihm – nun wieder ganz gelassen – in die Augen.

»Sie haben es gut gemacht, Mister…«

»Five«, erwiderte er. »Cyberjohn Five. Danke, ich…« Er unterbrach sich mitten im Satz. Seine Aufmerksamkeit richtete sich auf etwas, was er aus den Augenwinkeln flüchtig wahrgenommen hatte. Hinter der halb zerstörten Empfangstheke rührte sich etwas.

Der Lauf der Automatik in seiner Hand ruckte hoch…

Shalyn stoppte ihn mit einer Handbewegung. »Keine Gefahr. Die beiden gehören zu mir.«

Anake richtete sich benommen auf, tastete nach seiner Schläfe und verzog die Lippen, als er die schmerzende Stelle berührte.

»Alles in Ordnung?« fragte Shalyn.

Er nickte, warf einen erstaunten Blick auf den Fremden neben der Moranerin.

»Es tut mir wirklich leid, Anake.« Sie lächelte entschuldigend. »Aber Sie ließen mir keine andere Wahl… Erklärung folgt später.«

Auch Lukas Hagen rappelte sich wieder auf.

»Bin ich tot?« fragte er mit zitternder Unterlippe.

Anake stieß ein abfälliges Brummen aus, und Shalyn meinte: »Ich glaube nicht, Professor…«

»Was nicht ist, kann noch werden«, warf Cyberjohn Five ein, »wenn wir nicht sehr schnell überlegen, wie wir von hier verschwinden können. Adamsons Schergen dürften nicht lange brauchen, sich von ihrer Niederlage zu erholen.«

Ächzend und prustend und mit Hilfe von Anake kam Professor Hagen auf die Füße. Sein Gesicht durchlief alle Schattierungen von Angst, Panik und Überraschung, als er das Durcheinander in der Lobby sah. Er schüttelte den Kopf. »Nur Tote«, murmelte er. »Mein Gott! Der reinste Krieg!«

»Wir sollten uns wirklich aus dem Staube machen«, erinnerte Five, »sonst kommen sie noch mal rein und kriegen uns endgültig am Arsch.«

»Und wie stellen Sie sich das vor? Schauen Sie mich an«, jammerte Lukas Hagen und klopfte mit der überzogenen Theatralik eines sechstklassigen Provinzschauspielers auf seinen voluminösen Leib, »ich bin entsetzlich vom Fleisch gefallen, völlig entkräftet. Ich kann keinen Schritt gehen. Seit Tagen habe ich nichts Ordentliches mehr gegessen.«

»Sie sehen mich untröstlich«, sagte Anake mit zuckersüßer Stimme und harten Augen. »Aber ich glaube Ihnen nicht. Nicht bei dem Umfang.«

»Es entspricht der Wahrheit«, sagte Hagen dumpf und nickte mehrmals nachdrücklich. »Ich...«

Shalyn gab Cyberjohn Five ein Zeichen in Richtung des larmoyanten Professors. Wie unbeabsichtigt richtete der den Lauf seiner schrecklichen Waffe auf den Dicken. Hagen verstummte wie gelähmt.

»Niemand muß laufen«, sagte die Moranerin in die Stille. »Abgesehen davon, daß wir wahrscheinlich nicht weit kämen.« Noch während sie redete, tasteten ihre Finger einen Kode in den Minicomputer an ihrem linken Handgelenk, der wie eine etwas zu groß geratene Uhr wirkte.

Kilometer vom Damokles-Headquarter entfernt schreckte ein deutliches Summen zwei räudige Hunde aus ihrem flachen Schlaf. In dem in einem halb zerfallenen Schuppen versteckten Gleiter aktivierten sich im Standby-Modus schlummernde Instrumente, Stromkreise transportieren Energie. Eine bislang trübe flackernde Reihe von Lichtern strahlte auf. Die Generatoren des Gravopuls-Antriebs erwachten zum Leben.

Dann erhielt der Bordcomputer den entscheidenden Impuls – und der schwer gepanzerte Gleiter Shalyn Shans durchbrach das marode Dach und verschwand wie ein Schemen in der Nacht.

Jaulend kniffen die Hunde die Schwänze ein und rannten durch die Ruinen davon.

Doch da hatte der Gleiter schon sein Ziel erreicht und senkte sich aus der Dunkelheit herab.

Wenige Zentimeter über dem Boden verlangsamte die Automatik den Fall und ließ das Gefährt sanft wie eine Feder aufsetzen.

Noch während Shalyn Shan und die drei Männer über den Vorplatz rannten, rollte bereits die Schleuse hoch und der kurze Steg klappte heraus.

Cyberjohn Five, Takagawa und Hagen warfen sich im Mannschaftsraum in die hochlehnigen Sitze und klappten die gepolsterten Rückhaltevorrichtungen herunter.

Shalyn eilte nach vorn ins Cockpit und warf sich in den Pilotensitz. Der Steg wurde eingezogen, das Rolltor glitt herunter.

Die Moranerin warf einen sondierenden Blick nach hinten.

»Alles klar?«

»Nichts wie weg«, sagte Five wortkarg und nickte.

Ihre Hand schlug auf einen pilzförmigen Druckschalter.

Ein Monitor generierte einen pulsierenden Schriftzug: ALARMSTART. ALARMSTART.

Der Vorplatz und das Gebäude des Damokles-Syndikats verschwanden in der Tiefe.

Wenig später war die ›Stadt der Gesetzlosen‹ nur noch ein schwach leuchtender Fleck auf der dunklen, schorfigen Haut des Planeten Erde. Die Gravopuls-Aggregate des Gleiters gaben her, was sie hatten. Es war kein angenehmes Aufsteigen.

Der Andruck preßte Shalyn und die anderen für bange Momente in die Sitze, ehe die Andruckabsorber ausgleichend eingriffen. Aus dem Dunkel der Nacht aufsteigend, durchbrach der Gleiter in Richtung des kommenden Morgens die dünne Wolkendecke und befand sich wenig später im vollen Sonnenlicht.

»...Sie planen was, Verehrteste?« Professor Lukas Hagen beugte sich leicht ächzend vor. Strähnen seines schütteren, aschblonden Haars fielen ihm in die schweißbedeckte Stirn. Er fixierte die Moranerin mit leicht erstaunten Augen; die Krümel pikant gewürzter Maismehl-Chips rieselten von seiner Brust.

»Eine interstellare Forschungsexpedition«, wiederholte Shalyn, »die allen Teilnehmern Ruhm, Reichtum und Abenteuer bringen wird.«

»Habe ich mich doch nicht verhört«, murmelte Hagen undeutlich und zermalmte eine weitere Ladung Chips zwischen seinen Zähnen.

Sie flogen in großer Höhe auf einem Kurs, den nur Shalyn Shan kannte: die Steuerung des Gleiters hatte der Bordcomputer übernommen. Sie saßen im Mannschaftsraum zusammen. Shan und Anake hatten die überschwenglichen Dankesbezeugungen des Professors über sich ergehen lassen, der es noch immer nicht recht glauben wollte, daß er den Fängen des Damokles-Syndikats entronnen war. Nachdem sein Mund wieder einigermaßen leer war, fuhr Hagen fort: »Sie sagten ›planen‹, was hält Sie von der Ausführung ab?«

»Meine Crew.«

»Was ist damit?«

»Sie ist nicht vollständig...«

»Was fehlt Ihnen denn noch?«

»Unter anderem – ein Astrospezialist.«

»Hmm.« Hagen knabberte gedankenverloren an einem Chip, was sein Doppelkinn mit beifälligem Zittern begleitete. »Wie es der Zufall will«, bekannte er mit seiner leicht schrillen Stimme, »bin ich neben meinen anderen unvergleichlichen Fähigkeiten auch ein in Raumfahrtkreisen anerkannter Astrowissenschaftler. Aber davon mache ich kaum Aufhebens.«

»Ihre Bescheidenheit ehrt Sie«, meinte Shalyn. Die silberne Haarflut fiel von ihren Schulter, als sie sich ihrerseits Hagen entgegenbeugte; dieser verschluckte sich angesichts der atemberaubenden Perspektiven und begann mit hochrotem Kopf zu husten, während die Moranerin hinzufügte: »Sie sind ein Genie auf diesem Gebiet, mein lieber Professor. Alle Welt weiß das. Wenn ich da an Ihre Leistungen denke, die Sie an Bord des HTO-Prospektorenschiffes SCOTT unter Captain Özgan Türk bei dessen Reise zu den galaktischen Randzonen vollbracht haben – Respekt, Respekt.« Keine Frage, sie trug ein wenig zu dick auf.

Hagen wurde der Kragen zu eng, so schwoll sein Ego. Er schwitzte womöglich noch stärker. Anake Takagawa fixierte mit unbeteiligter Miene einen Punkt über dem Durchgang zum Cockpit, während Cyberjohn Fives Gesicht keinerlei Regung zeigte.

Shalyn fuhr fort: »Dieser Job – ist er nicht was für Sie, Professor? Sie wären genau der richtige Mann.«

»Oh, in der Tat!« Ein Strahlen ging über Hagens Züge, seine Hand zerquetschte den Rest in der Chiptüte zu Fragmenten. »Ich trug mich schon mit dem Gedanken, Ihnen meine bescheidenen Dienste anzubieten. Aber ja, ich mache mit! Betrachten Sie mich ab sofort als Teil Ihrer Mannschaft.«

»Ich weiß nicht, wie Sie das sehen, Shan von Moran«, sagte Five ernst, »aber ich würde ebenfalls gerne dabei sein. Suchen Sie nicht noch einen Bordingenieur? Ich habe diese Funktion auf der VESPUCCI ausgeübt.« Anake wölbte die Brauen. Seine Augen richteten sich auf den Cyborg, wachsam, durchdringend, neugierig und abschätzend.

»War das nicht das Forschungsschiff der Lunadocks unter Captain Javier, das unter anderem auch den Orion-Nebel erforschte?«

Im Mannschaftsraum des Gleiters herrschte Schweigen, aber nicht lange. Five sagte: »Ich bin nicht mehr bei den Lunadocks – wenn das Ihre Befürchtung ist –, sondern werde auf den Lohnlisten der HTO geführt.« Er wandte sich direkt an Shalyn Shan. »Wie kann ich Sie überzeugen, daß ich qualifiziert bin?«

»Sie müssen mich nicht überzeugen«, erwiderte sie ungewöhnlich ernst. »Ohne Ihre Hilfe wären wir vermutlich nicht mehr am Leben. Ich bin einverstanden. Ein Platz an Bord der PROMET ist nur ein geringer Ausdruck meiner… unserer Dankbarkeit.«

Five nickte ausdruckslos. »Danke.«

»Schön. Dann wäre das auch geklärt.«

Shalyn erhob sich und wandte sich dem Cockpit zu. Unter dem Durchgang erreichte sie die Stimme des Professors.

»Wäre es sehr vermessen zu fragen, wohin unsere Mission geht?«

»Ja, machen Sie uns ein wenig Appetit auf das, was uns erwartet«, stand ihm Cyberjohn Five zur Seite.

Shalyn Shan schüttelte lächelnd den Kopf. »Nichts da, meine Herren«, bekannte sie ungewöhnlich heiter. »Details gibt es erst, wenn die Crew vollständig ist. Mir fehlen noch eine Bordärztin sowie ein Funk- und Ortungsspezialist.« Mit diesen Worten verschwand sie im Cockpit.

3.

Unbeweglich und der Dämmerung hervorragend angepaßt, stand das riesige Insekt lauernd da. Starre Facettenaugen beobachteten die immer unruhiger werdende Rinderherde. Das monströse Insekt wirkte wie eine Kombination aus Käfer, Gottesanbeterin und Riesenameise. Von der Größe her stand es einem irdischen Dobermann in nichts nach. Killerkäfer nannte man sie auf Terra. Und diese Killerkäfer hatten sich in Zentralasien bereits so stark vermehrt, daß sie immer mehr zu einer tödlichen Bedrohung für Menschen und Tiere wurden.

Die Satansbrut von den Sternen hatte der Forschungsraumer LANZELOT vor knapp einem Jahrzehnt mitgebracht. Das Schiff hatte Tausende von außerirdischen pflanzlichen und tierischen Lebensformen an Bord gehabt, die für einen Astro-Zoo in Peking bestimmt waren. Als die LANZELOT aus ungeklärten Gründen abstürzte, hatten etliche dieser Lebensformen überlebt, sich angepaßt und immer mehr ausgebreitet. Extrem gefährliche Spezies hatten es immerhin geschafft, ganze Landstriche für Menschen unbewohnbar zumachen.

Der Killerkäfer konnte auch im ultravioletten Bereich hervorragend sehen. Ebensogut war sein Hörvermögen ausgebildet. Auch in tiefster Dunkelheit entging ihm keine Bewegung und kein Laut. Eines seiner stämmigen Hakenbeine klopfte leicht auf den Erdboden. Es klopfte einen ganz bestimmten Rhythmus. Danach verfiel das Rieseninsekt wieder in eine Starre und spähte unbeweglich zu der Rinderherde hinüber, die sich jetzt langsam in Bewegung setzte. Unvermittelt brach die Erde auf, als würde ein kleiner Krater eruptieren. Sand und Erde wurden in die Höhe geblasen. Vier weitere Killerkäfer erschienen. Ihre metallisch schimmernden Brustplatten begannen zu vibrieren. Luft wurde in die Lungen gepreßt und hoch verdichtet, bis sich ein komprimiertes Gasgemisch von zwölf Atmosphären Druck aufgebaut hatte. Nadelscharfe Chitinspitzen, die immer wieder nachwuchsen, schoben sich vor das Atmungsorgan und rasteten in die überlappenden Chitinplatten ein. Damit war eine hochwirksame Waffe aktiviert, die nach dem Rückstoßprinzip einer Rakete funktionierte. Die flüchtenden und übernervösen Rinder hatten keine Chance, den gefräßigen Monstren zu entkommen. Fünf Killerkäfer feuerten ihre harpunenähnlichen Waffen mit tödlicher Präzision ab. Fünf handlange Chitingeschosse rasten überschallschnell auf fünf Rinder zu. Es knallte lauter, als würde ein Flugzeug die Schallmauer durchbrechen.

Die Rinder waren sofort tot. Der Taumeleffekt der ultraschnellen Geschosse rief einen Schock hervor, der selbst dann tödlich war, wenn sie ein Lebewesen nur streiften. Wieder klopfte das riesige Monstrum leicht auf den Boden und gab das Signal zum Erscheinen weiterer Killerkäfer, die wie Granaten den Erdboden durchstießen.

Es gab für die hochentwickelten Käfer noch eine Gefahr, die beseitigt werden mußte. Sie verständigten sich lautlos, um die Gefahr auszuschalten.

Zwei der Killerkäfer pumpten Luft in die Lungen und wandten ihre schimmernden Köpfe dem Mann zu, der schreckensbleich und total geschockt in fünfhundert Metern Entfernung dastand. In den Händen hielt er eine Maschinenpistole, die er jetzt langsam in Brusthöhe hob. Seine Hände zitterten, als er abdrückte.

Aber aus dem Lauf zuckten Blitze, Feuerlanzen. Eine Garbe von Stahlmantelgeschossen raste auf die Killerkäfer zu. Sekundenbruchteile vor den ersten Schüssen veränderte sich deren Form auf unfaßbare Weise. Eine Chitinplatte fiel von ihren Körpern und umhüllte die monströse Gestalt wie einen Schild, der sich kugelförmig um den Körper wölbte.

Kreischend trafen die Geschosse auf, glitten ab und sirrten in die Dunkelheit hinaus, wo sie sich harmlos in die Erde bohrten. Der Mann starrte ungläubig auf die Waffe in seinen Händen, dann auf die strukturveränderten Ungeheuer, die jetzt kugelförmigen Bällen ähnelten.

In hilfloser Angst begann er zu schreien, riß noch einmal den Abzug durch und schoß Streufeuer, ehe er sich abwandte und in blinder Panik flüchtete.

Er kam nicht weit. Auf sechshundert Metern Entfernung holten ihn die Chitingeschosse ein und durchbohrten seinen Körper. Er war tot, noch bevor er auf den Boden fiel.

Lautlos bewegten sich die Käfer voran und holten ihre Opfer, um sie in die unterirdische Kolonie zu bringen. Auch den toten Mann nahmen sie mit. Die Kolonie war hungrig.

Der gepanzerte Gleiter schoß über die zentralasiatische Hochebene dahin. Shalyn Shan steuerte den Gleiter. Sie, die dreißig Jahre alte Moranerin, die soeben der Hölle von Managua entronnen war, wagte sich in die nächste, um die Crew für das neue Raumschiff PROMET zu vervollständigen.

Ihr fehlte noch eine Bordärztin.

Und sie hatte auch schon eine geeignete Kandidatin im Auge – Vanessa Modesta, die berühmte Exobiologin, die in Zentralasien mit einem Bioterminator-Team der HTO im Einsatz war, um die sanonischen Killerkäfer auszuräuchern.

Während sich Shalyn auf die Steuerung des Gleiters konzentrierte, saß Professor Lukas Hagen dick und behäbig neben dem Kontrollmonitor und versuchte krampfhaft zu verbergen, daß er die Moranerin mit den Augen verschlang.

Himmel, ist das eine Frau! dachte er immer wieder. Ihr hautenger Overall zeichnete ihre Kurven nach, die nichts zu wünschen übrigließen. Dann tastete sich sein Blick weiter zu dem schulterlangen Silberhaar, den schockgrünen, schräggestellten Augen und blieb schließlich an den sinnlichen Lippen hängen, die so verheißungsvoll, aber auch kühl und ablehnend lächeln konnten.

Mit fünfzig Jahren war Hagen schon aus der Pubertät heraus, aber das tat seiner spontan entwickelten Liebe zu Shalyn keinen Abbruch, und in Gedanken ging seine Phantasie wieder mal spazieren. Er malte sich alles mögliche aus, bis ihre kühle Stimme ihn jäh aus seinen erotischen Träumen riß.

»Dort unten bewegte sich etwas, Professor.« Dank ihrer empathischen Fähigkeiten spürte sie die Lüsternheit des Robotexperten, und sie fügte hinzu: »Schalten Sie den Monitor bitte auf Vergrößerung und konzentrieren Sie Ihre Gedanken auf das vermutliche Ungeheuer.«

Der dickliche Mann mit dem schütteren Haar fuhr verstört zusammen, als er aus seinen Träumen gerissen wurde. Er fühlte sich durchschaut und setzte seine Verlegenheit in ein Kompliment um. »Tut mir leid, daß ich Sie selbstvergessen angestarrt habe, Shalyn. Aber Ihr liebliches Gesicht erinnerte mich an den schimmernden Tau einer Lotusblüte im Morgenlicht. Ich könnte zur Harfe greifen und Verse...«

»Greifen Sie lieber zum Schaltknopf der Optik«, erklang ihre kühle Stimme.

Der zwei Meter große Hüne Cyberjohn, der absolut keinen Humor hatte, grinste bis an die Ohren, weil der Sinn ihm abstrakt erschien. Aber das maskenhafte Grinsen erlosch sofort wieder. »Es gibt hier keine Harfe«, sagte er schroff und emotionslos. In seinem Körper knackte es.

Grund dafür war sein unter der Montur verborgenes Exoskelett, das bis zum Halsansatz reichte und aus fingerdicken Plastiksträngen bestand. Es war operativ mit seinem Körper verbunden und verlieh ihm Riesenkräfte. Seine inneren Organe waren größtenteils durch Cyborg-Implantate ersetzt worden.

Lukas Hagen schaltete auf Vergrößerung. Das Bild kam sprunghaft näher heran.

Tief unter ihnen bewegte sich ein lindwurmartiges, scheinbar aus grauer Vorzeit stammendes Reptil mit großer Geschwindigkeit über den Boden.

Es ähnelte einer Riesenschlange, besaß aber vierzig Beinpaare, die den gigantischen Körper trugen. Das Monstrum, das ebenfalls von einem fernen Planeten stammte, war auf der Erde mutiert und hatte sich, neben vielen anderen Exemplaren seiner Gattung, zu einer Größe von knapp dreißig Metern ausgewachsen. Es bewegte sich auf einen tonnenschweren Yak-Bullen zu, riß das rasiermesserscharfe Maul auf und zerfetzte den kräftigen Bullen.

»Eine Algol-Echse«, murmelte Hagen tonlos. »Sie mutieren immer weiter und fressen alles, was sich bewegt. Es wird uns kaum noch gelingen, diese galaktischen Ungeheuer auszurotten.«

Shalyn Shans Gesicht blieb kühl und ausdruckslos. »Töten Sie es, Anake«, sagte sie kalt.

Takagawas wüst zernarbtes Gesicht wurde hart, als er nickte. Er blieb völlig gelassen und ruhig, als Shalyn den gepanzerten Gleiter in eine enge Kurve zwang und tiefer ging. Das Monstrum wurde durch das Geräusch irritiert und ergriff die Flucht. Aus dem langen Körper schoben sich Beinpaare, die es rasend schnell davontrugen. Dennoch behielt es seine blutige Beute im Maul und schlenkerte sie hin und her. Takagawa drückte auf den Impulsschalter der Schnellfeuerkanone und ging mit dem Ziel mit. Raketengeschosse zerhieben brüllend die Luft.

Unten schlugen sie mit verheerender Gewalt ein und verwandelten den Boden in eine Zone aus dampfenden Kratern. Die Auftreffwucht fetzte die Algol-Echse auseinander. Riesige, bluttriefende Fleischbrocken wirbelten durch die Luft. Der Echsenkopf zerplatzte, noch bevor er sein brüllendes Geheul ausstoßen konnte. »Mit diesen intergalaktischen Monsterchen haben wir uns eine feine Suppe eingebrockt«, meinte der Japaner gelassen. »Fragt sich nur, ob wir auch einen so großen Löffel finden, um sie wieder auszuschlabbern. Ah, das Biest ist noch nicht völlig hinüber. Vielleicht trägt es noch ein paar Eier mit sich herum, damit wir uns am Nachwuchs erfreuen können.« Seine Rechte schoß vor und drückte wieder auf den Impulsschalter.

Weißglühende Geschosse fetzten auch den Rest auseinander; im thermischen Hexenkessel vergaste der Rest der Riesenechse zu brodelndem Dampf und aufgewirbelter Erde. Nur noch ein paar nachglühende Krater blieben zurück, als der Gleiter wieder auf seinen alten Kurs zurückkehrte. Überraschungen dieser höllischen Art standen ihnen immer wieder bevor, denn viele der LANZELOT-Spezies hatten auf Terra ideale Lebensbedingungen vorgefunden, denen sie sich erstaunlich schnell anpaßten. Die Folge war eine rasante Vermehrung wie bei den Killerkäfern und damit eine permanente Bedrohung ganzer Landstriche samt ihrer Bevölkerung.

»Nur zwei dieser Exemplare wurden nach Terra gebracht«, sagte Shalyn. »Aber sie haben sich nach dem Arche-Noah-Prinzip so rasant vermehrt, daß sie damit beginnen, die heimische Tierwelt auszurotten.«

Professor Hagen stimmte bedrückt zu.

»Diese Algol-Echsen sind ja wenigstens nicht zu übersehen. Außerdem lassen sie sich relativ einfach vernichten. Aber die Killerkäfer weiten sich zu einem globalen Problem aus. Ich habe gehört, daß sie riesige Kolonien unter der Erde anlegen und daß ihre Brut in beachtlich kurzer Zeit ausgewachsen ist – und damit wieder geschlechtsreif. Aber das Schlimmste ist, daß diese Käfer auf eine erstaunliche Art intelligent sind und Abwehrmaßnahmen ergreifen, sobald man mit ihrer Vernichtung beginnt.«

»Vielleicht findet Vanessa Modesta ein geeignetes Mittel«, meinte Shalyn. »Vanessa ist die größte lebende Autorität auf dem Gebiet extraterrestrischer Lebensformen.«

»Ja, ich weiß. Ich habe ihre berühmte exobiologische Abhandlung ›Fremde Lebensformen‹ gelesen. Man munkelt übrigens, daß sie sehr geldgierig ist.«

Shalyn lächelte flüchtig. Sie ging aber nicht näher darauf ein und beließ es bei einem knappen Schulterzucken. Sie kannte diese Eigenschaft der Exobiologin und hatte ihr daher ein Angebot zu unterbreiten, das mehr als großzügig war. HTO-Boß Peet Orell hatte tief in die Tasche gegriffen und zahlte allein für die Teilnahme an der Expedition jedem neuen Crewmitglied eine horrende Summe.

Shalyn zog den Gleiter wieder so hoch, daß sich eine größere Fläche überblicken und kontrollieren ließ, falls wieder ein paar der monströsen Lebewesen auftauchen sollten.

Danach setzte sie sich über Funk mit dem Team der Bioterminatoren in Verbindung, das unter der Führung der Ärztin Modesta in speziellem Einsatz war. Es sah nicht gut aus, was die Ärztin berichtete.

Die unersättlichen und semi-intelligenten Killerkäfer waren keine Landplage mehr, wie man zuerst angenommen hatte. Sie waren zu einer absolut tödlichen Bedrohung geworden. Das Gebiet, in dem sie vorwiegend auftraten, war mittlerweile etliche Hunderte von Quadratkilometer groß.

Es erstreckte sich im Gebirgsland zwischen Altai-Sajan im Norden und dem Südrand von Tibet. Sie hatten weit auseinanderliegende Kolonien gebildet, deren Kavernen bis zu dreißig Meter tief im Boden lagen und somit auch für ein flächendeckendes Bombardement unangreifbar waren.

Sie hatten sehr schnell gelernt und sich ebenso schnell adaptiert, um Angriffen immer wieder auszuweichen. Inzwischen waren sie soweit, daß sie selbst angriffen. In der großen Ebene war ein Lenkwaffen-Panzer aufgefahren. Hubschrauber hatten das verseuchte Gebiet mit langen Farbstreifen markiert. Inmitten eines riesigen Areals befand sich offenbar eine der gewaltigen Brutkammern. Ein Satellit hatte starke Wärmestrahlung angemessen, die in dieser Zone normalerweise auszuschließen war.

Vanessa Modesta ärgerte sich über die vielen TV-Reporter, die überall herumliefen, tausend Fragen stellten und ständig im Weg waren. Weiter abseits warteten Männer in Kampfanzügen, ausgerüstet mit Thermo-Raks und Laserwerfern, auf ihren Einsatz. Alles wurde pausenlos von der Reporterhorde gefilmt. Einer der aufdringlichen Burschen näherte sich der Exobiologin grinsend. Er maß das kleine Persönchen mit der pinkfarbenen, kurzgeschnittenen Frisur neugierig. Er blickte in ein schmales Puppengesicht mit kleinem Mund und braunen Schlafzimmeraugen, die ihn gleichgültig anblickten.

»Wann geht es denn endlich los, Schätzchen? Unsere Zuschauer erwarten Sensationen, aber kein langweiliges Herumstehen. Und wo ist überhaupt der Einsatzleiter?«

»Bald, mein Süßer«, erwiderte sie mit rauchiger Stimme. »Und der Einsatzleiter bin ich, falls das Ihr armseliger Verstand akzeptiert. Wuchten Sie mal Ihren Rauschebart zur Seite, dann werden Sie merken, daß es längst losgegangen ist.«

Dem Bärtigen verschlug es für einen Moment die Sprache. Er schluckte hart.

Dann schluckte er noch einmal, als sie sich abwandte und er ihr aufreizendes Hinterteil sah, mit dem sie provozierend wackelte. »Donnerwetter, würde man hier in China sagen«, murmelte er verblüfft zu einem grinsenden Kollegen. »Die ist aber verdammt cool, die Kleine.«

Vanessa ging zu der Gruppe Terminatoren hinüber, die an vielen Stellen den Boden aufgebohrt hatten. Jetzt standen etliche von ihnen mit Flammen- und Laserwerfern bereit, deren Abstrahlmündungen sie in die Löcher hielten.

»Etwas geortet?« fragte sie knapp.

»Ja. Hier gibt es offensichtlich etliche ihrer Brutkammern. Überall werden schwache Wärmeeinstrahlungen aufgezeichnet.«

»Dann werden wir mit einem Trupp einsteigen«, ordnete sie an. »Wir müssen ihnen Fluchtwege offen lassen, falls sie an die Oberfläche kommen. Die Hubschrauber schießen sie dann ab.«

»Sehr richtig, Doc. Heißt das, Sie wollen mit der Kampfgruppe persönlich hinunter?«

»Eigentlich wollte ich nur eine Fotografie von mir mit runterschicken, die sie herumzeigen können. Aber ich...«

Noch bevor es dem zweiten Mann die Sprache über die schnoddrige Antwort verschlug, ertönte ein berstendes Geräusch, das alle herumfahren ließ.

Jenseits einer kleinen Hügelkette in der Ebene brach der große Kampfpanzer mit Getöse in das Erdreich ein. Er kippte achtern ab, drehte sich auf die Seite und versank, bis nur noch sein Geschütz in den blauen Himmel ragte. Wütende Schreie der eingebrochenen Mannschaft waren zu hören. Fluchen drang aus dem riesigen Loch. Ein paar Männer retteten sich aus dem nutzlos gewordenen Panzer nach oben.

»Ein Zufall?« fragte der Terminator entsetzt, der zusammen mit Vanessa zu der Unfallstelle rannte.

»Wohl kaum«, gab Vanessa zurück. »Die Käfer haben dazugelernt und die Bedrohung erkannt. Sie haben das Erdreich gelockert, bis die gefährlichste Waffe für sie unschädlich wurde. Da... verdammt, schießen Sie endlich, Mann«, fuhr sie den zusammenzuckenden Terminator an. Aus dem eingesackten Erdreich wühlte sich neben den Männern einer der Killerkäfer aus dem Boden. Offenbar war er eingezwängt worden und fand keinen anderen Ausweg. Das Chitinwesen ging sofort in Abwehr-, dann in Angriffsstellung. Die Lungen pumpten und komprimierten das Gasgemisch. Und gleichzeitig senkte sich der

Schild aus härtestem Chitin halbkugelig um die Gestalt. Noch bevor er einen seiner gefährlichen, überschallschnellen Pfeile abfeuern konnte, zerriß wildes Röhren die Luftmassen.

An der Abstrahlmündung des Laserwerfers glühte ein lichtschneller Impuls auf. Entlang der Schußbahn ionisierte die Luft, wurde verdrängt und schoß krachend wieder zusammen. Die Folge war ein gewaltiger Donnerschlag.

Weiter drüben verging das Chitinwesen in einer nachglühenden Wolke aus rotblauem Staub und wurde zerblasen.

Übrig blieb ein Häufchen strahlende Asche, in das der staubige Wind blies.

»Einer von vielen«, murmelte Vanessa. »Wahrscheinlich sind es schon Tausende, und bald werden es Millionen sein, wenn wir die Brutkammern nicht finden und ausräuchern.«

Der Terminator dachte mit Schaudern an die vielen Fleischfresser, die demnächst aus der Erde kriechen und wahllos über Menschen und Tieren herfallen würden.

Nach einer halben Stunde war in einem der gebohrten Löcher ein Einstieg entdeckt worden. Es war eine schräge Ebene, die künstlich geschaffen war. Ganz in der Nähe lagen ein paar Knochenreste herum, die von Rindern, Schafen und Yaks stammten. Ein paar TV-Reporter wollten sich durch die Öffnung zwängen, aber das energische Persönchen machte ihnen schnell klar, daß sie gefälligst zu warten hatten und nur die Nachhut bilden durften, was dann auch maulend akzeptiert wurde.

Dafür weideten sie sich an Vanessas Anblick im Miniröckchen und grinsten lüstern, wenn da einmal ein weißer Slip hervorlugte.

Zwei Männer in Kampfanzügen und entsicherten Waffen gingen voraus.

Ihre Helmscheinwerfer beleuchteten das Szenario taghell und erfaßten jeden noch so kleinen Winkel.

In ihrem Schutz folgte Vanessa, wiederum von Terminatoren flankiert.

Zu ihrer Verblüffung tat sich nach etlichen Metern ein sinnverwirrendes Labyrinth auf, ein Irrgarten mit nach allen Seiten abzweigenden Gängen und kleinen Höhlen.

Die Luft war stickig, warm und abgestanden, und es roch ein klein wenig nach Verwesung, wie der Pesthauch, der aus offenen Gräbern weht.

Unvermittelt standen sie in einer Kaverne von gut vier Metern Höhe. Gleich dahinter gab es eine weitere.

»Natürlich gewachsene Höhlen«, sagte Vanessa mit Bestimmtheit. »Diese Biester haben sich das natürliche Vorhandensein zunutze gemacht und sie weiter ausgebaut. Wir werden uns wohl auf ein paar unangenehme Überraschungen einstellen müssen.«

Hinter ihnen folgten immer mehr Männer in Kampfanzügen. Auch die TV-Reporter drängten nach und ließen ihre Kameras laufen.

Die vorausgehenden Terminatoren traten so leise und vorsichtig auf, daß es Vanessa auffiel. Die Männer hatten keine Angst. Sie waren kampferprobt, unglaublich hart und setzten ihr Leben bedenkenlos ein.

»Ihr könnt euch ruhig ganz normal bewegen«, sagte Vanessa. »Das Anschleichen an die Käfer nützt überhaupt nichts.«

Der hünenhafte Mann im Kampfanzug vor ihr drehte sich um. Er hieß Anderson und hatte ein zernarbtes Gesicht.

»Wir bewegen uns so leise, daß sie uns nicht hören, Doc. Das war schon immer unsere Taktik, die sich bewährt hat.«

»Die Killerkäfer«, belehrte ihn Vanessa, »können im infraroten Bereich wahrnehmen. Außerdem erfassen sie Schwingungen auf allen Frequenzen bis zum Ultraschall. Sie sind sogar in der Lage, unseren Herzschlag auf etliche hundert Meter Entfernung zu hören. Und den werden Sie wohl kaum unterdrücken können.«

»Vor allem nicht bei einer so hübschen und aufreizenden Frau«, meinte Anderson grinsend.

»Die Königin der Killerkäfer dürfte vermutlich wesentlich aufreizender sein. Geben Sie ihr das Kompliment weiter.«

Einer der Reporter hatte es besonders eilig. Er drängte nach vorn und bewegte sich auf eine kleine Grotte zu. Den Helmscheinwerfer hatte er eingeschaltet. Seine Kamera lief, als er in die Grotte eindrang.

Dort blieb er schluckend stehen, am ganzen Körper zitternd. Total verkrampft blickte er in die größere Nische.

»Sie Idiot!« fauchte Vanessa. »Ich habe Ihnen doch klar und deutlich gesagt…« Sie wich entsetzt zurück, als ihr Blick in die Höhle fiel.

Steif und starr, in voller Lebensgröße, standen dort zwei Männer nebeneinander. Sie trugen die Kleidung der Hirten mit den Schulterumhängen. Beide waren in einen Kokon eingesponnen, der sie an die Felswand preßte. Ihre Gesichter hinter dem feinen Gespinst waren blutleer und von erschreckender Fahlheit.

Als Vanessa ihr Entsetzen überwunden hatte und eine der Gestalten flüchtig berührte, knisterte der Kokon leise. Die beiden Körper waren hart und starr, wie Glas.

»Fleischreserve«, murmelte die Ärztin erschüttert. »Man hat ihnen das Blut ausgesaugt, um die Körper frisch zu halten. Irgendwann werden die beiden dem Nachwuchs als Nahrung dienen.«

Bestürzung machte sich auf den Gesichtern der Männer breit. Das Szenarium wirkte wie ein Bild aus einem düsteren Panoptikum, das von Scheinwerfern angestrahlt wurde. Selbst den abgebrühten Terminatoren lief es eiskalt über den Rücken. Das war die erste, unangenehme Überraschung. Die zweite stand unmittelbar bevor.

Shalyn Shan hatte sich über Satellitenfunk genau einweisen lassen. Die Koordinaten waren so exakt, daß die Abweichung zum Ziel nur wenige Meter betrug.

Tief unter ihnen, noch weit entfernt, befand sich eine Art Lager, in dem es von Militär, Presseleuten und Terminatoren nur so wimmelte.

Man war gerade dabei, einen riesigen Panzer zu bergen, der noch halb im Erdreich steckte.

Zwei Hubschrauber kreisten unermüdlich über der Zone. Lenkwaffen und Bordgeschütze wiesen drohend nach unten, wo es überall große Löcher im Boden gab.

»Dürfte nicht einfach sein, an Miß Modesta heranzukommen«, meinte Takagawa. »Möglich, daß sie uns gar nicht erst landen lassen.«

»Dann simulieren wir einen Absturz«, meinte Shalyn gleichmütig. »Wir haben aber Peet Orell im Rücken, und sein Name hat überall Gewicht. Außerdem hat Vanessa die Leitung über diese Aktion – und dahinter steckt die HTO.«

Sie erbat über Funk Landeerlaubnis, die zu ihrem Erstaunen auch sofort und anstandslos bewilligt wurde.

Der Gleiter kam herunter, flog dicht über den aufgewühlten Boden, unter dem sich die Brutstätten der Killerkäfer befanden, und landete in der Ebene. Mit einem jaulenden Nachsingen verklang das Röhren der Triebwerke. Ein Captain empfing sie und salutierte knapp.

Sein Blick blieb sinnend an der schönen Moranerin hängen.

Gerüchteweise hatte er einiges über sie gehört. Sie war ein As unter den Piloten und hatte noch eine andere Eigenschaft, die man ihr nicht ansah. Sie war angeblich eine Meisterin der moranischen waffenlosen Kampftechnik Berserk. Kaum vorstellbar, dachte er, daß sich ihr Körper im Bruchteil einer Sekunde in eine Kampftrance versetzen konnte, die jegliches Schmerzempfinden ausschaltete...

Der Kerl neben ihr sah eher einer Kampfmaschine ähnlich und machte den Eindruck, als könnte er die Killerkäfer gleich dutzendweise knacken, und das mit bloßen Händen. Der Bursche erinnerte an einen haarlosen Androiden mit zuckenden Reflexen. Jede seiner sparsamen Bewegungen verriet unermeßliche Kraft. Außerdem war der Kerl so mundfaul, daß er nicht mal den Gruß des Captains erwiderte. Seine kohlschwarzen Augen blickten nur wild in die Gegend.

»Geben Sie ständig acht«, warnte der Captain. »Hier kann überall und unvermittelt der Boden aufbrechen. Die Käfer sind überaus aggressiv und greifen sofort an. Zudem dürften sie durch die Belagerung sehr hungrig geworden sein.«

»Ich bin bereits informiert, Captain. Vielen Dank. Dürfen wir uns hier zwanglos umsehen?«

»Natürlich. Bleiben Sie aber vorerst an der Oberfläche. Miß Modesta befindet sich mit einem Trupp Männer in dem Einstieg dort drüben.«

Shalyn Shan vertrödelte ihre Zeit nicht mit nutzlosen Besichtigungen. Sie sah, daß die Männer sich verzweifelt abmühten, den schweren Kampfpanzer zu bergen.

Sie half, indem sie ein Plastseil am Gleiter befestigen ließ, das um den Schlepphaken des Panzers gelegt wurde. Ein kurzes Aufbrüllen der Triebwerke, und das Monstrum aus Stahl und Keramik war wieder da und erreichte sicheren Boden. Das trug ihr sofort die Sympathie der Männer ein.

Die bodenerschütternden Bewegungen hatten vermutlich die Neugier zweier Käfer geweckt. Es waren ausgewachsene Exemplare von der Größe eines Fleischerhundes, wahrscheinlich Wächter, die den Bau bewachten und absicherten. Sie brachen auch nicht vehement aus dem Boden, sondern arbeiteten sich überaus vorsichtig nach oben, um die Lage zu erkunden. Und sie hielten sich weit abseits, so daß sie von den Soldaten unbemerkt blieben.

Aber Cyberjohn ortete sie augenblicklich mit seinen überaus empfindlichen Sinnen. Auch die Moranerin empfing eine Art Haßimpuls, der sie herumfahren ließ.

Der Cyborg setzte sich augenblicklich in Bewegung und demonstrierte den starr blickenden Männern, wozu er fähig war. Die bemerkten erst jetzt in knapp fünfhundert Metern Entfernung die beiden Killerkäfer.

Ein kurzer Befehl ließ die Panzerkanone herumschwenken. Eine der kleinen Raketen erfaßte ebenfalls das Ziel.

»Nicht schießen!« rief die Moranerin schrill.

Cyberjohn spurtete los. Er beschleunigte wie ein Gepard, der sein Opfer jagte. Seine Beine schienen nur flüchtig den Boden zu berühren. Jeden normalen Läufer hätte der Spurt vor Neid erblassen lassen. Innerhalb von drei Sekunden war die erste Hundertmeterdistanz bewältigt.

Und Cyberjohn beschleunigte noch immer unter den fassungslosen Blicken der Zuschauer. Die Käfer reagierten ebenfalls mit erstaunlichem Tempo, als sie das zweibeinige Etwas heranrasen sahen. Im Bruchteil einer Sekunde umgab sie ihr Schild. Rasend schnell pumpten sie Luft, um den Angriffsmechanismus zu mobilisieren.

Mit einem hellen Klicken rasteten die Chitinharpunen ein und wurden abgefeuert.

Überschallschnell bohrten sie sich in Cyberjohns riesigen Brustkasten, gefolgt von dem üblichen Donnerschlag.

Ein paar Männer zuckten entnervt zusammen und erwarteten den tödlichen Sturz des Riesen.

Doch die fingerdicken Duraplaststränge blockten die Geschosse mühelos ab, und wurden seitlich davongetrieben. Shalyn Shan bemerkte deutlich die Verwirrung der Käfer, die ihre Köpfe hinter dem

Schild hoben und nicht begriffen, weshalb der Zweibeiner nicht zu stoppen war.

Erneut pumpten sie Luft, um sie zu verdichten, doch der Vorgang dauerte einige Zeit. Dann versuchten sie, sich in den Boden zurückzuziehen.

Cyberjohn war heran. Erst jetzt stoppte er seinen Lauf und drehte sich um. Gleichzeitig hieben beide Fäuste auf die ungeschützten Schädel der Rieseninsekten.

Einer der Schädel zerbarst regelrecht. Ein paar abgerissene Beine wirbelten durch die Luft. Ein weiterer Schlag mit der Handkante traf den anderen, trennte den Schädel vom Körper und zerschmetterte den Insektenleib.

Die monströsen Riesenkörper zuckten haltlos, als Cyberjohn sich bückte, das eine Insekt packte und es machtvoll auf das andere schlug.

Er wischte sich die Hände an seiner Bordmontur ab und kehrte mit ausdruckslosem Gesicht zurück. Weit hinter ihm zuckten noch konvulsivisch die Überreste.

»Sie sind tot«, sagte er emotionslos.

Anake Takagawa stieß langsam den angehaltenen Atem aus. Sein unergründlicher Humor feierte mal wieder Triumphe. »Bumms, und schon liegen sie auf der Schnauze«, sagte er.

»Sie haben keine Schnauzen«, erwiderte Cyberjohn todernst. »Nur stahlharte Fangklauen aus Chitin.« Drüben standen die Männer wie erstarrt da. Sekunden später erst kam Leben in sie, und sie rannten herüber. Diesen Zweimeterkerl wollten sie gern mal aus der Nähe sehen – und die hübsche Moranerin natürlich auch.

Der Terminator-Trupp hatte sich mittlerweile tiefer in die Höhlen vorgeschoben.

Es wurde immer wärmer und stickiger. Ein untrügliches Zeichen dafür, daß sich hier irgendwo Leiber artfremder Intelligenzen zusammenballen mußten. Vanessa erinnerte es an die vollklimatisierten Kammern eines Termitenbaues, oder an den Stock eines Bienenvolkes.

»Äußerste Vorsicht«, sagte sie nachdrücklich. »Der Wärmeabstrahlung zufolge können sich in unmittelbarer Nähe Brutkammern befinden.«

Die Männer waren nicht so feinfühlig. Ihnen lag mehr die Brachialgewalt, mit der sie sich den Weg freikämpften. Rücksicht brauchte hier unten ohnehin nicht genommen werden. Es handelte sich um eine reine Ausrottungsaktion, um eine Entseuchung, wie es im Fachjargon hieß.

Im Grunde genommen waren sie nichts anderes als hochspezialisierte Kammerjäger.

Es ging durch einen Gang, den sie gebückt durchqueren mußten, bis sie die nächsten Grotten mit zahllosen Felsnischen erreichten.

Vanessa blieb stehen und sah sich um. Im Licht der Scheinwerfer schien alles schiefergrau zu sein. An vereinzelten Stellen glitzerten Mineralien in den Wänden. In den Nischen hingen Spinnweben.

Spinnweben – hier unten?

Aufs höchste alarmiert ging sie auf eine der Nischen zu. Sie war zugewebt, wie fein gesponnen. Ebenfalls schiefergrau, aber doch zu erkennen, wenn man darauf achtete.

Sie zerrte an dem zähen Gespinst, das sich nur sehr schwer ablösen ließ. Dahinter blinkte es metallisch.

In der Wand klebte ein wabenartiges Gebilde, fast mannshoch und angefüllt mit Tausenden kleinen Leibern, die sich zuckend bewegten und glitzerten.

Sie sahen ganz harmlos aus, waren aber alles andere als das. Innerhalb kürzester Zeit würden sie sich als tödliche Killer entpuppen, um über Mensch und Tier mit beängstigender Gefräßigkeit herzufallen.

»Hier ist eine der Brutkammern«, sagte sie und konnte nicht verhindern, daß ihre Stimme bebte. »Räuchert sie aus, aber mit kleiner Flamme.«

Viele der Männer sahen die Nachkommen der Satansbrut zum ersten Mal in ihrem Leben. Bisher war es nur zu folgenschweren Begegnungen mit ausgewachsenen Chitinwesen gekommen.

»Sehen direkt niedlich aus«, sagte Anderson. »Fast wie die kleinen Marienkäfer.«

»Ja, sie wirken sehr harmlos, solange sie noch klein sind. Diese hier müssen gerade erst geschlüpft sein.«

Anderson und ein weiterer Mann stellten den Flammenwerfer auf mittlere Leistung.

Todbringendes Feuer fauchte in die Nischen. Der Felsen begann sich stark zu erhitzen.

Es knisterte. Dazwischen waren metallisch klingende Laute zu hören, die entfernt an Geschrei erinnerten.

Innerhalb weniger Sekunden war die Brut zu einer formlosen Masse geschmolzen. Übelkeiterregender Gestank fiel die Männer an. Es dampfte und brodelte noch ein wenig, ehe das flüssig gewordene Chitin zu erstarren begann.

Die Feuerlanzen wurden abgestellt. TV-Leute drängten sich vor, um alles auf den Film zu bannen. Sekundenlang herrschte eine beklemmende Stille.

Sie wurde durch ein fernes Geräusch unterbrochen. Es klang nach hauchdünnem Gewimmer, das irgendwo aus den Tiefen der zahlreichen Höhlen kam.

»Sie kommen«, sagte Anderson tonlos. »Sie haben die Todesschreie ihrer Brut gehört.«

»Hinüber in die größere Höhle, damit wir mehr Bewegungsfreiheit haben«, rief die Ärztin. »Hier sitzen wir in der Falle.«

Das unterirdische Labyrinth erwachte zum Leben. Ein feines Sirren lag jetzt in der Luft, als würden sich ganze Schwärme metallischer Fliegen bewegen und dieses Geräusch erzeugen.

Eine vorerst noch unsichtbare Armee hatte sich in Bewegung gesetzt, die aus allen Gängen, Grotten und Höhlen zusammenströmte, um ihren vernichteten Nachwuchs zu rächen.

Immer bedrohlicher wurde das Geräusch, bis es zu einem lauten Knistern und Trappeln anschwoll.

Unvermittelt tauchten sie auf. Wesen, manche so groß wie ein junges Kalb, einige mit riesigen Zangen bewaffnet, während andere sich hinter ihren Schilden verbargen.

Die Terminatoren warteten keinen Feuerbefehl ab. Jetzt ging es um ihr Leben, denn jeder kannte die Wirkung der tödlichen Chitingeschosse.

Laserwerfer brüllten auf, verwandelten die Höhle in ein tosendes Flammenmeer, in das immer wieder Blitze zuckten, die das Inferno noch weiter anheizten.

Fauchend, prasselnd und mißtönend kreischend fraßen sich grelle Lanzen in die unübersehbare Phalanx der Angreifer.

Töne auf einer Frequenz, die das menschliche Ohr malträtierte, erklangen in rascher Reihenfolge, ausgestoßen in höchster Not und dann abbrechend.

Die ersten verglühten im Inferno des Feuers, aber unaufhörlich kamen weitere heran und schossen ihre Pfeile ab.

Der Höhlendom erzitterte unter dem grellen Donner der überschallschnellen Geschosse.

Einer der TV-Leute brach mit einem hellen Aufschrei zusammen. Zwei Männer in Kampfanzügen wurden von den Geschossen herumgewirbelt.

Sie starben im Schock des Taumeleffektes und brachen stöhnend zusammen.

Aus der Decke lösten sich schwere Brocken, hervorgerufen durch die infernalischen Donnerschläge. Es hörte sich an, als würden pausenlos Bomben einschlagen.

»Zurück!« rief Vanessa.

Sie mußte schreien, um in dem Höllenlärm verstanden zu werden. Außerdem wurde die Hitze so unerträglich, daß die Luft nur noch aus glühender Flüssigkeit zu bestehen schien. Hinzu kam der Gestank von verbranntem Chitin, der immer schlimmer wurde. Rückwärts stolpernd feuerten die Männer weiter, bis der Höhlendom einem wabernden Glutball glich.

Durch diesen Feuerball schoben sich weitere Killerkäfer, die in hellen Flammen standen und mit letzter Kraft ihre Harpunen abfeuerten. Es sah ganz so aus, als hätten sie die erste Runde verloren, als sie die vorderen Höhlen erreichten. Zwei weitere Männer waren ebenfalls getötet worden.

Die Bilanz sah nicht sehr gut aus. Fünf Leute waren gestorben, unzählige der Killerinsekten vernichtet. Aber das war vermutlich nur ein Bruchteil. Wie viele in dem Labyrinth noch lauerten, ließ sich nicht einmal annähernd abschätzen.

Der unterirdische Lärm war bis oben zu hören. Unter den Donnerschlägen zitterte überall die Erde.

»Wir gehen hinunter«, sagte Shalyn Shan entschlossen. »und zwar dort drüben, um den Biestern in den Rücken zu fallen. Wir nehmen die Schallstrahler mit. Sie werden durch das Einsatzteam abgelenkt sein.«

Professor Hagen bewegte sich unbehaglich und blickte zu Boden.

»Ich bin nicht gerade ein Held«, murmelte er verlegen. »Und vor diesen Biestern habe...«

»Wir brauchen auch keine Helden«, schnitt ihm Shalyn Shan das Wort ab. »Aber wir brauchen jemand, der auf den Gleiter aufpaßt. Sie sind genau der richtige Held für diesen Job.«

Hagen blies erleichtert die Wangen auf. Dem Himmel sei Dank, dachte er, daß ich nicht gegen diese Mistkäfer antreten muß. Er haßte Käfer und liebte nur die, die zwei lange Beine und die Rundungen an den richtigen Stellen hatten. Solche Käfer tätschelte er liebend gern, nicht aber diese monströsen Ungeheuer aus Chitin, die er absolut nicht sexy fand.

Fünf Minuten später befanden sich Shalyn Shan, Cy Five und der Japaner Takagawa im unterirdischen Höhlensystem.

Keine weitere Minute später stießen sie auf zwei Käfer, die blitzschnell durch die Gänge rasten und die drei Menschen nicht bemerkten.

Shalyn hob den Strahler, der mit einer Frequenz von 108 Hertz arbeitete. Eine Wanderfeldröhre gab einen unsichtbaren Impuls frei. Am gleichgerichteten Abstrahlfeld leuchtete eine rote Markierung auf. Das Feld ließ sich beliebig verstellen und brachte auf einer ganz bestimmten Schwingung Betonmauern blitzschnell zum Einsturz. Die beiden Killerkäfer blieben so ruckartig stehen, als wären sie gegen eine Wand geprallt. Stocksteif richteten sich ihre Körper auf.

Die Greifzangen fielen herab, die Facettenaugen erloschen. Ein kleiner Ruck, und alle beide brachen auseinander. Im Bruchteil einer Sekunde fielen ihre Fragmente wie in einem Kaleidoskop schillernd zusammen.

»Nicht schlecht«, meinte der Japaner beeindruckt. »Sollte das Einsatzteam auch haben, statt ihrer Feuerlanzen, mit denen sie die Heuschrecken rösten. Wenigstens geht das lautlos, und von üblen

Düften kann hier auch nicht die Rede sein.« Shalyn betrachtete nachdenklich die Waffe in ihrer Hand, dann die Überreste der lautlos getöteten Wesen. Sie waren nicht einmal dazu gekommen, ihre Artgenossen zu warnen.

Diese Waffe war absolut ultimativ und würde die Killerkäfer mit tödlicher Präzision ausrotten, das wurde ihr in diesem Augenblick klar. Immerhin war der Strahler ein Erzeugnis aus moranischer Produktion und von ihren Eltern, dem Hyperphysikerpaar Dromm und Lian Shan, entwickelt worden.

Sie stießen weiter vor, jeder mit einem der Schallstrahler ausgerüstet. Die Frequenz war so eingestellt, daß sie nur auf den Metabolismus der Käfer reagierte und die Zellstruktur zerstörte. Für einen Menschen war die Frequenz unschädlich.

»Irgendwo muß hier so eine Art Königskammer sein«, meinte Takagawa, der durch nichts zu erschüttern war. »Da dürfte vermutlich die dicke Queen sitzen und kleine Babys häkeln. Wenn wir die erwischen und ihre durchlauchten Plüschohren versengen, wird der Betrieb hier ganz schnell eingestellt.«

Shalyns Schultern bebten vor verhaltenem Lachen. Dieses Narbengesicht mit den zu einem Pferdeschwanz zusammengebundenen Haaren war einfach köstlich, fand sie.

Cyberjohn kapierte die witzigen Worte mal wieder nicht. Er sah den Japaner von der Seite her verständnislos an.

»Was sind Plüschohren?« fragte er grollend.

Anake wurde einer Antwort enthoben, denn in einer der Grotten entdeckten sie mehr als ein Dutzend aufgeregter Käfer. Sie rührten sich nicht von der Stelle, sondern schienen etwas zu bewachen, was ihre ganze Konzentration erforderte. Diese Käfer waren die größten Exemplare, die Shalyn bisher gesehen hatte, und mit extrem starken Zangen und Schilden ausgerüstet. Ihre Fühler bewegten sich hin und her.

»Dort dürfte wohl die Königskammer sein«, flüsterte Shalyn. Sie waren noch nicht bemerkt worden. Offenbar waren die Käfer damit beschäftigt, Kontakt zu den anderen zu halten.

Schaudernd sah Shalyn auf die mächtigen Brustplatten, hinter denen sich die Lanzen verbargen. Es waren armlange Dinger, die metallisch blitzten.

»Soldaten«, raunte der Japaner. Er hob den Strahler an, nickte den beiden anderen zu und betätigte den Abzug.

Nur Knistern war zu hören, und buchstäblich zu sehen war der Schock, der bei den Käfern ausgelöst wurde, als der hochfrequente Impuls sie traf.

Die Fühler kippten zur Seite. Gleichzeitig verfärbten sich die Brustplatten zu einem schmutzigen Grau.

Kristallähnlichen Fragmenten gleich sanken die Riesenkiller lautlos in sich zusammen und lösten sich auf.

Damit gaben sie den Blick in die Grotte frei.

Hundert junge Exemplare labten sich im Schutz der Nische an einem riesigen Kadaver. Ihre Zangen tauchten in das Fleisch und fetzten Brocken heraus, die in ihren Mäulern verschwanden.

Die Viecher waren so groß wie junge Hunde. Sie fuhren gereizt herum, als sie die Störung bemerkten, angriffslustig und aggressiv, weil sie um ihre Beute fürchteten.

Drei Strahler ruckten hoch und bereiteten dem gierigen Mahl ein schnelles Ende.

Ein letztes Zirpen war die Antwort, als hochfrequente Schwingungen ihr beginnendes Killerdasein auslöschten.

Danach rührte sich nichts mehr.

Shalyn blieb regungslos stehen und lauschte.

Weit vor ihnen lieferten sich noch immer Vanessas Leute und die Killerkäfer einen erbarmungslosen Kampf. Das Röhren der Feuerlanzen war zu hören, dann die donnernden Entladungen, wenn die Käfer ihre Harpunen abfeuerten. »Wie kommen wir dahin?« fragte sie. »Dort drüben scheint die Höhle direkt in den Fels überzugehen.«

»Vielleicht durch den kleinen Gang da vorn. Könnte eine Art Tunnel sein«, meinte der Japaner.

»Dann versuchen wir es«, sagte Cyberjohn. »Mit unseren Strahlern haben wir sie schnell erledigt.«

Bevor sie sich der Röhre zuwandten, vernahmen sie ein eigentümliches Geräusch, das wie ein langgezogenes Klagen und Seufzen klang.

Es kam von weither aus der Grotte, wo die kristallinen Fragmente lagen. Der Japaner fuhr herum. Sein Helmscheinwerfer riß die hintere Nische aus dem Schlagschatten. Trotzdem war nichts zu sehen. Nur das Geräusch, das ihnen durch Mark und Bein ging, wiederholte sich ein paarmal.

Vorsichtig bogen sie um die Ecke und standen vor einer großen Kammer, deren unterer Teil mit einer Felsplatte verschlossen und nicht einsehbar war.

Cyberjohn trat näher heran. Er schluckte hart und unterdrückte gerade noch einen leisen Schrei, der ihm über die Lippen wollte und dann aber steckenblieb.

Was sie sahen und fast erwartet hatten, versetzte ihnen dennoch einen leichten Schock.

Inmitten der Kammer lag zwischen Fleisch- und Knochenresten ein sich hin und her windendes Ungeheuer von abstoßender Häßlichkeit.

Es maß gut fünf Meter in der Länge und mochte etwa zwei Meter hoch sein, was auch dem Durchmesser entsprach.

Facettenaugen, riesig wie große Teller, wandten sich ihnen zu.

Haßwellen schlugen ihnen entgegen, die körperlich spürbar waren und sie zurückweichen ließen, so gewaltig war der Ansturm der bösartigen Impulse.

Dieses Monstrum war zwar unbewaffnet, aber es hatte andere Möglichkeiten, die nicht weniger gefährlich waren. Es konnte zermürbend wirkende Wellen aussenden.

Shalyn fühlte einen wilden Schmerz in ihrem Kopf aufsteigen, der wie eine feurige Lanze durch ihren Körper fuhr und jeden Muskel lähmte.

Sie wollte den Strahler abdrücken, doch er entfiel ihren Fingern, als die Impulse sich steigerten.

»Schießt doch«, flüsterte sie mühsam. »Das Biest…«

Noch stärker wurden die Haßwellen. Auch der Japaner wurde von ihnen überflutet und spürte, wie sich sein Körper total verkrampfte.

Wahnsinn und Panik begann sich in ihre Gehirne zu fressen. Ihre Körper schienen zu explodieren.

Noch einmal versuchte Shalyn den Hochfrequenzstrahler zu aktivieren.

Die Königin der Killerkäfer arbeitete mit einer ähnlichen Waffe, die nicht mechanisch war, aber ebenso tödliche Impulse auslösen konnte. Sie brachte den Arm nur ein paar Zentimeter hoch, als ein äußerst starker Haßimpuls kam. Er lähmte ihren Körper schlagartig von oben bis unten.

Sie brachte auch keinen Ton mehr hervor.

Die Erkenntnis durchzuckte sie noch, daß das riesige Monstrum durchaus in der Lage war, mit der Kraft seiner Haßwellen zu töten oder jemand so zu lähmen, daß er keines normalen Gedankens mehr fähig war.

Dann spürte sie, als letzten Eindruck, daß sie versteinerte oder zur Säule erstarrte, als hätte sie in die todbringenden Augen der Medusa geblickt.

Dem Japaner erging es nicht viel anders.

Der Strahler löste sich aus seinen Fingern und fiel zu Boden.

Stocksteif stand er da und wollte noch etwas zu Cyberjohn sagen. Doch kein Ton kam über seine Lippen. Er sah sein Gegenüber nur aus großen Augen an.

An Cyberjohn waren die Haßimpulse so gut wie wirkungslos abgeprallt. Er war nur über die Reaktion seiner beiden Gefährten etwas erstaunt und wußte nicht, was in ihnen vorging, als sie sich so seltsam benahmen.

Außerdem faszinierte ihn das mächtige Monster in seinem steinernen Verschlag, das ihn mit riesigen Augen starr anblickte und langsam zwei Kiefer öffnete.

Mehr unbewußt verspürte er die Impulse. Dann fiel sein Blick wieder auf die beiden reglosen Gestalten, und er begriff.

Er hob den Strahler an der Felswand vorbei, blickte gespannt in die riesigen Augen und drückte ab.

Das unbegreifliche Wesen bäumte sich auf und gab einen protestierenden Ton von sich, der schrill den ganzen Irrgarten erfüllte. Es wand sich und zuckte, fuhr wieder hoch und stieß Schreie aus, die schmerzhaft in Cyberjohns Gehirn drangen.

Ungerührt, den Strahler genau auf das Monster gerichtet, gab er unsichtbares Dauerfeuer.

Noch schriller wurden die Schreie, aber die Haßwellen zogen sich wie abfließendes Wasser zurück und verebbten.

Shalyn und der Japaner erwachten aus ihrer Starre. »Es hätte uns fast getötet«, sagte Shalyn. »Das Etwas hat eine Ausstrahlung, die lebensgefährlich ist.« Sie nahm den Strahler ebenfalls auf und drückte ab. Als das Schreien verklang und der riesige Wurm sich nicht mehr rührte, begann der Körper ebenfalls zu zerfallen. Die Schwingungen setzten sich fort und erreichten auch die anderen Käfer, die sich noch in versteckten Kammern aufhielten.

Zehn Minuten später trafen sie auf die Kampfgruppe, die unter dem Kommando von Vanessa Modesta stand.

Die Ärztin ließ sich zuerst zu dem getöteten Monstrum führen und überzeugte sich, daß keine Gefahr mehr von ihm ausging.

»Ohne Sie hätten wir in großen Schwierigkeiten gesteckt, das gebe ich ehrlich zu. Aber Sie sind bestimmt nicht gekommen, um die Kampfgruppe herauszuhauen.«

»Sie haben recht«, erwiderte Shalyn. »Gehen wir dort hinüber, da sind wir ungestört. Sie wissen, daß die PROMET IV fertig ist und eine große, sehr aufwendige interstellare Expedition bevorsteht.«

»Ja, ich habe davon gehört. Die HTO will die Erforschung der galaktischen Randzone fortsetzen. Aber was hat das mit mir zu tun?«

»Ich möchte Ihnen im Auftrag von Peet Orell den Posten als Bordärztin auf der neuen PROMET anbieten.«

Vanessas Puppengesicht wurde kühl und ablehnend. »Vielen Dank für die Ehre, doch muß ich leider ablehnen. Als Bekämpferin der LANZELOT-Lebensformen verdiene ich mehr Geld, als Sie mir je bezahlen können. Vom Ruhm ganz zu schweigen, den mir dieser Job einbringt. Als Bordärztin eines Prospektorenschiffs würde ich meine Talente nur verschwenden.«

»Sehr bedauerlich«, meinte Shalyn. Beiläufig fügte sie hinzu: »Zumal HTO-Boß Orell allein für die Teilnahme an der Expedition jedem Crewmitglied zehn Millionen Sol zahlt. Aber wenn Sie als Kammerjägerin mehr verdienen...«

Vanessas Geldgier siegte. Fast ungläubig sah sie die Moranerin an. »Zehn Millionen – ist das ein schlechter Scherz, oder...?«

»Kein Scherz. Zehn Mega-Sol. Sie haben mein Wort darauf.«

»Hmm, die Killerkäfer sind so gut wie erledigt. Falls noch welche übrig sind, können die Terminatoren das allein erledigen. Damit habe ich eine große Sorge von Hals. Und die anderen Kreaturen kriegen wir auch noch in den Griff.« Sie lächelte wieder. »Und wann«, fragte sie gierig, »zahlt der Boß das Geld?«

»Sobald Sie den Heuervertrag unterschrieben haben.«

»Haben Sie ihn dabei?«

»Ja, im Gleiter.«

»Dann sollten wir jetzt keine Zeit verlieren«, meinte Vanessa eifrig. »Ich stelle mir den Job eigentlich ganz nett vor.«

»Es wird mit Sicherheit sehr interessant werden. Das kann ich Ihnen jetzt schon versprechen.« Eine knappe Viertelstunde später hatte Vanessa Modesta ihren Vertrag bereits unterschrieben.

4.

Jemand trommelte wie wild gegen die Toilettentür. »Aufstehen! Öffnen! Schichtwechsel!« kam es von draußen. Major Patrick O'Healy ruckte hoch. Der ehemalige Offizier der Space-Police war sofort hellwach. »Verdammt, aufmachen!« Die kratzige Stimme klang weiblich. Der Major fuhr sich durch seine schneeweiße Bürstenhaarfrisur und zog beide Beine an, um so ein schnelles Aufstehen zu ermöglichen.

»Wer stört?« rief er aus seiner Kabine.

»Liebelein, die Putzfrau ist hier! Falls es jetzt passen sollte, möchte ich gerne kurz durch deine Bude wischen.«

Major O'Healy entfaltete sich auf sein komplettes Einmeterneunzigmaß und öffnete von innen die Toilettentür.

»Na endlich!« Die Klofrau, bewaffnet mit Behältern und Schläuchen, schaute blinzelnd zu O'Healy hoch. »Macht mich furchtbar traurig, daß ich dich wecken mußte, mein Junge, aber laut meiner Vorgängerin schnarchst du schon ganze vier Stunden hier drin.«

O'Healy wuschelte der Putze kräftig durch die Fönfrisur. Seit fast einer Woche befand er sich auf der Erdorbitalstation EOS Prime, dem

Weltraumbahnhof zwischen der Erde und den Kolonien. Davon wiederum drei Tage – und Nächte natürlich – im Solar Casino, der verrufensten Bar auf EOS Prime. Da mußte ein Nickerchen auf dem Klo zwischendurch schon mal drin sein. Wütend schlug die Putze nach seiner Hand. O'Healy machte: »Hups!« und ließ die kleine Kleine durch einen sachten Schubs in ›sein‹ Klo rennen. Die Frau rammte eine Plastikwand und begann laut zu zetern. Als O'Healy seine Stirn kräuselte und beide Nasenflügel ansaugte, verstummte die Putze und warf wütend alle Maschinen gleichzeitig an.

O'Healy ging steifbeinig durch den langen Toilettengang in Richtung Hauptraum. Er fühlte sich wie ausgekotzt. Seit seiner unehrenhaften Entlassung aus dem Space-Police-Dienst vor knapp drei Wochen hatte ihn der Endlosfrust gepackt. Außer Whisky, durchgeknallten Raumfahrern, diversen Außerirdischen und ab und an ein warmes Würstchen, in welcher Form auch immer, war ihm in den letzten Tagen nichts mehr untergekommen. Ihm war sehr nach heulendem Elend zumute. Das Leben war derart ungerecht, daß es fast keinen Spaß mehr machte.

Der Major blinzelte, als er Gastraum 7, seine Stammkneipeneinheit der letzten Tage, betrat. Tatsächlich – Schichtwechsel. Die zwei Getränkeartisten hinter dem Tresen hatten gewechselt. Lediglich die Gäste zeigten noch die gleichen Gesichter. Einige grölten glücklich, als sie O'Healy erspähten. Der verschaffte sich erst einmal am Tresenmonitor einen Überblick über seinen Kontostand. Die blinkende Zahl ließ ihn nur müde knurren. Seine Abfindung war inzwischen überwiesen worden, und notfalls konnte er noch ein bis zwei Jahre in dieser Geschwindigkeit weiterzechen. Der Keeper hinter dem Tresen wartete bereits wippend auf seine Bestellung.

»Whisky!« Das Wort ging O'Healy leicht über die Lippen. Er ließ den Keeper ein Glas füllen und schickte dann ein kurzes: »Aber dreifach!« hinterher. Der junge Tresenmann verdrehte die Augen in Richtung Decke, schüttete um, stellte das Glas vor O'Healy ab und griff nach der Card. Als er gebucht hatte, stellte der Major das leere Glas bereits wieder ab.

»Füllen?« Der Keeper behielt die Card gleich in der Hand. O'Healy nickte kurz und musterte seinen Nachbarn. Der Major machte sich nicht die Mühe, die Herkunft des Außerirdischen zu erraten. Er beobachtete, wie das Wesen knallgelbe Flüssigkeit in sein helles, fast glitzerndes Gesicht laufen ließ. Der Rest seines Thekennachbarns war mit einer dunklen Gummikutte bedeckt. Die dünnen Fingerchen, ebenfalls in Gummibekleidung geklemmt, rührten gelangweilt im halbvollen Glas.

»Mein Freund, was trinkst du Schönes?« O'Healy stand der Sinn nach einem kleinen Plausch.

»Gronomischer Servasccas«, gab der Gumminachbar brav im feinsten Interstar zur Antwort und lupfte seine Fingerchen.

»Soso!« O'Healy tat interessiert.

»Mit einem Schuß terranischen Bienenhonig natürlich.«

»Ja, natürlich, womit sonst.«

O'Healy griff nach der dünnen Hand. »Nenn mich Major, und wir trinken noch einen zusammen.«

»Gerne, Major. Nenn mich Willi, und einen terranischen Whisky nehme ich dann auch.«

»Für Willi und mich – Whisky!« rief O'Healy, während Willi seine Hand massierte. Der Whisky kam, und nachdem Gummi-Willi zu jedem Glas noch ein kleines Schälchen Honig gereicht wurde, begannen beide ein sehr angeregtes Gespräch. Gummi-Willi erzählte von langweiligen Sternenreisen, O'Healy berichtete von seinen Erfahrungen bei der Space-Police und verschwieg dabei keineswegs seine unehrenhafte Entlassung. Etliche Gläser später stand der Major wieder kurz vor einer größeren Jammerarie. Nicht schuldlos war Gummi-Willi, der O'Healy ständig nach dem Mund redete. Kurz bevor harte Männertränen an Gummi-Willis Hülle abtropfen durften, klopfte jemand auf die Schulter des Majors.

»Patrick, daß ich dich jemals wiedersehen sollte, hätte ich nie gedacht.« Hinter O'Healy stand ein kräftiger Uniformträger.

»Daniel!« O'Healy klang plötzlich sehr müde. »Wäre auch wirklich nicht nötig gewesen.«

Hinter Space-Police-Daniel tauchte ein weiteres Exemplar dieser nicht seltenen Gattung auf, neckisch winkend.

»Und auch du mein Arsch Marvi!« stöhnte O'Healy gequält. Vor ihm standen seine Exkameraden von der Space-Police, Danny und Marvi.

Gewiß nicht seine besten Kumpels. »Was ist mit deinem Arsch?« fragte Marvi spöttisch. Sein Gesicht glänzte fettig. Die Schweinsäuglein funkelten dazu recht lustig.

»Ja, was ist mit deinem Arsch?« witzelte nun auch Daniel. Eine qualmende Zigarette klebte klischeehaft in seinem Mundwinkel.

O'Healy holte tief Luft; er hatte nie ein Hehl aus seiner Neigung zu Männern gemacht. Und gerade diesen beiden hatten nie ein Hehl daraus gemacht, daß sie ihn deswegen nicht ausstehen konnten. Gummi-Willi blinzelte irritiert, bestellte Honig ohne Whisky.

»Was wollen diese Männer von dir?« Der Außerirdische merkte sofort, daß es Ärger geben würde.

»Die Frage ist doch, was will der gute Major von dir, Gummigesicht«, flötete Marvi. Zu O'Healy meinte er: »Seitdem du nicht mehr bei der Space-Police bist, gehen dir die Männer aus, was?«

O'Healy ruckte herum und packte die Space-Polizisten recht ordentlich am Kragen. Nase an Nase konnte Marvi sehr gut verstehen: »Verpiß dich rechtzeitig. Auch wenn ich nicht mehr zu eurer Truppe gehöre, ziehe ich dich so komplett von innen nach außen, daß du aus den Ohren pupsen kannst.«

»Früher warst du vielleicht wer, Patrick«, knirschte Daniel und machte Drohgebärden. »Jetzt bist *du* nur noch ein Pups!«

Marvi kicherte blöd, Gummi-Wille nahm Abstand und O'Healy trat ohne jeglichen Ansatz, ohne auch nur einen überflüssigen Muskel zu bewegen, Daniel zwischen die Beine. Nach diesem Kontakt alterte der Space-Police-Mann um Jahre. Als die Faust des Majors dann in sein Gesicht knallte, betrug sein Alter Sechzig. Nach dem dritten Schlag durfte man ihn auf Achtzig schätzen. Über Hundert war er, als sein Körper schlaff zu Boden federte. Gummi-Wille begann zu jammern und Marvi überdachte das Chancengleichgewicht. Da O'Healy sich nicht weiter rührte und sein Kumpel Daniel nur noch seltsam zuckte, stürzte er sich mit einem Wutschrei auf den Major. Der wehrte ihn mit einer Hand ab. Marvis Schweinsaugen wurden tellergroß. Seine dünnen Lippen quetschten Verwünschungen hervor. Plötzlich hatte er eine Flasche in der Hand. O'Healys Reaktionsfähigkeit befand sich normal in allerbester Verfassung. Nur jetzt war eben nicht *normal.* Glas zersplitterte auf O'Healys Stirn. Blut spritzte und rann über die Nasenflügel in die Mundwinkel. Wütend spuckte O'Healy sein eigenes Blut seinem Gegenüber ins Gesicht und griff dann nach dessen Ohren. Gummi-Willi wandte sich mit Grausen ab und mußte so nicht mit ansehen, wie O'Healy Marvi wie eine Stoffpuppe durch den Raum prügelte, um ihn dann in einer Ecke liegen zu lassen.

Kaum fünf Minuten und zwei doppelte Whisky später traf ein weiterer Trupp der Space-Police ein. Nüchtern und sehr diensteifrig. Mit Schockknüppeln bewaffnet.

»Hi, Jungs«, grüßte O'Healy leutselig. »Lust auf einen Drink?«

Die Antwort bestand aus einem Schlag mit dem Schockknüppel.

Um O'Healy wurde es dunkel.

Drei Tage Knast auf EOS Prime hatten den Major auf seinen absoluten Tiefstpunkt gebracht. Doch dann, ohne Vorwarnung, warfen ihn seine sauberen SP-Exkollegen aus der Arrestzelle, drückten ihm die Entlassungspapiere in die Hand und murmelten etwas von: »Die HTO hat deine Kaution bezahlt, also hau bloß ab und laß deinen Arsch nie wieder hier sehen.« Wie in Trance ließ er sich auf die Besucherebene führen. Dort saß eine Frau. Er blinzelte. Es war eine Moranerin. Es war...

»Shalyn!« O'Healy staunte. »Was...?« Die Moranerin lächelte ihn sanft an.

»Sie haben mir vor einem Jahr geholfen, Major. Mich aus dem Weltraum gefischt und mir das Leben gerettet. Erinnern Sie sich?«

O'Healy nickte.

Er erinnerte sich nur zu gut daran, wie er vor einem Jahr, als Kommandant eines Space-Police-Patrouillenbootes, in der Nähe des Alpha-Centauri-Systems die treibende Rettungskapsel mit der bewußtlosen Shalyn Shan entdeckt hatte.

Einzige Überlebende des HTO-Prospektorenschiffs MAGELLAN unter dem berühmten Kapitän Boris Barschenko, das bei einer Expedition zur galaktischen Randzone in den Sog eines Schwarzen Lochs geraten und zerstört worden war.

Nur Shalyn hatte die Katastrophe überstanden – und war Tausende Lichtjahre vom Unglücksort entfernt scheinbar aus dem Nichts wieder aufgetaucht, ohne sich an das erinnern zu können, was nach dem Sturz in die Singularität mit ihr geschehen war...

Ein Mysterium, dachte der Major. Eins von vielen, das diese Frau umgibt.

»Sie haben mir damals geholfen«, wiederholte Shalyn, »und jetzt werde ich Ihnen helfen. Kommen Sie mit?«

»Mitkommen? Wohin?« fragte er verständnislos. »Zur Erde?«

»Nicht zur Erde.«

Shalyns Lächeln wurde geheimnisvoll. »Zu den Sternen, Major. Welten sehen, die noch nie ein Mensch zuvor gesehen hat. Dinge sehen, die wir uns nicht einmal erträumen können. Ich habe ein gutes Schiff und eine Crew, die fast vollständig ist. Ich brauche nur noch einen Funk- und Ortungsspezialisten. Ich brauche Sie. Also, kommen Sie mit?«

Der Major war für einen Moment überrumpelt.

Zu den Sternen?

Einfach so?

Aber was hielt ihn noch im Sonnensystem? Der Whisky vielleicht, aber guten Schnaps konnte er in der Kombüse eines jedes guten Raumschiffs brennen – und zwar umsonst, während er hier auf EOS Prime nur seine Abfindung versaufen würde.

Und als der Major nickte, wußte er, daß sich sein Leben entscheidend verändern würde...

5.

Arn Borul legte den Kopf schräg, hob die Augenbrauen und sah seinen Freund kritisch an. »Du machst dich rar in letzter Zeit«, sagte er. »Weißt du, wann wir uns zum letzten Mal gesehen haben?«

»Schon ein paar Wochen her«, gestand Peet Orell. »Aber wenn du dich doch ständig hier in der Werft versteckst? Wie wäre es, wenn du mal ein wenig Urlaub auf der Erde machst?« Der Moraner, der vor rund zwei Jahrzehnten mit seiner Ankunft auf der Erde das Zeitalter der interstellaren Raumfahrt eingeläutet hatte, lächelte.

»Früher hätten wir alle zusammen ein wenig Urlaub von der Erde gemacht. Es gab mal eine Zeit, in der du dich selbst als weltraumsüchtig bezeichnet hast. Wir sollten einmal wieder mit einem Raumschiff hinausfliegen, irgendwo hinaus in die Weltraumtiefen, wir alle...«

Er unterbrach sich.

Nein, das war es wohl nicht, was er hätte sagen sollen. Sie alle, das schloß auch Jörn, Pino, Szer, den Doc und all die anderen mit ein, die mit der PROMET III verschwunden waren. Seit einem Jahr verschollen in den Tiefen des Weltraums... Und vielleicht würde es nie wieder so werden können, wie es einmal gewesen war. Die Welt drehte sich vorwärts, alles veränderte sich mit der Zeit. Und niemand konnte die Uhr zurückdrehen.

Peet war nicht der einzige, der hoffte, daß die verschollene Crew noch am Leben war. Er war ja selbst schon einmal in einer ähnlich fatalen Situation gewesen. Gestrandet auf Bankor. Die PROMET II ein völlig zerstörtes Wrack, keine Möglichkeit, über Funk um Hilfe zu rufen - aber irgendwie hatte es Arn Borul, der einer Verletzung wegen jenen Unheilsflug nicht mitmachte, gespürt, daß sie sich in Not befanden, und eine verzweifelte Suchaktion gestartet. Trotz aller Aussichtslosigkeit des Unternehmens, trotz fehlender Hinweise, wo die PROMET II zu suchen war, hatte er sie schließlich in den unendlichen Weiten des Weltraums aufgespürt und zurück nach Riddle und dann zur Erde bringen lassen.

Aber damals hatte es auch kein striktes Verbot der Space-Police gegeben, eine Rettungsaktion zu starten...

Unwillkürlich ballte Peet die Fäuste. »Ein Jahr«, murmelte er. »Ein ganzes verdammtes langes Jahr sind sie jetzt irgendwo da draußen. Und wir dürfen ihnen nicht helfen – zur Hölle! Wenn wir damals auf Bankor so lange hätten aushalten müssen, wir hätten es nicht geschafft.«

Der Moraner legte ihm die Hand auf die Schulter. »Peet, der Standpunkt der Space-Police ist durchaus vernünftig...«

»Vernünftig?« fuhr Orell auf. »Es ist vernünftig, Menschen im Stich zu lassen, die dringend Hilfe brauchen? Es ist vernünftig, sie irgendwo da draußen zwischen den Sternen verrecken zu lassen? Arn, damals, als wir uns die ersten Male hinauswagten zu fremden Welten, da haben wir doch alle das Katz-und-Maus-Spiel mit der Space-Police getrieben, das mein Vater begann, um die moranische Supertechnik allein für die HTO zu sichern und nebenbei auch die Menschheit vor einem Techno-Schock zu bewahren, nur hat er über diese Möglichkeit nie öffentlich gesprochen und sich in seinem Image als Großkapitalist und eiskalter Geschäftemacher gesonnt! Aber dieser Techno-Schock kam dann doch, als der Weltrat uns zwang, die Moran-Technologie allen zugänglich zu machen. Dad hatte recht, damals, als er mit allen Tricks versuchte, der HTO ihr Monopol zu sichern. Aber das damals war noch eher ein Spiel. Was jetzt geschieht, Arn, ist bitterster, tödlicher Ernst, und wenn unsere Freunde zwischen den Sternen gestorben sind, weil wir nicht helfen durften, dann…«

»Was dann?« fragte Borul leise, ohne den Druck seiner Hand zu verstärken. »Willst du dann einen Krieg gegen die Space-Police führen? Oder gegen den Weltrat putschen?«

Peet sah ihn aus großen Augen an, als erwachte er aus einem Tagtraum. Dann schüttelte er ganz langsam den Kopf.

»Nein«, sagte er leise und dehnte das Wort sehr lang. »Nein, das werde ich nicht tun. Ich werde mich nicht ins Unrecht setzen. Ich werde…«

Er verstummte, zuckte mit den Schultern. Arn ließ ihn los, sah zu Vivien Raid und Junici hinüber, die zusammen mit Peet zur Asteroidenwerft gekommen waren. Die beiden Frauen blieben stumm. Oft genug in den letzten Monaten hatten sie über eben dieses Thema gesprochen. Es gab für sie nichts hinzuzufügen, nicht einmal für die noch immer temperamentvolle Vivien.

Arn und Junici nickten sich kurz zu.

Ihre ganz private Begrüßung hatte zu warten, auch wenn sie sich über eine Woche nicht mehr gesehen hatten, weil Junici Borul in ihrer Eigenschaft als Chefberaterin in der HTO-Zentrale auf der Erde zu stark eingespannt gewesen war. Peet marschierte schon voraus und legte dabei Tempo vor.

»Er sieht heute wieder sehr entschlußfreudig aus, nicht?« blinzelte Vivien dem Moraner zu. »Fast wie in den alten Zeiten. Einige Male hatte ich heute das Gefühl, er würde sich am liebsten selbst in den Kommandosessel der neuen PROMET werfen und einfach losfliegen.«

»Das wird er sicher nicht tun«, zweifelte Arn. »Gerade jetzt wird er auf der Erde gebraucht, um notfalls der Crew den Rücken zu decken, wenn es Ärger geben sollte.«

»Du rechnest also auch mit Problemen«, schlußfolgerte Vivien.

Arn nickte nur.

Wenig später standen sie in einem der großen Konferenzräume der neuen Crew gegenüber. Ein großes Panoramafenster aus verzerrungsfreiem, bruchsicheren Kunstglas erlaubte den Blick hinaus ins All; supraleitende Thermofäden sorgten dafür, daß das Riesenfenster die Weltraumkälte nicht in die Station ließ.

Als silbergrau schimmerndes Band war ein Teil des Asteroidengürtels zwischen Mars und Jupiter zu sehen. Die HTO-Werft befand sich, von der rund 500 Millionen Kilometer entfernten Erde aus gesehen, etwas ›oberhalb‹ des Gürtels. Sie bestand aus einem kugelförmigen, 860 Meter durchmessenden Nexus, von dem strahlenförmig 24 unterschiedlich lange und dicke Dockröhren ausgingen; aus dem Weltraum betrachtet ähnelte das Gebilde einem stachelbewehrten Ball, der Kugel eines Morgensterns nicht ganz unähnlich. Die zwischen 100 bis 600 Meter langen und 60 bis 150 Meter durchmessenden hohlen Dockröhren enthielten die eigentlichen Werftanlagen; von der kleinen Luxusraumyacht bis hin zum riesigen Kolonistenraumer wurden alle Schiffstypen im Inneren dieser Röhren zusammengebaut. Auch die PROMET IV war hier entstanden. Die benötigten Rohstoffe wurden von Minenschiffen überall im Asteroidengürtel gefördert, zur Werft gebracht und im Nexus weiterverarbeitet.

Im Inneren dieser Kugel befanden sich die Energiekonverter, Rohstoffverarbeitungsanlagen, Autofabs, Lager, Fährenhangars, Kontrollstationen, Wohnquartiere und Freizeiteinrichtungen der Belegschaft und was der Anlagen mehr waren. Die Corporation hatte beim Bau der Werft nicht gekleckert, sondern geklotzt und trotz astronomischer Kosten jede Menge Raum geschaffen. Wo in den Werften der Konkurrenz-Unternehmen – in den Lunadocks auf dem Erdmond und in der Kosmodrom-Werft im Erdorbit – drangvolle Enge herrschte, existierten hier große, freundliche Räume und viel ›Auslaufplatz‹ und Freizeiteinrichtungen, was die Motivation der Mitarbeiter wesentlich verbesserte, die sich hier auch mal aus dem Weg gehen konnten, wenn Raumkoller drohte oder man einfach nur seine Ruhe haben wollte. Konflikte und Spannungen, die in den Lunadocks an der Tagesordnung waren und zu Aggressionen führten, die häufig in Gewaltausbrüchen endeten und verletzungsbedingten Ausfall der Mitarbeiter zur Folge hatten, hielten sich in der HTO-Werft in engen Grenzen. Das erhöhte die Produktivität und spielte die Investitionskosten schnell wieder herein. Peets Vater Harry T. Orell, der nicht nur die Corporation aus dem Nichts heraus geschaffen und zum größten Werftkonzern der Erde gemacht hatte, hatte seinerzeit nur zu gern auf den Rat seines Sohnes gehört und die Sparfüchse seiner Finanzabteilung ignoriert, die warnten, eine so großzügig angelegte Werft im freien Raum sei ein finanzieller Moloch, der die HTO in den Abgrund reißen könne. Aber Harry T. Orell war schon oft ein Risiko eingegangen und hatte immer recht behalten – auch diesmal.

Innerhalb von sieben Jahren hatten die Mehrkosten der Asteroidenwerft sich amortisiert; zufriedene Mitarbeiter dankten es Orell, der diesen Erfolg noch selbst hatte genießen können, ehe er vor fünf Jahren von Adamsons Assassinen ermordet worden war.

In dem großen Konferenzraum gab es heute nur einen riesigen, vom Antigravfeld gehaltenen Tisch und zehn bequeme Schwebesessel; vor dem großen Panoramafenster war ein üppiges kaltes Büfett aufgefahren worden. Weit draußen im Weltraum, etwa zwei Kilometer von der Werft entfernt, schwebte Captain Worners HTO-001 als winziger, blitzender Stern zwischen den Sternen; das ›Flaggschiff‹ des Konzerns, mit dem Peet und die beiden Frauen von der Erde angereist waren.

Peet lächelte die Crew des neuen Raumschiffs PROMET an und hob die Hand.

Er wartete, bis Ruhe eingekehrt war, und er nahm sich einen Moment Zeit, Shalyn Shan zu mustern.

Er bemerkte die Trauer und die Entschlossenheit unter der kühlen Maske ihres Gesichts. Die Trauer um ihren verschollenen Ehemann Jörn Callaghan und die Entschlossenheit, ihn zu finden und heim zur

Erde zu holen. Ohne die Entschlossenheit der jungen Moranerin, dachte Peet selbstkritisch, hätten sie diese Expedition vielleicht gar nicht gewagt, trotz seiner markigen Worte. Zu groß war der Druck der Space-Police, niemals wieder den Verbotenen Sektor Katai anzufliegen; zu aussichtslos war das Unterfangen, ein einzelnes Schiff dort draußen zwischen den Sternen zu finden, 1200 Lichtjahre von der Erde entfernt.

Peet Orell räusperte sich.

»Ich heiße Sie herzlich willkommen. Einige von uns kennen sich ja bereits von früheren Begegnungen her. Für die anderen: Chefkonstrukteur und Werftleiter Arn Borul, der auch Ihr neues Schiff entworfen und entwickelt hat. Chefberaterin für Kontakte mit extraterrestrischen Zivilisationen Junici Borul. Vivien Raid, Leiterin des HTO-Instituts für interstellare Forschungen und damit zuständig für den Einsatz der konzerneigenen Prospektorenschiffe – Ihre unmittelbare Ansprechpartnerin in allen Belangen. Mich dürften Sie alle kennen: ich bin der Mann, den Sie mit Ihren natürlich völlig überzogenen Gehalts- und Prämienforderungen vermutlich in den Bankrott treiben werden, der aber nicht zögern wird, Sie erbarmungslos zu feuern, wenn Sie keine Erfolge erzielen bei dem Versuch, dieses Büfett zu plündern und sich den Bauch vollzuschlagen. Captain Shan, bitte…«

Erstes Schmunzeln zeigte sich auf den Gesichtern der neuen Crew; lediglich Cy blieb ernst.

Shalyn Shan stellte ihrerseits die Crew vor.

»Das war's fürs offizielle Protokoll – kommen wir nun zum gemütlichen Teil der Angelegenheit«, sagte Vivien etwas spöttisch. Mäßig interessiert musterte sie Vanessa Modestas recht gewagt geschnittenes und dabei ziemlich kurz geratenes Kleid, das großzügige Einblicke gewährte.

Und mir haben die Jungs damals immer vorgehalten, ich würde alle Männer an Bord durch mein Outfit in tiefste Verwirrung stürzen, dachte sie schmunzelnd. Die kleine Medizinerin mit den atemberaubenden Kurven und dem etwas puppenhaft wirkenden Gesicht würde bei den Herren der Schöpfung sicher für noch mehr sündige Träume sorgen. Auch Shalyn Shan in ihrem hauteng anliegenden Overall war alles andere als ein Beruhigungsmittel.

Vivien bediente sich großzügig am Büfett und ließ sich dann am Schwebetisch nieder. Die anderen folgten ihrem Beispiel. Lukas Hagen suchte sich seinen Platz direkt zwischen ihr und Vanessa Modesta. Ihr fiel auf, daß er schon die ganze Zeit über nicht nur Modestas freizügiges Kleidchen, sondern immer wieder auch bewundernd ihren in allen Farben des Regenbogenspektrums flirrenden Hosenanzug mit der goldglitzernden Bluse betrachtete. Natürlich; er war auch nur ein Mann, und die Jahre hatten ihrer wohlgeformten Figur nichts angetan. Man merkte ihr kaum an, daß sie bei ihrem letzten Geburtstag ganz ehrlich die vierte Null gefeiert hatte.

»Was den gemütlichen Teil angeht«, fuhr Vivien jetzt fort, »ist Ihnen klar, was auf Sie wartet?«

»Zehn Millionen Sol«, sagte Vanessa und schenkte Peet Orell ein spitzbübisches Lächeln.

Peet lächelte nicht.

»Glauben Sie nicht, daß es leichtverdientes Geld ist«, sagte er ruhig. Nur Arn und Vivien, die ihn von allen am besten kannten, fühlten, wie es in ihm vibrierte. Aber er beherrschte sich; so wie vorhin nach der Ankunft vor seinen Freunden würde er hier, vor der neuen PROMET-Crew, nicht aus der Rolle fallen.

»Es kann sein, daß Sie sterben werden«, fuhr er mit gut gespielter Ruhe fort. »Es kann sein, daß Sie Ihr Ziel nie erreichen, schon Ihre erste Aufgabe nicht erfüllen können. Es kann sein, daß Ihnen das Äußerste abverlangt wird, daß Sie in Gefahren geraten, die Sie sich nicht einmal in Ihren schlimmsten Alpträumen vorstellen können. Bevor Sie diese Worte als zu theatralisch einstufen: Ich weiß, wovon ich spreche, und Mister und Mrs. Borul und Miss Raid ebenfalls. Wir alle haben zwischen den Sternen Dinge erlebt, die uns oft genug an den Rand des Todes gebracht haben. Sie sollten, ehe Sie starten, Ihr Testament machen. Das ist kein Scherz. Ich möchte, daß wir uns schon bald wieder in dieser und vielleicht sogar in einer vergrößerten Runde gegenübersitzen. Aber es gibt keine Garantien. Der Auftrag, mit dem ich Sie in den Raum hinausschicke, kann Ihren Tod bedeuten. Ich bin mir meiner Verantwortung dafür nur zu gut bewußt, und Sie können mir glauben, daß ich liebend gern selbst mit Ihnen fliegen würde – wenn man mich ließe. Wer mich kennt, weiß, daß ich das Risiko eingehen würde. Aber ich darf nicht. Ich werde hier gebraucht. Weniger, um die Firma zu leiten. Mehr, um Ihnen, von Miss Raid unterstützt, jederzeit den Rücken freizuhalten und alles auf meine Kappe zu nehmen, was Sie tun werden. Sie operieren jenseits der Legalität.«

O'Healy hüstelte. »Wer tut das nicht irgendwann einmal?« murmelte der ehemalige Space-Police-Offizier.

»Sie werden auf sich allein gestellt sein«, warf Junici jetzt ein. »Sollten Sie Probleme bekommen, können Sie keine Hilfe erwarten. Aber es ist anzunehmen, daß Sie mit uns noch nicht bekannten Zivilisationen zusammentreffen. Im Bordcomputer der PROMET IV finden sich umfangreiche Dateien über Verhaltensweisen humanoider und nichthumanoider Fremdvölker, mit denen wir bisher zu tun hatten. Ich werde mich mit Ihnen darüber unterhalten. Sie werden wertvolle Verhaltenshinweise finden, wenn Sie neue Entitäten entdecken. Oft lassen sich Parallelen finden. Und wenn man nach ersten Beobachtungen in etwa vorausberechnen kann, wie Fremdwesen sich höchstwahrscheinlich verhalten werden, kann man den sonst unvermeidlichen Konflikten vorbeugen.«

»Soll das heißen, daß wir erst den Computer fragen sollen, ehe wir mit Außerirdischen zu reden beginnen?« fragte Takagawa stirnrunzelnd. »Das ist doch nicht Ihr Ernst!«

»Ihr psychologisches Einfühlungsvermögen ist mir bekannt«, sagte Junici gelassen. »Deshalb habe ich auch zugestimmt, als Captain Shan Sie für die Crew zu gewinnen beabsichtigte.«

Der Navigator sog scharf die Luft ein und wechselte einen Blick mit Shalyn Shan. Deren Gesicht blieb ausdruckslos.

»Sie fliegen in den Katai-Sektor und werden die PROMET III und ihre Crew suchen, die vor einem Jahr in dieser Region des Weltraums verschwunden ist – wie viele andere terranische Schiffe. Sie werden die PROMET III finden, bergen und zur Erde zurückbringen«, sagte Peet Orell. »Nicht mehr und nicht weniger wird von Ihnen erwartet.«

»Wenn Sie darüber hinaus Forschungsergebnisse mitbringen, ist das natürlich gern gesehen«, ergänzte Vivien. »Ihr Auftrag erstreckt sich auch auf die DSCHINGIS KHAN unter Captain Jonas Kraggen, die vor Ihnen mit der Suche nach der PROMET beauftragt wurde – und ebenfalls verschwand. Das gilt selbstverständlich auch für die anderen im Katai-Sektor verschollenen Raumer.«

»Zwei davon sind Space-Police-Schiffe«, warf O'Healy trocken ein.

Vivien nickte.

»Die DSCHINGIS KHAN war ein stark bewaffnetes Kampfschiff«, fuhr O'Healy fort. Er grinste Orell und die anderen an. »Ja doch, das hat sich in gewissen Kreisen herumgesprochen. Ihr Suchschiff, Sir, hatte meines Wissens schwerste Kriegsausrüstung an Bord. Eigentlich recht ungewöhnlich für ein ziviles Raumschiff, nicht wahr?«

»Die Bewaffnung ging ein wenig über die eines normalen Prospektorenschiffes hinaus«, gestand Orell.

»Ein wenig ist gut«, sagte O'Healy. »Die DSCHINGIS KHAN ist trotz ihrer Kriegswaffen von ihrem Flug nicht zurückgekehrt. Ist unsere Bewaffnung besser?«

»Die PROMET IV ist nicht bewaffnet«, erwiderte Peet. »Sie besitzt lediglich einen Bordlaser zur Asteroidenabwehr. Wie es früher auch bei den ersten Schiffen üblich war, die den Namen PROMET trugen.«

»Das ist nicht Ihr Ernst, Sir!« protestierte O'Healy. »Hören Sie, welche Chance haben wir, wenn nicht einmal ein schwerbewaffneter Kampfraumer zurückkommt?«

»Vielleicht eine bessere«, sagte Arn Borul. »Wir haben früher die Erfahrung gemacht, daß Diplomatie und Verhandlungsgeschick – und manchmal auch ein paar kleine, feine und trotzdem gemeine Tricks – effektiver sein können als schwere Kriegswaffen. Wir haben oft in Waffenmündungen geblickt, bei den Kingern, den Andorern und ihren Vorfahren, den Ewigen und den Zyklops – und sind immer heil zurückgekehrt.«

»Aber das liegt lange zurück«, warf Cyberjohn Five ein. »Fünfzehn, zwanzig Jahre. In der Zwischenzeit hat sich viel getan in der Galaxis.«

»Es gibt Dinge, die sich nie ändern werden«, sagte Arn. »Wir Moraner waren nie ein kriegerisches Volk, und es wäre sicher nicht gut, wenn die Terraner in den Ruf eines kriegerischen Volkes gerieten.«

Er wechselte einen kurzen Blick mit Peet, der sekundenlang die Augenlider senkte. Arn hatte damals gegen die starke Armierung der DSCHINGIS KHAN energisch protestiert. Aber Peet bestand darauf. Ausgerechnet Peet, der immer wieder gegen Gewalt predigte und der

der engagierteste Fürsprecher einer friedlichen Eroberung der Sternenräume war!

Es mochte daran gelegen haben, daß es sich bei den Verschollenen um seine besten Freunde handelte.

»Den Moranern wurde es zum Verhängnis, daß sie kein kriegerisches Volk waren«, sagte Five. »Moran verging im Feuerschlag der Zyklops.«

»Und Sie meinen, eine Flotte bewaffneter Kampfraumschiffe hätte daran etwas geändert?«

Five nickte.

»Ich darf«, sagte Arn, »mit Ihrer gütigen Erlaubnis einen bekannten Schriftsteller Ihres Planeten zitieren, der im 20. Jahrhundert lebte. Karl-Herbert Scheer schrieb: ›Nur ein verbrecherisch veranlagter Narr kann der Meinung sein, bedrohlich erscheinende Konflikte allein mit Waffengewalt lösen zu können. Gönne deinem vermeintlichen Gegner das Wort; biete ihm deine Hand zum Gruß; lege sie vertrauensvoll in artfremde Hände – und du verdienst es, Mensch genannt zu werden. Die Waffe wird dem Wort aus verhandlungsbereitem Munde niemals überlegen sein.‹ Unser Unglück war, daß die Zyklops uns keine Gelegenheit gaben, mit ihnen zu reden. Sie aber, die Sie mit der PROMET IV im Katai-Sektor unterwegs sein werden, sollten versuchen, Gelegenheiten zum Reden nicht nur zu ergreifen, wo sie sich bieten, sondern sie ausdrücklich zu schaffen. Und damit meine ich nicht, jemandem zum Verhör die Laserwaffe auf die Brust zu setzen. Seien Sie einfach effektiver, als wir Moraner es waren, als es um unsere Welt ging.«

Peet Orell beugte sich vor.

»Die PROMET war mein erstes Raumschiff. Wir träumten von den Sternen und wollten fremde Welten sehen. Schiffe, die den Namen PROMET tragen, sind aus Tradition niemals waffenstarrende Kampfraumer. Prometheus, der griechische Sagenheld, dem dieser Name nachempfunden wurde, war ein Suchender, ein Forscher, ein Mann, der den Menschen den Fortschritt brachte – er stahl den Göttern das Feuer, das sie sorgsam für sich gehütet hatten. Er war kein Krieger. Auch Sie sollen keine Krieger sein. Ihr Flug ist ein Forschungsauftrag, auf zwei Jahre begrenzt. Das steht nicht nur in den offiziellen

Papieren, sondern« – er schluckte kaum merklich – »das meine ich auch so. Sie sollen nicht wild um sich schießen, sondern Wissen finden und Menschenleben retten, wenn es möglich ist. Im Katai-Sektor gibt es keine Gaianer, gegen die Sie kämpfen müssen. Vielleicht geht die Bedrohung, die den dort verschollenen Schiffen offenbar zum Verhängnis wurde, gar nicht von aggressiven Aliens aus. Vielleicht ist es ein Naturphänomen, und auf das können Sie ohnehin nicht schießen. Eine dritte Möglichkeit wäre, daß alle Raumfahrer dort ihr absolutes Paradies gefunden haben und freiwillig nicht mehr zu uns zurückkehren wollen. Alles ist möglich. Ich bezahle Sie deshalb so gut, damit Sie trotzdem zurückkehren.«

Vanessa nickte. »Natürlich kehren wir zurück. Schließlich wollen wir nicht nur reich, sondern auch berühmt werden.«

»Welch Anfall von Selbsterkenntnis«, sagte Shalyn. »Kommt das bei Ihnen öfter vor?«

»Selten«, entgegnete die Medizinerin sarkastisch. »Wenn es Ihnen nicht gefällt, warum wollten Sie mich dann unbedingt in der Crew haben?«

»Damit Sie die Chance bekommen, zehn Millionen Sol zusätzlich zu Ihrem Gehalt einzusacken«, grinste Shalyn sie an.

»Ah, ich wußte doch, daß Sie meine Rettung vor dem finanziellen Ruin sind«, seufzte Vanessa. »Wenn ich irgendwann mal ein paar Sekunden Zeit habe, werde ich Ihnen dankbar die Füße küssen.«

»Warum Shans Füße?« warf der Professor erwartungsfroh ein. »Darf ich Sie darauf hinweisen, daß es küssenswertere Objekte in Ihrer näheren Umgebung gibt?«

»Ach, danke, daß Sie mich freundlicherweise auf Mister Borul hinweisen. Aber seine Frau wird dagegen sein«, konterte Vanessa.

Hagen verdrehte die Augen und knurrte mürrisch etwas Unverständliches vor sich hin.

»Wieso Mister Borul?« empörte sich Peet. »Ich bin ja schließlich auch noch da! Und ich bin unverheiratet!«

»Aber Sie sind der Boß«, sagte Vanessa. »Das könnte mir die üble Nachrede einbringen, diesen Job bekommen zu haben, weil ich den Boß geküßt habe, und Ihnen den Vorwurf der sexuellen Belustigung, äh, Korrektur: Belästigung am Arbeitsplatz beziehungsweise der

Unzucht mit Abhängigen. Zu unserer beider Frommen ziehe ich Captain Shans Füße vor – indessen werde ich die Zeit eh nicht haben. Also vergessen wir's lieber.«

Die anderen – wieder mit Ausnahme von Cyberjohn Five - grinsten.

»Dieser friedliche Prometheus erlebte übrigens eine bemerkenswerte Karriere«, nahm O'Healy den Faden wieder auf. »Göttervater Zeus schmiedete ihn zur Strafe für den Feuerdiebstahl an einen Felsen und zitierte einen Adler herbei, der sich täglich auf Prometheus stürzte und von seiner Leber fraß. Damit das Tier nicht verhungerte, wuchs die Leber natürlich ständig nach.«

»Der arme Adler«, murmelte Vanessa. »Jeden Tag Leber – das ist doch eine recht einseitige und ungesunde Kost. Wohl eher eine Bestrafung für den Vogel.«

O'Healy sah sie an, als wolle er sie ermorden und entscheide sich nur der vielen Zeugen wegen widerwillig dagegen.

»Ich meine damit«, knurrte er, »daß ich nicht unbedingt gewillt bin, ein ähnliches Schicksal zu erleiden wie besagte Sagengestalt - ebenso symbolisch betrachtet, wie es auch die Namensgebung für die PROMET ist.«

»Dann sollten Sie, symbolisch betrachtet, gegebenenfalls Göttervater Zeus davon überzeugen, daß Sie das Richtige tun und der Adler besseres Futter verdient, als sich ständig von Ihrer Leber ernähren zu müssen«, bemerkte Vivien Raid.

O'Healy schnappte nach Luft.

»Entschuldigung«, sagte sie. »Es war nicht persönlich gemeint. Uns allen ist Ihr Problem bekannt.«

»Es ist kein Problem. Es wird nur von anderen dafür gehalten. Wenn man mich einmal mit einer Flasche Whisky sieht, stempelt man mir sofort das Säufer-Image auf. Wenn man mich ohne Flasche Whisky sieht, denkt niemand darüber nach. Ich bin nicht abhängig.«

»Sagt ja niemand«, warf Pete beruhigend ein. »Miss Raid wollte Sie bestimmt nicht verletzen.«

»Schon gut«, brummte O'Healy.

Aber es war ihm anzusehen, daß Vivien sich mit ihrer flapsigen Bemerkung nicht gerade einen Freund geschaffen hatte. »Kommen wir wieder zur Sache«, sagte Pete. »Sie wissen jetzt, was auf Sie wartet.

Noch können Sie aussteigen. Kein Schatten wird auf Sie fallen. Wenn Sie gehen, müssen Sie nur eidesstattlich versichern, über Ziel und Aufgabe der PROMET IV nichts zu verraten – egal, an wen.«

»He, Boß – Sie werben mir meine Leute ab!« protestierte Shalyn.

Peete schüttelte den Kopf. »Sie wissen alle, daß das Unternehmen illegal ist, und ich will niemanden zwingen, wissentlich etwas Illegales zu tun. Als auch die DSCHINGIS KHAN spurlos verschwand, hat die Space-Police den Katai-Sektor zur Verbotenen Zone erklärt und weitere Expeditionen dorthin aus Sicherheitsgründen untersagt. Das gilt für alle Raumschiffe, ganz speziell für Raumschiffe der HTO. Wenn die PROMET in den Katai-Sektor eindringt, verstößt sie damit gegen eine Anweisung der Space-Police. Die Space-Police untersteht dem Weltrat. Es wäre also gewissermaßen ein Kapitalverbrechen, ein Verstoß gegen eine Anweisung des Exekutivorgans unserer Regierung, um es mal juristisch auszudrücken. Deshalb sage ich's noch einmal: Wer nicht mitmachen will, kann jetzt noch aussteigen.« Er sah sie nacheinander an.

Nein, Shalyn Shan würde auf jeden Fall nach Katai fliegen. Sie wollte ihren Mann zurückhaben.

Sie war es schließlich gewesen, die Peet dazu gebracht hatte, diesem Flug der neuen PROMET sein ›Ja‹ zu geben.

Vanessa Modesta – ihr ging es vorwiegend um das Geld. Sie würde auf keinen Fall auf die zehn Millionen Sol verzichten, die zusätzlich zu etwaigen Erfolgsprämien für neu entdeckte Planeten anfielen, und auch nicht auf die Möglichkeit, zu forschen und durch neue Erkenntnisse weitere Geltung zu erlangen.

Anake Takagawa – ein Mann, der das Risiko liebte und nicht lange fragte. Vielleicht würde er damit selbst zu einem Risiko für die Mission werden.

Aber als Navigator und auch durch sein Einfühlungsvermögen in nichtmenschliche Denkweisen war er top. Major O'Healy sah nach seinem wenig ruhmreichen Abschied von der Space-Police auf der Erde ohnehin keine Perspektive mehr.

Professor Lukas Hagen litt unter dem Komplex, Shalyn Shan imponieren zu wollen. Und Five – der Cyborg kannte so oder so keine Angst. Und so waren sie alle dabei.

6.

Später führte Arn Borul die neue Crew durch das neue Schiff, das sich noch in seiner Dockröhre befand. »Es ist das beste Schiff, das ich jemals gebaut habe«, sagte der Moraner. »Sogar besser als die TIRA...«

Tira – Hoffnung! Das war der Name des Raumers gewesen, mit dem er einst von Moran gestartet war, um Schedo, den hellen Planeten, zu finden, der die Rettung für alle überlebenden Moraner hatte werden sollen. Der weise alte Thosro Ghinu und seine Experten hatten die TIRA gebaut, aber bis heute war nicht geklärt worden, warum der Kher in Brand geriet und in einer atomaren Reaktion die TIRA vernichtete; genau in jenem Augenblick, in dem sie über Schedo erschien.

Schedo – die Erde!

Für Arns Gefährten, die den Flug mit ihm gemacht hatten, war der Untergang der TIRA auch ihr Ende gewesen. Nur Arn hatte wie durch ein Wunder überlebt, war von Peet Orell gerettet worden, und dann hatte er, um nach Moran zurückkehren zu können, den Terranern das Transitionstriebwerk gebaut, das alte moranische Technik war und jetzt seinen, Arn Boruls, Namen trug. Dabei hatte er es nicht erfunden, sondern nur dank seines enormen Wissens nachgebaut.

Sie waren nach Moran geflogen, hatten die letzten Überlebenden evakuiert. Der Planet Suuk war zur neuen Heimat der Moraner geworden, doch mehr und mehr von ihnen siedelten mit der Zeit nach Schedo um, nach Terra, zur Erde.

Damals, als er mit der TIRA zum Schedo startete, hatte Arn nicht im Traum daran gedacht, einmal der bekannteste Raumschiffkonstrukteur in diesem Teil der Galaxis zu werden. Jetzt zeigte der Moraner seinen terranischen Freunden den bisherigen Höhepunkt seines Schaffens.

Die PROMET IV war das modernste Forschungsschiff der HTO-Corporation. Die tropfenförmige Raumyacht besaß eine Gesamtlänge von 120 und einen Maximaldurchmesser von 40 Metern. Der Druckkörper bestand aus einer quantenstabilisierten Marsonstahl-Legierung. Das blauschimmernde Metall, das in seiner Ursprungsform nur auf dem Mars vorkam und extrem widerstandsfähig gemacht worden war, besaß jetzt einen Schmelzpunkt von 9870° Celsius.

An der Bugsektion zeigten sich diverse Antennen, Sensoren und Rezeptoren, die beim Atmosphärenflug in den Schiffskörper eingezogen werden konnten. Das sparte Hitzeschilde; die Antennen selbst konnten nicht aus der hitzebeständigen Marsonlegierung konstruiert werden, weil die nicht leitfähig war, und waren daher beim schnellen Atmosphärenflug thermisch gefährdet.

Zudem gab es eine an der Bugspitze montierte leichte Blasterkanone – wie bereits von Peet Orell erwähnt, war sie eher für Meteoritenabwehr gedacht und sehr leistungsschwach. Allerdings besaß die PROMET mit dem Kombischutzschirm – kurz KSS genannt – eine Schutzeinrichtung, die bislang fast immer ausgereicht hatte. Für die Selbstverteidigung der Crew bei Außenlandungen gab es ein paar Handblaster und schwerere Lasergewehre an Bord.

Im oberen Teil der Bugsektion befanden sich drei Hangardecks. Darin waren die Hangars für die Beiboote, Sonden und Roboter untergebracht.

Es gab zwei Beiboote des sogenannten N-Typs – N stand für Normalantrieb – der Standardklasse. Zwölf Meter lang, 2,9 Meter durchmessend, besaßen sie DeGorm-Antrieb, Gravopuls und den KSS. Jedes dieser Boote konnte vier Personen und eine Nutzlast von 2 Tonnen aufnehmen. Zusätzlich gab es noch ein vollautomatisches N-Boot für den reinen Lastentransport, um Forschungsroboter auf Planeten abzusetzen.

Auf ein T-Boot – mit Transitionsantrieb –, wie es noch zur Ausstattung der PROMET II und III gehört hatte, war verzichtet worden. Das war logisch; wohin die PROMET nicht kam, kam ein Beiboot auch nicht, und für den Fall einer Schiffsevakuierung konnten die N-Boote über Hyperfunk Hilfe herbeirufen. Deshalb hatte sich Arn bei der Konzeption des neuen Raumers in diesem Fall dem Kostendruck gebeugt und auf ein unverhältnismäßig teures T-Boot verzichtet.

Dann gab es zwei Frachtdecks mit Lagerräumen für Ersatzteile, Vorräte und andere Dinge, die von Fall zu Fall mitgeführt werden konnten oder sollten. Darunter befand sich das Kommandodeck mit der Steuerzentrale, von der aus sämtliche Kontroll-, Funk- und Ortungssysteme bedient wurden, die ringförmig um die Zentrale herum installiert waren. Außerdem befand sich in diesem Deck die Kommandodeck-Personenschleuse. Sie war durch einen direkten Zugang mit der Zentrale verbunden und verfügte über einen Antigravlift, der die in anderen Schiffen verwendete und inzwischen veraltete Ausstiegsrampe ersetzte. Die Crew konnte also von der Kommandozentrale aus direkt das Schiff verlassen und auch von draußen direkt die Zentrale erreichen, ohne erst durch alle Schiffsdecks bis zur Bodenschleuse zu müssen.

Die Kommandozentrale war ein kreisförmiger Raum mit einem Durchmesser von fünf Metern. Durch ein Lamellenschott gelangte man zum zentralen Antigravschacht und in den Verbindungsgang zur erwähnten Personenschleuse. Die Zentrale war mit drei Kontrollpulten ausgestattet: Pilotenstation, Navigation sowie Funk- und Ortungsstation; außerdem gab es drei zusätzliche Sitze. Anstelle der früher verwendeten Monitore gab es holografische Displays. Schaltwände, Instrumententafeln und weitere Ausstattungsdetails rundeten das Bild ab. Großer Aufwand war für das Design betrieben worden; die Zentrale wirkte insgesamt freundlich und warm; vor allem Major O'Healy war beeindruckt, der den technisch-kalten Space-Police-Raumern spätestens jetzt keine Krokodilstränе mehr nachweinte.

Das Ortungs- und Kommunikationspult verfügte über die gewohnten Energie-, Masse-, Gravo- und Biosensoren zur Nah- und Fernaufklärung und über zwei Spezialortungssysteme, die es in keinem anderen irdischen Raumschiff gab: Funkpeilung und Dekametro. Die Hyperfunkanlage hatte eine Reichweite von rund 500 Lichtjahren. Für die Kommunikation über noch größere Entfernungen konnten insgesamt zwei Kuriersonden gestaffelt werden, die über Borul-Triebwerke verfügten. Damit ließ sich theoretisch über bis zu anderthalbtausend Lichtjahren funken.

Obgleich das Schiff für eine sechsköpfige Besatzung konstruiert war, konnte es im Notfall allein vom Bordcomputer gesteuert werden, einem hochentwickelten, mit Künstlicher Intelligenz ausgestatteten System, das die HTO-Informatiker ›KIP‹ genannt hatten – Künstliche

Intelligenz PROMET. Die Verständigung mit Kip erfolgte verbal. Da er auf allen Decks Rezeptoren hatte, konnte man von jedem Punkt des Schiffes aus mit ihm kommunizieren. Mittschiffs schloß sich das Labordeck an. Dominierend war das Astrolab, eine automatische Forschungs- und Laboreinrichtung zur vollständigen Analyse aller anfallenden Daten, die von den Ortungssystemen hereingespielt oder von den Robotern und Sonden auf neu entdeckten Planeten gesammelt wurden. Im Astrolab fiel die Vorentscheidung, ob diese Welten zur Besiedlung geeignet waren oder als Rohstoffquellen genutzt werden konnten. Zusätzlich war eine Reparaturwerkstatt für Roboter und Sonden sowie eine Autofab-Einheit zum Bau neuer Roboter und Sonden integriert.

Alle Funktionen des Astrolabs, der Roboter und der Sonden wurden von der Wissenschaftsstation aus kontrolliert, einem halbkugelförmigen, vier Meter durchmessenden Raum im Zentrum der gesamten Anlage mit Konturensitz und einem Virtual-Reality-Terminal sowie zusätzlichen holografischen Displays und für Notfälle einem manuell bedienbaren Kontrollpult.

Den Rest des Labordecks nahmen die Medostation mit dem Robodoc, die Regenerationstanks und Kälteschlafkammern für schwerere Fälle ein. Dies war auf jeden Fall das uneingeschränkte künftige Reich Vanessa Modestas.

Darunter befand sich das Wohndeck mit 10 Kabinen, Aufenthaltsraum samt Autoküche, Fitneßstudio und Freizeitraum, in dem der Besatzung Virtual-Reality-Einrichtungen zur Verfügung standen.

»Zehn Kabinen – das heißt, die Crew der PROMET IV wird nie wesentlich größer als fünfzehn bis zwanzig Personen werden«, stellte Shalyn Shan fest.

Arn nickte.

»Zurück zum Ursprung«, lächelte er. »Die erste PROMET hatte Peet, Vivien, Jörn« – er sah sie bei der Erwähnung ihres Ehemannes kurz zusammenzucken – »mich und Pino Tak, Szer Ekka und Doc Ben Ridgers an Bord. Also sieben Personen. Erst die PROMET II wurde dann besatzungsmäßig gewaltig aufgestockt. Aber die neue PROMET läßt sich durch Kips Unterstützung auch von nur einer Person fliegen, weil alles weitgehend automatisiert werden konnte. Sie sind zu sechs.«

Shalyn sah ihn nachdenklich an. »Gehe ich recht in der Annahme, daß die PROMET IV vorwiegend dafür konstruiert wurde, mit einem unabdingbaren Minimum an Personal ein Maximum an Erfolg zu erzielen? Also so wenig Leute wie möglich, um Konflikten vorzubeugen und auch möglichst wenig Personen einem erhöhten Risiko auszusetzen?«

»Es war Peets Entscheidung«, gestand Arn. »Ich gebe zu – wenn Sie die PROMET III finden, wird es vielleicht etwas eng im Schiff. Aber bei ihrem letzten Flug war die Drei recht dünn besetzt. Wir haben auch sie mit den Jahren so weit wie möglich automatisiert. Sie flog nicht mit der vollen ursprünglichen Mannschaftsstärke. Rechnen Sie mit sieben, höchstens acht Personen.«

»Überlebende.«

»Gesamtzahl. Ich weiß nicht auswendig, wer außer Ihrem Gatten, Tak, Ekka, dem Doc und Elker Hays noch an Bord war. Da müssen Sie Peet fragen. Ich denke aber, die Kabinen werden reichen. Sie sind groß genug, um zur Not auch vierfach statt mit zwei Personen, wie es üblich ist, belegt zu werden. Zur Not lassen sich weitere Notquartiere schaffen. Der Platz, den wir durch die Reduzierung der Crew auf das Notwendigste gewonnen haben, kommt anderen Einrichtungen zugute.«

Er ging weiter, setzte die Führung fort.

In der Hecksektion gab es sechs Maschinendecks, die die verschiedenen Antriebssysteme, den Maschinenraum mit den moranischen Energiekonvertern, die Generatoren für den KSS und die Lebenserhaltungssysteme beinhalteten.

»Die PROMET ist, wie alle HTO-Schiffe, mit drei verschiedenen Antriebssystemen ausgerüstet«, erläuterte Arn.

»Ein«, er hüstelte, »Borul-Triebwerk mit einer maximalen Transitionsreichweite von 300 Lichtjahren. Ferner sechs schwenkbare, enorm schubstarke DeGorm-Turbo-Triebwerke für den Unterlichtflug; wir haben den Beschleunigungsfaktor gegenüber den bisherigen Aggregaten vervierfachen können.« O'Healy pfiff durch die Zähne; als ehemaliger Kommandant eines Raumschiffes kannte er sich mit der Technik bestens aus. Eine solche Leistungssteigerung war fast unglaublich. Arn fuhr ungerührt fort: »Hinzu kommt ein Gravopuls-

Aggregat.« Dabei handelte es sich um einen Antischwerkraft-Impulsantrieb für den Flug innerhalb einer Atmosphäre, in der Strahlungspartikel des ohnehin hier viel zu schnellen DeGorm-Prinzips mehr als unerwünscht waren. Zudem erzeugte der Gravopuls ein Antigravkissen, auf dem das Schiff nach der Landung ruhte; früher übliche Teleskopstützen entfielen. Das schuf Platz im Schiff, und Antigravfelder unterlagen auch keinem mechanischen Verschleiß.

Die Technostation des Bordingenieurs bestand aus einer eiförmigen, drei Meter langen, aber nur eineinhalb Meter hohen Kontrollkabine aus Stahlglas mit Konturensitz, Kontrollpulten, Schalttafeln, Instrumentenleisten und Holodisplays. Per Gravopuls angetrieben, konnte sie zu Reparatur- und Wartungszwecken durch ein System horizontaler und vertikaler Wartungsschächte bewegt werden, das alle Maschinendecks miteinander verband und weitergehend auch durch kleinere Zwischendecks führte, die die Hauptdecks voneinander trennten. In diesen Zwischendecks gab es automatische Reparatursysteme, Wartungs-, Kabel- und Klimaschächte.

Der zentrale Antigravschacht und zwei periphere Notleiterschächte verbanden alle diese Decks mit ihren Stationen und Einrichtungen miteinander.

Nach der technischen Einführung überließ Arn seiner Frau das ›Schlachtfeld‹, die sich noch eine Weile mit der Crew über eventuell anstehende Kontakte mit bisher unbekannten Fremdzivilisationen unterhielt.

»Was hältst du von den Jungs und Mädels, du stiller Beobachter?« fragte Arn seinen Freund, der sich während der Führung im Hintergrund gehalten hatte. Peet lächelte den Moraner an.

»Sie scheinen okay zu sein. Ich glaube, Shalyn hat eine gute Mannschaft um sich geschart. Es sind Leute, mit denen ich auch gern fliegen würde.«

»Mit Hagen könnte es Probleme geben«, sagte Arn. »So, wie er die Frauen anstarrt – der Mann hat ja mehr Augen für Shan und Modesta als für die PROMET!«

»Und für mich«, schmunzelte Vivien. »Aber die Damen geben sich ja auch ziemlich reizvoll. Mir ein Wunder, daß sich die anderen Gentlemen so unbeeindruckt zeigen.«

»Was für dich natürlich ein Grund wäre, sie weiter zu provozieren«, behauptete Peet. »Nur gut, daß du nicht auch noch zur Crew gehörst. Sonst wäre der arme Professor endgültig überlastet.«

»Mach ihn nicht schlechter, als er ist. Ich glaube, sie haben sich in der kurzen Zeit, in der sie zusammen sind, schon gut aufeinander eingespielt. Er ist nicht der Typ, der über die Ladies herfällt. Er wird eher versuchen, sie mit seinem Können für sich zu gewinnen. Das spornt ihn zu Höchstleistungen an.«

»Ich vergaß – du hast neben technischen Wissenschaften auch Psychologie studiert«, seufzte Peet.

»Nur zwei ganz kleine Semesterchen lang, aber verrat's niemandem weiter, schon gar nicht Arn und Junici«, flüsterte Vivien laut, während Junici sich der kleinen Gruppe näherte, die neue PROMET-Crew im Gefolge.

»Nur keine Panik«, flüsterte Junici ebenso laut zurück. »Wir haben nichts gehört, und deshalb verrate ich auch nicht weiter, daß du zwar mehr als ein Dutzend Fachdisziplinen studiert hast, aber immer zu faul warst, einen Abschluß zu machen. Ein Wunder, daß du trotzdem einen so hochdotierten Job bei der HTO bekommen hast.«

»Das liegt daran, daß ich den Boß geküßt habe«, grinste Vivien munter.

Vanessa Modesta räusperte sich. »Dann sollte ich das vielleicht doch mal ausprobieren.«

»Dazu müßte der Boß aber auf der PROMET mitfliegen – tut er jedoch nicht. Hat also keinen Zweck«, erklärte Vivien.

»Wer sagt das?« ächzte Peet.

»Ich!« grinste sie ihn an.

»Aber ich fliege auf der PROMET mit«, meldete sich Hagen zu Wort.

Vanessa ignorierte seinen Einwand kühl. Sie trat zu Vivien. »Auf ein Wort, Miss Raid«, sagte sie und zupfte an ihrem Kleid herum. »Hatten Sie früher auch Probleme mit aufdringlichen Männern an Bord?«

Ganz kurz blitzte eine Erinnerung in Vivien auf. Wie hatte er noch gleich geheißen? Pieter Truggle, erinnerte sie sich. Ein unangenehmer Zeitgenosse, der aber sehr schnell wieder aus der Crew der PROMET II ausgemustert worden war, weil er sich mit zotigen Witzen und anzüglichen Bemerkungen nicht zurückhalten konnte, nur war dieser Truggle eine absolute Ausnahmeerscheinung gewesen. Mit allen anderen waren Junici und sie immer bestens ausgekommen. »Eher hatten die Männer Probleme mit einer aufdringlichen Vivien«, mischte sich Junici Borul schalkhaft schmunzelnd ein. »Probleme? Wir?« staunten Peet und Arn im Chor.

»Aufdringlich? Ich?« ächzte Vivien entgeistert.

»Nun ja«, erklärte Junici. »Diese ständigen Auftritte in knallengen Pullovern und durchsichtigen Blusen, und das ständig ohne BH – also, wenn ich ein Mann wäre, hätte ich sicher...«

»Erfreulicherweise bist du kein Mann«, stellte Arn klar.

»Inzwischen hat Vivy sich ja auch enorm gebessert«, behauptete Peet. »Sie ist älter – äh, reifer geworden und verzichtet jetzt lieber auf solche Extravaganzen, statt auf ihren BH...«

»Oh«, machte Shalyn Shan. »Und ich hatte mit Giorgio Conouomo aus der Hauptverwaltung gewettet, Miss Raid sei auch heute noch so extravagant...«

Vivien holte tief Luft. »Ihr Bestien!« fauchte sie. »Ihr seid ja alle zusammen genauso schlimm wie damals dieser Pieter Truggle!« Ihre Hand glitt zur Gürtelschnalle und berührte zweimal hintereinander einen glitzernden Edelstein. Im nächsten Moment offenbarte sich die Gürtelschnalle als einer jener sagenhaften und sündhaft teuren Chamäleongeneratoren. Die erzeugten Energiefelder, die den ganzen Körper einhüllen und je nach Programm jede Art von Kleidung hundertprozentig stabil imitieren konnten und den Besitzer unabhängig von jedem Modetrend machten; je nachdem, wie der Programmchip des Generators mit Updates bestückt wurde.

Für den Bruchteil einer Sekunde schaltete Vivien den Chamäleongenerator aus; der regenbogenfarbene Hosenanzug und die goldene Bluse verschwanden und zeigten Vivien im paradiesischen Naturzustand. Störend war dabei nur der Gürtel mit dem Generator, den es im Garten Eden vor der Apfelernte noch nicht gegeben hatte, aber im nächsten Augenblick entstand die Energiekleidung schon wieder neu und verbarg Vivys Reize.

Vivien streckte den Arm aus und richtete den Zeigefinger auf Shalyn. »Und wehe, ich bekomme nichts von dem Wettgewinn ab!« drohte sie, wandte sich um und rauschte langbeinigen Schrittes davon.

Junici schüttelte den Kopf. »Typisch Vivien! Die ändert sich auch nie, was?« Peet stieß seinen moranischen Freund an. »Wäre bestimmt auch schade, nicht?«

Arn verdrehte die Augen. »Frag lieber nicht mich...« Er wandte sich wieder der Crew zu. »Wenn Sie noch Fragen haben – nur zu. Noch stehe ich Ihnen zur Verfügung. In ein paar Stunden werden Sie bereits auf sich allein gestellt sein...«

Ein paar Stunden später verließ die PROMET IV die Dockröhre. Feldkameras verfolgten die tropfenförmige, blauschimmernde Yacht und zeigten auf den großen Holoschirmen im Hauptkontrollraum der Asteroidenwerft, wie der Raumer, rasch kleiner werdend, zwischen den glitzernden Lichtpunkten der Sterne verschwand.

Nach dem erfreulich lockeren Geplänkel beim gegenseitigen ›Beschnuppern‹ und später der Besichtigung der PROMET IV waren die Alltagssorgen zurückgekehrt. Irgendwie war Peet Orell froh über die kleine ›Show-Einlage‹, die Vivien und die anderen Damen zelebriert hatten; für kurze Zeit war er auf andere Gedanken gekommen und hatte sich fast wieder in die alten Zeiten zurückversetzt gefühlt. Doch nun war es wieder vorbei.

Er umklammerte die Lehnen seines Sessels, von dem aus er die Projektion betrachtete. Die Sehnen auf seinen Handrücken traten stärker hervor.

»Sehnsucht nach den Sternen, oder Eifersucht?« fragte Arn Borul leise.

Peet Orell wandte den Kopf.

»Beides«, gestand er. »Ich möchte verdammt gern mal wieder ‘raus aus dem ganzen Firmenalltagstrott, einfach nur wieder als Sternenzigeuner die Wunder der Galaxis bestaunen. Aber ich werde ja hier gebraucht, seit Dad nicht mehr lebt...« Er schluckte.

»Die PROMET war immer mein Schiff«, fuhr er dann fort. »Auch noch, als ich schon nicht mehr selbst hinausgeflogen bin. Aber da waren ja noch Jörn und die anderen, da gab's immer noch eine enge Verbindung. Aber diesmal ist das alles anders. Jetzt sitzen ganz andere Leute an den Kontrollen. Und das tut dann doch ein wenig weh – selbst nicht mehr dabei zu sein…«

»Es sind gute Leute. Die besten, die wir haben können. Besser wäre nur noch Captain Worner gewesen – damals. Heute ist auch er schon zu alt für eine solche Mission.« Peet nickte.

»Hoffentlich finden sie Jörn und all die anderen«, flüsterte er.

Nach einer Weile, als die Yacht auf dem Holoschirm längst nicht mehr zu sehen war, erhob er sich. »Da fliegen sie jetzt von Stern zu Stern wie früher wir. Für uns geht der tägliche Kleinkrieg weiter…«

Der Alltag packte mit seiner grauen Hand wieder nach ihm. Und doch hatte eine neue Epoche begonnen…

7.

Sie befanden sich alle in der Zentrale, aber nur Shalyn im Pilotensitz, Takagawa an der Navigation und der Major am Funk- und Ortungspult hatten vorläufig zu tun. Die PROMET flog mit normaler Beschleunigung senkrecht zur Ekliptik des Sonnensystems und jagte ihrer ersten Transition entgegen.

Die Sprungkoordinaten waren vorgegeben. Die Yacht flog in Richtung der galaktischen Randgebiete. Einerseits, damit sich die Crew mit dem neuen Schiff vertraut machen konnte, zum anderen, um die Space-Police irrezuführen.

Von der HTO-001 lief ein Funkspruch ein; der in Ehren ergraute Captain Worner, einst ein Draufgänger par excellence, sendete Grüße und wünschte guten Flug. O'Healy dankte und sendete dann die letzten Klarmeldungen zur Werft.

Der Countdown lief; für die Crew reine Routine. Entspannt lehnte Shalyn sich zurück und sah zu, wie sich die Sternkonstellationen im Holoschirm von einem Moment zum anderen verschoben. Geringfügig nur, weil die erste Transition nur über eine relativ kurze Distanz erfolgt war, aber immerhin.

»Transition über fünfundzwanzig Lichtjahre planmäßig erfolgt«, meldete die Raumkontrolle der Asteroidenwerft an den Kontrollraum. Wenig später kam über Hyperfunk die Meldung der PROMET: »An Bord alles okay.«

Peet und Arn nickten sich zu. In der Zentrale der PROMET bereitete Takagawa mittlerweile die nächste Transition vor. Wieder erfolgte ein Raumsprung, der die Yacht weiter von der Erde fortbrachte. Es gab keine Störungen.

Shalyn dachte an die Berichte vom Flug der ersten PROMET. Damals waren Probleme mit der Energieabgabe aufgetreten. Das Borul-Triebwerk, unter Kinderkrankheiten leidend, hatte nicht ganz so funktioniert, wie es sollte. Dennoch waren Orell und die anderen zum Alpha-Centauri-System vorgestoßen und auch wieder zur Erde zurückgekehrt. Erst die Chirr hatten später das Transitionstriebwerk verbessert.

Und nun waren es wiederum moranische und terranische Konstrukteure, die immer wieder Verbesserungen entwickelten. Die Transitionstriebwerke, mit denen vor gut zwanzig Jahren Menschen von der Erde zum ersten Mal zu den Sternen geflogen waren, gehörten längst zur Steinzeit der Raumfahrtgeschichte.

Die heutigen Borul-Triebwerke unterschieden sich von ihren ersten Vorgängern in Leistung und Komfort wie ein Antigravsessel von einem Klappstuhl. Sie waren sogar schon besser als die einstigen moranischen Transitionstriebwerke, von denen Arn trotz seines umfangreichen Wissens einst nur eine Schmalspur-Version hatte entwerfen können.

Zwischen den Raumsprüngen wurden Tests durchgeführt; die Besatzung arbeitete mit den technischen Einrichtungen und machte sich mit ihnen vertraut.

Dann war die fünfte Transition erfolgt, als O'Healy ein verdächtiges Echo feststellte. »Shalyn, wir müssen damit rechnen, daß uns jemand im Nacken hängt!«

Die Kommandantin schwang mit ihrem Sitz herum. »Wer? Die Space-Police?«

»Könnte sein«, brummte O'Healy. »Der Mistkerl kommt nicht nahe genug heran, daß ich ihn identifizieren kann, aber nach jeder Transition ist er kurz darauf wieder da. Gerade so am Rand des Erfassungsbereiches.«

»Warum sollte die Space-Police hinter uns her sein?« fragte Lukas Hagen, der in einem der Ersatzsessel Däumchen drehte. »Unser Flug ist doch gemeldet: Testflug in den Halo der Galaxis!«

»Das ist eine alte Police-Weisheit, Professor«, sagte O'Healy grimmig. »Wenn die HTO ein ganz neues Raumschiff auf Testflug schickt, steckt meistens eine kleine Schweinerei dahinter. Das war doch schon zu Zeiten des grauen Riesen so.« Damit hatte er Harry T. Orell bei seinem Spitznamen genannt, unter dem der einstige Gründer der HTO-Corporation als Schlitzohr überall berühmt und berüchtigt gewesen war. »Und unter seinem Junior ist's doch nicht anders, oder warum fliegen wir wohl diesen Täuschungskurs, eh?«

»Wenn Sie unser Manöver als kleine Schweinerei einstufen, denken Sie nicht konzern-konform, Patrick«, bemerkte Shalyn spöttisch. »Sie haben die Seiten gewechselt, vergessen Sie das nicht.«

»Bekomme ich jetzt einen Eintrag in meine Personalakte?« grinste O'Healy.

Shalyn winkte ab. »Nur, wenn Sie Ihren Whiskyvorrat nicht brüderlich mit uns allen teilen.«

»Welchen Whiskyvorrat?«

»Den Sie an Bord geschmuggelt haben. Glauben Sie, das hätte ich nicht bemerkt?«

»Den hat er doch nicht geschmuggelt«, warf Vanessa ein. »Ein Teil soll medizinischen Zwecken dienen, und mit dem Rest will er uns zu einem kleinen Umtrunk einladen, wenn wir die Testphase erfolgreich abgeschlossen haben.«

»Dann lieber einen Eintrag«, brummte O'Healy verdrossen. »Gierige Geier!«

Shalyn schwenkte ihren Sitz wieder in die ursprüngliche Position zurück.

»Wir gehen mal näher an unser Begleitecho 'ran. Cy, halten Sie Ihre Technik unter Aufsicht. Mal sehen, was die PROMET aushält. Kip: Abrupter Schwenk. Maximale Beschleunigung. Linearkurs auf das von Major O'Healy angemessene Echo. Sind Sicherungsmaßnahmen erforderlich?«

»Keine Sicherungsmaßnahmen erforderlich«, ertönte die angenehme Baritonstimme der Künstlichen Intelligenz. »Ortungsdaten verarbeitet. Kursberechnung abgeschlossen. Ausführung erfolgt.«

Im gleichen Moment wurden die Sterne im Holoschirm zu schmalen Strichen, die sich abrupt in Lichtpunkte zurückverwandelten, als die PROMET ihren jähen Schwenk abgeschlossen hatte. Ganz kurz summten die Andruckabsorber, um die entstehende Fliehkraft zu neutralisieren. Dann summten die DeGorm-Triebwerke etwas lauter und jagten die PROMET mit maximaler Beschleunigung auf das Echo zu.

Minuten vergingen.

»Strukturerschütterung«, meldete O'Healy. »Objekt transitierte über 0,8 Lichtjahre auf Blau 17,3 und befindet sich wieder am äußersten Rand unserer Reichweite.«

»Verdammt«, knurrte Lukas Hagen.

»Aber ich hab's trotzdem erfaßt«, grinste O'Healy. »Es ist ein Patrouillenboot meiner alten Firma. Nur ein wenig näher noch, und ich hätte auch sein Energiespektrum erfassen können.«

»Womit wir dann wüßten, mit welchem Police-Schiff wir es zu tun haben«, sagte Takagawa.

»Nicht unbedingt«, widersprach der Major. »Ich kenne leider nicht alle Spektren auswendig, zudem ähneln sich viele erheblich. Vor allem die neueren DeGorm-Antriebe lassen sich an ihren Energiefahnen kaum noch voneinander unterscheiden. Da bedarf es schon einer eingehenden Partikelanalyse.«

»Kein Problem«, warf Cyberjohn Five ein. »Wenn wir die Stelle anfliegen, an der das Patrouillenboot manövrierte, können wir die Partikel anmessen und auswerten. Für diese Supertechnik kein Problem.«

»Negativ«, entschied Shalyn Shan.

»Wir werden uns jetzt ein wenig von unserem geplanten und angemeldeten Kurs entfernen. Anake, stimmen Sie ein paar schnell hintereinander erfolgende Transitionen in beliebiger Richtung mit Kip ab. Zwei Transitionen mit maximaler Reichweite. Ich will einen hübschen Zickzack-Kurs sehen.«

»Sie hätten einen guten Police-Commander abgegeben, Shalyn«, bemerkte O'Healy trocken.

»Das ist unlogisch«, meldete sich Kips Baritonstimme. »Abgesehen davon, daß Captain Shan nicht über die erforderliche Ausbildungsqualifikation verfügt, gibt es eine Bestimmung, nach der Moraner keine Kommandofunktion bei der Space-Police übernehmen dürfen.«

»Wer hat dem das denn erzählt?« staunte O'Healy. »Das ist eine interne Bestimmung!«

»Schön, das zu erfahren«, stellte Shalyn trocken fest. »Anake?«

»Schon bei der Arbeit«, sagte der Navigator.

Wenig später ging die PROMET erneut in Transition. Die Sprünge erfolgten so schnell hintereinander, daß einem Verfolger praktisch keine Zeit blieb, anhand der Strukturerschütterungen die Wiedereintrittspunkte schnell genug zu berechnen.

»Den haben wir abgehängt«, frohlockte Takagawa.

Ein halbe Stunde später meldete der Major: »Das Echo ist wieder da! Der Bursche hängt uns schon wieder im Nacken!«

»Verdammt!« keuchte Takagawa und hieb mit der Faust auf sein Navigationspult. »Das darf doch nicht wahr sein!«

»Die müssen einen ziemlich schnellen Rechner an Bord haben«, vermutete Hagen. »Vielleicht sollten wir noch ein paar zusätzliche Transitionen…«

»Die bringen uns auch nicht weiter«, unterbrach ihn O'Healy. »Lange können wir das Spielchen ohnehin nicht durchhalten.«

»Weshalb?«

»Weil«, erklärte Shalyn an O'Healys Stelle, »auch moranische Konverter ihre Leistungsgrenzen haben. Die Speicherbänke entleeren sich durch die vielen schnellen Transitionen rascher, als sie von den Konvertern wieder aufgeladen werden können. Wir werden eine Pause einlegen müssen.«

»Das müssen die anderen aber doch auch! Die haben keine besseren Triebwerke als wir!«

»Aber sie können mithalten, und das wissen sie. Es ist eine Patt-Situation. Wenn sie uns bis jetzt auf der Pelle geblieben sind, werden sie das auch weiter tun.«

»Ich werde diese Pause nutzen«, sagte O'Healy.

»Mal sehen, ob ich vor ein paar Stunden bei der Führung gut genug aufgepaßt habe.«

»Was haben Sie vor?«

»Ich nehme mir unser Superschiffchen mal ganz genau vor. Totalscan aller technischen Einheiten und Baugruppen.«

»Was versprechen Sie sich davon?« fragte Shalyn.

Der Major antwortete nicht. Er begann mit der Arbeit. Seine Fingerkuppen glitten über die Sensortasten seiner Instrumenteneinheit. Nach einigen Minuten grinste er hinterhältig. »Das hier verspreche ich mir davon«, sagte er. »Wir haben einen Verräter an Bord.«

Five wandte den Kopf. »Wen verdächtigen Sie, Patrick?«

O'Healy grinste den Cyborg an. Er erhob sich und trat an die Navigationskonsole, um mit den Knöcheln seiner linken Hand auf das Pult zu klopfen.

Takagawa sprang auf. »Sie sind ja verrückt, Major!« fauchte er. »Ich bin kein Verräter!«

»Habe ich ja auch nicht gesagt«, grinste O'Healy. »Wir haben einen blinden Passagier an Bord. Und der zapft Ihre Konsole an, Anake.«

»Das wüßte ich aber«, warf Kip ungefragt ein. »Erstens befindet sich kein Passagier an Bord, und zweitens ist niemand an Bord erblindet.«

»Unser imaginäres siebtes Crewmitglied möge die elektronische Klappe halten«, sagte O'Healy. »Unser blinder Passagier ist kein Mensch, sondern ein Robotagent.«

»Hä?« machte Lukas Hagen.

Unwillkürlich sah O'Healy dorthin, wo die Lautsprecherfelder glommen, über die sich die Künstliche Intelligenz akustisch verständlich machte. Aber diesmal hüllte Kip sich in Schweigen. Vielleicht ist er beleidigt, dachte O'Healy amüsiert.

»Eine Art Sonde«, sagte O'Healy. »Ein Minirobot, den man uns eingeschmuggelt hat. Kip, projiziere das Resultat der Scan-Analyse auf den Hauptschirm.«

Ein beleidigt klingendes Schnarrgeräusch kam aus den Akustikfeldern. Dann wechselte die Wiedergabe des großen Holoschirms und zeigte eine fußballgroße Konstruktion.

Es war eine Schemazeichnung. »Das ist unser Robagent«, sagte O'Healy.

»Und der steckt in meiner Konsole?« ächzte Takagawa.

»Mitnichten. Er zapft nur die Daten an. Dadurch ist er jederzeit informiert, wohin die PROMET transitiert. Diese Daten gibt er über Hyperfunk an das Patrouillenboot weiter. Die brauchen dort überhaupt nicht unsere Strukturerschütterungen auszurechnen. Die warten bloß auf das Funksignal, das ihnen anzeigt, wohin wir transitieren. Für sie kein Problem, da die Reichweite des Hyperfunks die Sprungweite der Borul-Triebwerke erheblich übersteigt. Deshalb sitzen sie uns jetzt immer noch im Nacken. Vielleicht« – er sah Shan nachdenklich an und rieb sich das Kinn – »hätten wir Glück gehabt, wenn wir nur Maximaltransitionen in einer Richtung durchgeführt hätten. Dann wären sie eventuell nicht schnell genug hinterhergekommen. Sie brauchen zwar ihrerseits nur unsere Sprungdaten zu übernehmen, statt sie selbst neu zu berechnen, aber ihre Borul-Triebwerke sind nicht so gut wie unsere. Sie können keine so großen Distanzen durchs Parakon zurücklegen wie wir. Deshalb haben sie beim letzten Mal auch etwas länger gebraucht, um zu uns aufzuschließen. Sie mußten vielleicht zweimal transitieren.«

»Sie meinen, dadurch, daß wir im Zickzack gesprungen sind, sind wir immer in ihrer Reichweite geblieben?« überlegte Shalyn.

»In der Hyperfunkreichweite«, sagte O'Healy. »Ja.«

»Wir könnten ihnen falsche Transitionsdaten übermitteln«, schlug Five vor. »Wenn wir die Navkonsole entsprechend manipulieren, daß sie dem Robagent andere Daten gibt als die, nach denen wir springen...«

»Und wenn das Patrouillenboot dann in einer Sonne landet? Ich bin kein Mörder!« widersprach Takagawa.

Die Moranerin nickte. »Es geht einfacher. Wir brauchen den Robagenten nur unschädlich zu machen.«

»Wir finden ihn nicht«, sagte O'Healy. »Er wechselt ständig seine Position. Er verfügt nicht nur über ein Hyperfunkgerät, sondern auch über ein Gravopuls-Aggregat. Er bewegt sich pausenlos im weitläufigen Gewirr der Wartungsschächte hin und her.«

»Aber Sie haben ihn doch gescannt.«

»Sicher. Aber immer nur kurzzeitig. Der Robagent ist schneller als jeder von uns, und es gibt in der PROMET mehr Wartungsschächte, als wir zu sechst kontrollieren können. Er ist uns auf jeden Fall überlegen. Sein Selbstschutzprogramm ist flexibel.«

»Können wir es nicht beeinflussen?«

»Nein. Er hat einen Datenfilter, wenn ich mich richtig an diesen Konstruktionstyp erinnere. Er läßt nichts an sich heran als das, was er selbst aus dem Navigationscomputer zieht.«

»Wenn wir Viren programmieren, die ihn lahmlegen?« schlug Shalyn vor.

»Aussichtslos«, widersprach O'Healy. »Sein Programm weiß sehr genau, wie Transitionsdaten aussehen. Verändern Sie sie durch ein Virenprogramm, akzeptiert er sie nicht.«

»Was doch der Sinn der Sache ist«, mischte sich Vanessa Modesta ein.

»Eben nicht«, sagte O'Healy. »So, wie sein Programm ausgelegt ist, greift er die Daten direkt aus dem Navigationsrechner ab.« Er klopfte erneut auf Takagawas Konsole. »Wir müßten schon unseren eigenen Rechner mit Viren verseuchen. Und abgesehen davon, daß das Kip nicht gefallen wird, der sofort ein Antivirenprogramm startet, könnten wir uns dann selbst nicht mehr auf unseren Rechner verlassen. Vielleicht würden wir dann in einer Sonne materialisieren. Ich bin kein Selbstmörder.«

»Wie schön, daß wir einen Ex-Polizisten unter uns haben, der uns so phantastische Hoffnungen macht«, bemerkte Lukas Hagen trocken. »Ich denke, daß ich diesen Rob erwischen kann.«

»Wie?« fragte O'Healy stirnrunzelnd.

Hagen grinste. »Lassen Sie mich nur machen, großer Meister. Ich werde mal die Trickkiste mit der Aufschrift ›Sieh und staune‹ aufklappen...«

Shalyn Shan erteilte Hagen die Genehmigung, nachdem er sein Vorhaben erklärt hatte. Er setzte einige Nanorobots aus dem Astrolab-

Fundus ein. Sie waren schnell und wendig, diese faustgroßen Geräte, deren Programm er entsprechend änderte und dafür sorgte, daß sie den Robagenten aufspürten und vor sich her zu einer Stelle trieben, an der die Menschen auf ihn warteten. Mit einem schnellen Blasterschuß zerstörte der Major die Energieversorgung des fußballgroßen, verräterischen Geräts.

Wie aussichtslos eine von Menschen durchgeführte Suchaktion gewesen wäre, zeigte die Tatsache, daß selbst die Nanorobs beinahe eine Stunde brauchten, bis sie den Robagenten gestellt und ihm jede Ausweichmöglichkeit genommen hatten. Five ›beschlagnahmte‹ das Gerät. »Ich werde es untersuchen. Vielleicht können wir es später für unsere Zwecke verwenden«, sagte er.

»Und wir sind jetzt eine unserer Sorgen los«, rieb sich Takagawa die Hände, als der Major in die Zentrale zurückgekehrt war und wieder an seiner Konsole Platz nahm. »Die Space-Police kann uns nicht mehr weiter verfolgen, wenn wir Kurs auf den Katai-Sektor nehmen...«

Im gleichen Moment wechselte die Beleuchtung in der Zentrale von künstlichem Tageslicht zu warmem Rot. Ein heftiger Ruck ging durch die PROMET. Das Raumschiff vibrierte, dann flackerten Lichtsignale über eine Instrumentenleiste. »KSS aktiviert«, meldete Kip. »Strukturerschütterung. Fremdes Objekt materialisiert aus dem Parakon. Distanz drei Lichtminuten vor PROMET auf Gelb 23:18. Distanz fallend. DeGorm-Triebwerk identifiziert. Partikelauswertung läuft. DeGorm-Leistung 20 Prozent. Warnung: Fremdes Objekt befindet sich auf Kollisionskurs. Wir werden gerufen.«

»Sehe ich selbst!« bellte O'Healy. »Willst du mich arbeitslos machen, Klapperkasten? Shalyn, das ist das Patrouillenboot! Hat sich mit einer Kurztransition direkt vor uns gesetzt!«

»KSS aus!« befahl die Moranerin.

»KSS deaktiviert«, bestätigte Kip. »Ich weise darauf hin, daß ich niemanden arbeitslos machen will. Meine Funktion besteht darin, zu unterstützen und nur bei Totalausfall der biologischen Crewmitglieder diese zu ersetzen.«

»Schnauze, Robot!« knurrte O'Healy. »Sie sind unhöflich, Major«, protestierte die Künstliche Intelligenz. »Ich bemühe mich nur, Ihnen allen nützlich zu sein.«

»Hättest du geschwiegen, hätte ich dich für weise gehalten«, zitierte O'Healy einen altrömischen Philosophen. »Shalyn, soll ich den Anruf entgegennehmen?«

»Einblenden.«

Im großen Holoschirm entstand ein Bildausschnitt; der Kubus wurde gleichzeitig in erheblich verkleinerter Form auch in den Holodisplays der drei Hauptkonsolen sichtbar. Das Brustbild eines Space-Police-Offiziers erschien.

»POL-789, Captain Joran Urban«, stellte der Kommandant sich vor. »Ich erkläre Sie hiermit für verhaftet und Ihr Schiff für beschlagnahmt. Stoppen Sie Ihre Maschinen und erwarten Sie unser Prisenkommando.«

Shalyn Shan sah in die Aufnahmeoptik. »Guten Tag, Captain Urban. Sicher haben Sie eine Begründung für Ihr Ersuchen?«

»Das ist kein Ersuchen, sondern eine polizeiliche Anordnung«, sagte Urban. »Sie verstoßen gegen das Gesetz. Expeditionen zum Katai-Sektor sind seit dem 1. 5. 2106 verboten. Befolgen Sie meine Anweisung.«

Shalyn lachte auf. »Was geht uns der Katai-Sektor an? Sie sollten Ihren Navigationscomputer checken. Schätze, Sie befinden sich in einem völlig falschen Bereich. Ich wünsche Ihnen viel Vergnügen bei der Fehlerbehebung und noch einen guten Weiterflug. PROMET IV, Ende.« Sie gab O'Healy einen Wink. »Kommunikation aus. Anake, DeGorm-Turbos auf fünfundsechzig Prozent Schubleistung verstärken. Kurs beibehalten.«

Takagawa bestätigte.

O'Healy seufzte. »POL-789 reagiert, Captain. Korrigiert Kurs und gleicht Geschwindigkeit an. Sie verlegen uns weiterhin den Weg.«

Shalyn strich sich durch ihr Silberhaar. »Dann werden wir wohl doch noch einmal mit ihnen reden müssen, wie?«

»Sie haben gemerkt, daß wir ihren Robagenten unschädlich gemacht haben«, sagte O'Healy. »Jetzt werden sie böse und wählen den direkten Weg.«

»Sie kennen sich da ja bestens aus, Major«, sagte Hagen.

»Es reicht jetzt, Lukas«, bemerkte Shalyn. »Sie brauchen sich nicht auf O'Healys Kosten zu profilieren.«

»Schon gut, ich weiß ja, wie er es meint«, erwiderte O'Healy. »Sie bluffen, meine Ex-Kollegen. Sie können nur vermuten, daß wir nach Katai wollen. Wissen können sie es nicht. Es ist wie damals, in der Anfangszeit, als der graue Riese die Space-Police ständig ausgetrickst hat. Wir sollten weiter abstreiten.«

»Nichts anderes habe ich vor«, stellte Shalyn fest. »Sie rufen uns wieder«, stellte O'Healy fest. »Soll ich den Anruf entgegennehmen?«

»Sicher.«

Augenblicke später wurde wieder der Bildkubus eingeblendet. Captain Urbans schmales Gesicht erschien. Noch ehe er etwas sagen konnte, ergriff Shalyn das Wort:

»Wir werden uns beim Hauptquartier der Space-Police über Sie beschweren, Captain. Wir sind auf einem ordnungsgemäß angemeldeten und genehmigten Testflug und haben uns nichts zuschulden kommen lassen. Wir fühlen uns von Ihnen verfolgt und bedroht. Sie können davon ausgehen, daß Mister Orell Ihrem Kommandostab einiges erzählen und auch den Weltrat über Ihr unverschämtes Vorgehen informieren wird. Sie befinden sich unmittelbar in unserer Flugrichtung und behindern uns bei der Ausführung unserer Testprogramme. Geben Sie unverzüglich den Weg frei.«

Urban schnappte nach Luft. »Sie verkennen Ihre Situation. Stoppen Sie sofort, oder Sie haben mit Konsequenzen zu rechnen.«

»Was für Konsequenzen? Captain Urban, ich mache Sie darauf aufmerksam, daß unser Funkverkehr aufgezeichnet und der HTO-Corporation zur Verfügung stehen wird, um ein Disziplinarverfahren gegen Sie zu beantragen.«

»Das ist lächerlich«, sagte Urban. »Sie verstoßen gegen das Gesetz.«

»Das bestreite ich«, erwiderte Shalyn. »Wir halten uns an die Gesetze.«

»Dann stoppen Sie und...«

»Abgelehnt. Wir befinden uns nicht innerhalb terranischen Hoheitsgebietes, und Sie auch nicht. Sie stören unsere Tests. Die HTO-

Corporation wird Sie für entstehende Schäden persönlich haftbar machen.«

»Tests? Sie fliegen ein Tarnmanöver. So etwas kennen wir doch. Sie sind unterwegs zum Katai-Sektor. Das gefährdet die Sicherheit der Erde und führt zu empfindlicher Bestrafung.«

»Absurd. Dafür haben Sie nicht den geringsten Beweis. Nicht einmal einen Hinweis. Falls doch, nennen Sie ihn mir, Urban.«

»Ihr Schiff ist das modernste der HTO. Es liegt auf der Hand, daß Orell Sie losschickt, um…«

»Negativ. Geben Sie den Kurs frei. Sofort«, unterbrach Shalyn.

»Kommt nicht in Frage. Warum haben Sie bei unserer Ankunft Ihre Anti-Ortungsfelder aktiviert, wenn Sie doch nur auf einem Testflug sind und nichts zu verbergen haben?«

»Bomben und Boliden, Urban«, platzte O'Healy heraus. »Haben Sie auf der Callisto-Akademie denn nur geschlafen? Sonst müßten Sie doch wissen, daß der KSS ein Raumschiff verdunkelt. Diese Anti-Ortungsfunktion tritt als Nebeneffekt automatisch auf, sobald der Schutzschirm aktiviert wird.«

»Ein sehr angenehmer Nebeneffekt, ja? Warten Sie – sind Sie nicht O'Healy? Was machen Sie auf einem HTO-Schiff?«

»Ich gehe ehrlicher Arbeit nach«, konterte O'Healy.

»Darf ich vielleicht auch wieder am Gespräch beteiligt werden, Mister O'Healy?« warf die Kommandantin scharf ein. »O'Healy hat recht, was unseren Kombischutzschirm angeht. Wird er aktiviert, wird das Raumschiff automatisch verdunkelt und ist nicht mehr zu orten.«

»Und aus welchem Grund hatten Sie sich verdunkelt?«

Shalyn lachte böse auf. »Gut, daß Sie mich daran erinnern, Urban. Die Schockwelle Ihres Parakon-Austritts hätte uns schwer beschädigt. Daher mußte der Schutzschirm aktiviert werden. Wie Sie sahen, haben wir ihn sofort wieder deaktiviert, nachdem der Transitionsschock abgeklungen war. Wir können nachweisen, daß Sie uns in der Ortung hatten. Eine Transition, die Ihr Schiff in eine solche extreme Nähe zu unserem brachte, ist unverantwortlich und verstößt gegen die Vorschrift.«

»Wie Sie vorhin richtig erwähnten: Sie befinden sich nicht in terranischem Hoheitsgebiet«, erwiderte Urban frostig.

»Danke für diese Bestätigung«, bemerkte Shalyn spöttisch. »Sie erinnern sich – unser Funkverkehr wird für die Nachwelt aufgezeichnet.«

»Sie werden sofort stoppen«, zog sich Urban auf seinen anfänglichen Text zurück. »Sie sind festgenommen und Ihr Schiff beschlagnahmt. Erwarten Sie unser Prisenkommando. Widrigenfalls eröffnen wir das Feuer. Sie widersetzen sich einer Anweisung der Space-Police.«

»Außerhalb des terranischen Hoheitsgebietes. Ich stelle für das Protokoll fest, daß Sie, ohne von uns provoziert zu werden, Gewalt androhen. Ich betone nochmals, daß wir uns auf einem Testflug befinden. Nur ein Narr würde mit einem Schiff, das noch nicht getestet wurde, in einen verbotenen Sektor einfliegen. Ich wiederhole: dies ist ein Testflug. Ich protestiere aufs Schärfste gegen Ihre Gewaltandrohung.«

»Das können Sie später in World City wiederholen«, bellte Urban.

»Worauf Sie sich verlassen können. Wir werden Sie nicht daran hindern, Ihr Enterkommando auszuschleusen. Ende.«

O'Healy schaltete die Funkverbindung ab.

»Sie machen die Waffen scharf«, stellte er über seine Ortungen fest. »Erstaunlich gute Armierung. Wenn sie wollen, zerblasen sie uns zu Meteoritenstaub.«

»Bereit für KSS«, sagte Takagawa.

Shalyn Shan schüttelte den Kopf. »Nein. Dann schießen sie wirklich. Sie sind mißtrauisch und werden dann zu Recht annehmen, wir hätten etwas zu verbergen. Wir machen es anders. Schleusen sie ihre staatlich lizensierte Piratenhorde bereits aus?«

»Die Space-Police besteht nicht aus Piraten«, murrte O'Healy. »Noch keine Veränderung. Wahrscheinlich kommen sie mit einem Beiboot längsseits. Bei einer halben Lichtminute Distanz, die wir immer noch haben, ist das empfehlenswert; einzeln im Raumanzug per Rückstoßpistole zu fliegen, würde zu lange dauern. Die Pistolen bringen ja kaum vernünftige Leistung.«

»Halbe Lichtminute? Okay«, dehnte Shalyn. »Wir werden sehr schnell sein müssen. Sie können unsere Transition nicht mehr verfolgen, nicht wahr? Sie haben doch keinen zweiten Robagenten an Bord?«

»Garantiert nicht. Sie wollen transitieren? Aus dem Stand?«

»Das würde unsere Speicher vielleicht überlasten. Aber mit geringer Anfangsgeschwindigkeit geht es. Anake, haben wir immer noch fünfundsechzig Prozent DeGorm-Schubleistung?«

»Positiv.«

»Voller Schwenk auf Koordinate Rot. Schubleistung auf einhundert Prozent. Major, Meldung, sobald Distanz drei Lichtminuten erreicht. Meldung, sobald POL-789 ein Beiboot aussetzt. Anake – jetzt!«

»Aye«, murmelte Takagawa und fuhr die Regler hoch.

Diesmal hatten die Andruckabsorber weniger Fliehkraft zu neutralisieren, als die PROMET herumschwang. Dann setzte die volle Beschleunigung ein. »Bei drei Lichtminuten Distanz gehen wir in Transition«, sagte Shalyn hastig.

Unwillkürlich keuchte O'Healy auf. Daher die Mindestdistanz von drei Lichtminuten – die PROMET hatte vorhin den Transitionsschock der POL-789 dank KSS überstanden, und nun bekam die POL-789 das Echo von der PROMET – aber bei dieser kurzen Distanz durfte dann kein kleineres Schiff draußen sein. Es bestand die Gefahr, daß es durch die Strukturerschütterung zerpulvert wurde.

»Beiboot wird ausgeschleust«, stieß O'Healy hervor. »Distanz zur POL eine Lichtminute!«

»Verdammt!« schrie Shalyn. Sie riß beide Arme hoch. Es war zu kurz. Sie brauchten mehr als drei Lichtminuten Distanz, wenn sie das Beiboot nicht gefährden wollten. Das bedeutete aber eine längere Flugzeit bis zum Sprung, und in der Zwischenzeit bekam die POL-789 Gelegenheit, ihre Bordwaffen abzufeuern.

»KSS hoch?« fragte Cyberjohn Five, der neben Shalyn getreten war. Seine Finger schwebten über den entsprechenden Kontrollen.

»Nein...«

»Verdammt hohes Pokern!« Vanessa Modesta hatte es hervorgestoßen. »Sie schießen nicht, solange wir nicht verdunkeln!« behauptete Shalyn. »Anake, Beschleunigung auf Maximum!«

»120 Prozent Nennleistung«, meldete Takagawa.

»Überlastung der DeGorm-Turbos in 74 Sekunden«, stellte Kip ungefragt fest. »Distanz zur POL zwei Lichtminuten!« Das war noch zu nah.

»Überlastung der DeGorm-Turbos in 60 Sekunden.«

»Transitionsberechnung läuft noch. Sprungkoordinaten werden in – in – zwanzig Sekunden erstellt«, rief Takagawa.

»Unwichtig! Canceln!« kam es von Shalyn. Sie beugte sich leicht vor. »Distanz?«

»Dreieinhalb Lichtminuten...«

»POL-789 ist feuerklar. Borul-Triebwerk springt an. Erwarteter Wiedereintrittspunkt laut Energieortung zwanzig Lichtsekunden vor PROMET!« gab Kip ruhig bekannt.

Vanessa sprang auf. »Was?« schrie sie. »Die wollen uns direkt vor den Bug springen und abschießen?«

»So sieht's wohl aus...«

»POL-789 hat Beiboot eingeschleust«, sagte Kip.

Natürlich – wenn sie in Transition gingen, durften sie ihre eigenen Leute nicht gefährden.

»Das ist es!« triumphierte Shalyn Shan. Ihre flache Hand hieb auf die rote Taste für die Notsprungschaltung.

Im gleichen Moment transitierte die PROMET IV.

Die Nottransition schleuderte die PROMET in einem ziellosen Sprung fort. Die Rechner des Pol-Schiffes mußten den Notsprung an der spontanen Energieabgabe als solchen erkennen und kapitulieren, wenn es darum ging, die Richtung festzustellen.

Bei einer Nottransition konnte das Raumschiff überallhin versetzt worden sein.

Sie bekamen eine Menge Weltraum, den sie zu durchsuchen hatten, und jetzt gab es keinen Spionsender mehr.

Nur eine halbe Minute nach dem Wiedereintritt betätigte Shalyn die Nottaste noch einmal, und zwei Minuten später ein drittes Mal. Selbst wenn es der Space-Police gelang, die Strukturerschütterungen anzumessen, würden sie die PROMET jetzt endgültig verlieren.

Und über so viele Lichtjahre hinweg würden sie die Transitionsschocks vielleicht noch anmessen, aber keinesfalls mehr lokalisieren können. »Ich glaube, jetzt wird jemand sehr sauer sein«, stellte O'Healy heiter fest.

»Wenn ich an Urbans Stelle wäre, Shalyn, würde ich Sie bei der nächsten zufälligen Begegnung – äh – keinesfalls ungeschoren davonkommen lassen.«

»Das heißt, Sie würden mich verprügeln?«

O'Healy legte den Kopf schräg und überdachte die Mutmaßung. »Vermutlich«, bestätigte er dann.

»Dann ist es ja gut, daß Sie zu uns gehören und nicht Captain der 789 sind«, sagte die Moranerin trocken.

»Unsere Speicher sind praktisch leer«, meldete Cyberjohn Five. »Für die nächste Transition werden wir eine Weile warten müssen. Die Konverter arbeiten mit maximaler Leistung, aber im Moment reicht es gerade für die Lebenserhaltungssysteme. Wenn wir die DeGorm-Turbos benutzen müssen, wird es zumindest in den nächsten zehn bis zwanzig Minuten ziemlich kritisch. Die Nottransitionen haben unsere Reserven aufgebraucht.«

»Wir haben jetzt ja auch Zeit«, sagte Shalyn. »Wir müssen unsere galaktische Position neu bestimmen. Durch die drei Nottransitionen haben wir erst einmal keine Orientierung. Professor, Ihr Typ wird jetzt verlangt.«

»Kriegen wir schon hin«, versicherte Hagen.

Shalyn Shan lehnte sich zurück und schloß die Augen.

Sie hatten den Space-Police-Raumer abgeschüttelt. Mit Sicherheit endgültig.

Aber die zielgerichtete Verfolgung, die treffende Anschuldigung, nach Katai unterwegs zu sein, das Einschmuggeln eines Robagenten – das alles deutete darauf hin, daß es in der HTO eine undichte Stelle gab.

Irgend jemand mußte die Space-Police von Orells Absicht informiert haben, entgegen dem strikten Verbot eine Katai-Expedition auszurüsten.

Es gab also einen Verräter, der Zugang zur Asteroidenwerft hatte, denn nur dort konnte der Robagent an Bord gebracht worden sein.

Und vielleicht waren auch die konkurrierenden Raumfahrtkonzerne über die Mission der PROMET IV informiert...

8.

Shalyn Shan brachte die PROMET IV mit mehreren Transitionen in Richtung Katai-Sektor. Das Borul-Triebwerk gestattete eine maximale Sprungweite von dreihundert Lichtjahren, die sie aber nur zweimal ausnutze. Ansonsten beschränkte sie sich auf kürzere Etappen, zwischen denen sie das Schiff mit Hilfe der für den Unterlichtflug konzipierten DeGorm-Turbo-Triebwerke flog. Sie nutzte die Unterbrechungen als Orientierungsphasen. Je näher die PROMET IV dem Katai-Sektor kam, desto kürzer wurden die Linearetappen.

Knapp dreihundert Lichtjahre vor der kosmischen Staubwolke versuchten sie eine erste Fernortung mit dem Dekametro. Das überlichtschnell arbeitende Meßgerät, das aus dem hinter Pluto gefundenen teilzerstörten Kugelraumer stammte, erfaßte innerhalb von Sekunden sämtliche Werte einer bis zu dreihundert Lichtjahre entfernten Sonne. Darüber hinaus gab es an, ob die Sonne Planeten besaß oder nicht. Obwohl der Dekametro inzwischen von der HTO nachgebaut wurde, konnten weder die terranischen noch die moranischen Wissenschaftler seine Funktionsweise erklären.

»Fernaufklärung ist erfolglos«, verkündete der Funk- und Ortungsspezialist Patrick O'Healy.

»Ist der Dekametro nicht in Ordnung?«

»An dem liegt es nicht«, erklärte er. »Die Staubwolke um den Katai-Sektor blockiert sämtliche Taststrahlen. Voraussichtlich werden wir auch keinen Erfolg haben, wenn wir näher dran sind.«

Nach der nächsten Etappe bestätigten sich O'Healys Befürchtungen. Im Falle der kosmischen Staubwolke war der Einsatz des Dekametros sinnlos. Die Masseteilchen der Wolke schienen die Taststrahlen zu reflektieren. Schließlich gaben sie die Versuche auf und brachten sich mit einer letzten Transition bis an den Rand der Staubwolke. Sie war wie ein fahler Schleier, der das Licht sämtlicher Sterne brach und zerfasern ließ.

»Sämtliche Energie- und Massetaster arbeiten einwandfrei.« Der Ortungsspezialist hantierte an seinen Kontrollen. »Aber sie kommen nicht durch den Staubmantel durch. Kurzstreckenaufklärung ohne Ergebnisse.« Er suchte den gesamten Raumbereich ab, nur an der Staubwolke biß er sich nach wie vor die Zähne aus.

»Ich orte ein Schiff«, teilte er schließlich den anderen mit. »Jedenfalls die Reste davon. Anscheinend hat es versucht, die Staubwolke zu durchfliegen, und ist dabei förmlich in Stücke gerissen worden. Ich empfange keinerlei Lebenszeichen.«

»Energetische Aktivität?«

»Negativ. Aber ich kann Rückstände der Energiesignatur erkennen. Demnach handelt es sich um ein irdisches Schiff.«

Shalyn Shan spürte, wie es ihr kalt über den Rücken lief. So hatte sie sich den Beginn ihrer Expedition nicht vorgestellt. Hauptsächlich hatte sie sich als Kommandantin der PROMET IV verdungen, weil sie gehofft hatte, ihren mit der PROMET III verschollenen Ehemann Jörn Callaghan zu finden. Sollte sich ihre Hoffnung auf tragische Art erfüllen?

»Können Sie die Überreste des Schiffs identifizieren?« fragte sie mit einem Kloß im Hals. »Hat es sich möglicherweise um die PROMET III gehandelt?«

»Negativ. Dann müßte ich wesentlich mehr Masse orten.«

»Nicht unbedingt«, warf Lukas Hagen ein. »Durch die Explosion könnten große Teile der Materie ins Weltall abgedriftet sein, wo wir sie nicht mehr erfassen können. Oder sie wurden in den Staubmantel geschleudert.«

Er räusperte sich. »Tut mir leid, Shalyn. Ich wollte Sie nicht...«

»Schon gut«, fuhr sie ihm ins Wort. »Wie wäre es mit einer Sonde? Sie könnte einige der größeren Trümmerstücke untersuchen. Daraus müßten wir Rückschlüsse auf die Bauweise des zerstörten Schiffes ziehen können.«

Der Professor nickte. »Da dort drüben nicht alles in mikroskopisch kleine Bestandteile zerfetzt wurde, sondern ich auch übermannsgroße Trümmerstücke anmesse, halte ich das für einen vernünftigen Vorschlag.« Eine halbe Stunde später hatten sie die Ergebnisse. Die Moranerin nahm mit Erleichterung und einem daraus resultierenden schlechten Gewissen zur Kenntnis, daß sie nicht auf Wrackteile der PROMET III gestoßen waren, sondern auf die Überreste eines vor einem halben Jahr verschollenen Space-Police-Schiffs.

»Ich schlage vor, daß wir die Sonde draußen lassen«, schlug Hagen vor. »Sie kann den Staubmantel unter die Lupe nehmen.«

Die Kommandantin warf ihm einen kurzen Blick zu. Obwohl sie die meisten terranischen Redensarten mittlerweile kannte, konnte sie ihnen doch nicht viel abgewinnen. Die Zusammensetzung der Wolke würden sie nicht mit einer Lupe, sondern höchstens mit einem Elektronenrastermikroskop sowie diversen Messungen und Computeranalysen bestimmen können.

»Also lassen Sie sie die Staubwolke unter die Lupe nehmen«, griff sie seine Ausdrucksweise auf.

Hagen warf ihr einen schmachtenden Blick zu, den sie geflissentlich übersah. Der Astrospezialist seufzte und machte sich an seinen Kontrollen zu schaffen.

»Also denn«, meinte er mit seiner schrillen Stimme. »Ich könnte einen Kurs programmieren, aber ich werde sie von Hand steuern. Jetzt zeig' mal, was du kannst, mein Baby.«

Die Sonde raste in Richtung Staubwolke, während sie von den Energie- und Massetastern ständig überwacht wurde.

Shalyn vergewisserte sich, daß Hagen sie nicht beobachtete, wie er das so oft tat.

Manchmal hatte sie den Eindruck, daß er sie – wie auch Vanessa Modesta – mit Blicken auszog. Angeblich war er hinter jeder Frau her. Sie konnte sich ausmalen, was eine Frau zu erleiden hatte, die ihm wirklich mal ins Netz ging. Er würde sie hätscheln und tätscheln und pflegen und umgarnen wie seine Roboter und Sonden, zu denen er ein intimes Verhältnis zu haben schien. Im Moment allerdings war er völlig auf ein Holodisplay konzentriert, auf dem er den Kurs der Sonde verfolgte und gelegentlich manipulierte.

Scheinbar endlose Minuten vergingen, in denen er schweigend dahockte und ihren Flug verfolgte.

Vor ihr waren die flimmernden, verwaschenen Lichtkleckse der vier- oder fünfhunderttausend Sterne zu sehen, die in der kugelförmigen, rund einhundert Lichtjahre durchmessenden Staubwolke eingebettet waren. Dann hatte die Sonde den Staubmantel erreicht. »Ich bekomme erste Daten herein«, ließ der Astrospezialist sich vernehmen. »Fragen Sie mich nicht wo, aber dort draußen existieren Energiespeicher mit gewaltigen Vorräten. Ich werde sehen, ob ich näher an einen herankommen kann.«

Er stöhnte unterdrückt auf, als im Holodisplay ein greller Lichtblitz aufleuchtete und erlosch.

»Verdammt«, fluchte der Prof. »Sie ist explodiert.«

»Feindlicher Beschuß?« fragte die Moranerin alarmiert.

»Ich habe nichts dergleichen geortet«, warf O'Healy ein. »Millisekunden vor der Detonation habe ich allerdings eine superstarke energetische Entladung angemessen. Offenbar ging sie von einem dieser Energiespeicher aus, die der Prof meinte.«

Ein natürliches Phänomen? fragte sich Shalyn. Vielleicht eine Verzerrung des Raums oder eine Ballung dunkler Materie? Sie schüttelte den Kopf.

Für Spekulationen war es noch zu früh. Jedenfalls gab es dort draußen irgend etwas, das jedes Objekt vernichtete, das sich in die Wolke hineinwagte.

»Wir werden den Versuch an einer anderen Stelle wiederholen«, beschloß sie und gab Anake Takagawa einen Wink.

Der Navigator startete die unterlichtschnellen DeGorm-Triebwerke und schlug einen willkürlichen Kurs ein.

»Wiederholen?« jammerte Lukas Hagen. »Sie meinen, Sie wollen noch mehr meiner Babys in Gefahr bringen?«

»Alle«, versicherte die Kommandantin teilnahmslos. »Jedenfalls wenn es sein muß. Meine Güte, stellen Sie sich nicht so an. Im Astrolab verfügen wir über die technischen Möglichkeiten, Tausende dieser kleinen Wunderwerke herzustellen.«

»Das ist es ja eben. Tausende herzustellen, bedeutet auch, Tausende zu zerstören. Es bricht mir das Herz, wenn ich nur daran denke.«

Shalyn beschloß, ihn zu ignorieren, bevor er auf die Idee kam, die Sonden zu ihrem Schutz zu adoptieren und die Untersuchung des Staubmantels selbst in einem Beiboot vorzunehmen. Takagawa brachte die PROMET IV unterdessen in eine mehrere Lichtminuten entfernte Position.

Schweigsam startete Lukas Hagen eine weitere Sonde. Er empfand es als einen Abschied für immer, als sie beschleunigte und mit steigenden Werten der Wolke entgegenraste. Ergriffen summte er den legendären Evergreen ›Niemals geht man so ganz‹ vor sich hin. Eine Weile ließ er die Sonde an der Peripherie der Staubwolke entlangfliegen, aber schon bald sah er ein, daß er auf diese Weise nicht zu neuen Erkenntnissen gelangen würde.

»Wenn es denn sein muß«, seufzte er schwermütig und steuerte die Sonde direkt in die äußeren Staubschichten.

Sie explodierte nur wenige Sekunden später.

Danach führten sie drei Kurzstrecken-Transitionen mit wenigen Lichtstunden Reichweite durch, nach denen sie jeweils einen weiteren Versuch unternahmen. Sämtliche Sonden wurden zerstört, ohne brauchbare Meßergebnisse geliefert zu haben.

»Es sieht so aus, als ob unser Unternehmen zu Ende ist, bevor es richtig begonnen hat«, durchbrach der Japaner die bedrückende Stille. »Aber vielleicht haben wir selbst mehr Erfolg.«

»Sie wollen mit der PROMET in die Wolke fliegen?« vermutete Shalyn Shan.

Takagawa nickte und sah sich beifallheischend um, blickte aber ausnahmslos in skeptische bis abweisende Gesichter. »Es wäre doch möglich, daß uns der Kombischutzschirm schützt.«

Die Kommandantin schüttelte bedauernd den Kopf.

»Ich bin sicher, das Schiff der Space-Police hatte ebenfalls seinen Schirm eingeschaltet. Es hat ihm nichts genützt.« Sie sah den Japaner scharf an. »Unsere Chance ist minimal, wenn sie überhaupt existiert. Und davon bin ich nicht überzeugt. Also werde ich weder unser Schiff noch seine Besatzung aufs Spiel setzen.«

»War auch nur so eine vage Idee«, gab der Navigator klein bei.

»Einen Versuch machen wir noch«, überlegte die Moranerin.

Der Professor war in seinem Sitz zusammengesunken und bot ein Bild des Jammers.

»Sie sehen doch, daß es sinnlos ist«, wehrte er ab. »Und wenn wir noch hundert Versuche machen, das Ergebnis bleibt das gleiche. Bumm!« Er fuchtelte mit den Armen, während sein Gesicht eine gefährliche Rötung annahm, als würde der Prof jeden Moment in die

Luft gehen. »Wir haben doch zwei Kuriersonden mit Borul-Triebwerk an Bord. Machen Sie eine davon startklar«, befahl Shalyn unbeeindruckt.

Vanessa Modesta stieß einen anerkennenden Pfiff aus. »Sie wollen die Sonde eine Transition durchführen lassen? Nicht übel. Aber wir wissen nicht, wie dick der Staubmantel um den Katai-Sektor ist. Wenn die Etappe zu kurz bemessen ist, passiert wieder das gleiche wie vorher.«

»Wir werden eine Sprungweite von zehn Lichtjahren programmieren. Da der gesamte Sektor über einen Durchmesser von einhundert Lichtjahren verfügt, sollte das reichen.« Die Kommandantin sah sich in der Zentrale um. »Weitere Einwände?«

»Wir können nicht mit Sicherheit sagen, daß die Sonde im Parakon nicht ebenfalls vernichtet wird«, warf Lukas Hagen ein. »Was immer die Explosionen auslöst, könnte auch dort wirksam sein.« Shalyn dachte an die Energiespeicher. War es möglich, daß sie im Parakon ebenfalls anzutreffen waren? Einem moranischen oder terranischen Raumschiff war es niemals gelungen, in diesem undefinierbaren Raum zu verweilen.

»Wir versuchen es trotzdem«, entschied sie. Auf eine Sonde mehr oder weniger kam es nicht an, auch wenn sie eine von nur zweien mit Transitions-Triebwerk war. Notfalls konnten die Autofabs des Astrodeck eine neue Einheit produzieren.

Der Prof hatte mit keiner anderen Entscheidung gerechnet und die Sonde bereits startklar gemacht. Er leitete die Startsequenz ein. Gespannt verfolgte er das im Holodisplay davonhuschende Bild. Die Kuriersonde entfernte sich eine halbe Million Kilometer von ihrem Trägerschiff, dann verzeichneten die Nahbereichsorter eine minimale Erschütterung des Raum-Zeit-Gefüges. Die Transition hatte stattgefunden.

In der Zentrale der PROMET herrschte gespanntes Schweigen. Bange Blicke hielten Hologramme und Kontrollanzeigen im Auge.

»Da ist sie wieder!« schrie der Astrospezialist. »Der Parakon hat sie in den Normalraum zurückgeschleudert, aber sie ist nicht vernichtet worden. Einen Moment.« Er nahm einige hastige Schaltungen vor, dann überzog ein triumphierendes Grinsen sein Gesicht. »Daten!«

stieß er aufgeregt hervor. »Sie übermittelt uns Daten der Staubwolke. Durch den Abstoßungseffekt muß sie kurzzeitig in Kontakt mit der Wolke gekommen sein.«

»Während wir die Daten auswerten, holen Sie ihr Baby rein«, sagte die Kommandantin erleichtert.

Eine halbe Stunde später wußte die Besatzung der PROMET IV, daß der fein verteilte kosmische Staub der Wolke von dunkler Materie in Form sogenannter Quark-Klumpen durchzogen war. Es mußten Millionen von ihnen sein.

Diese Mikro-Inseln hatten Durchmesser zwischen 0,002 und 20 Zentimetern und verfügten über Massen zwischen 106 und 108 Gramm. Ihre Dichte war damit größer als die im Inneren eines Neutronensterns! Aber trotz der Millionen Mikro-Gravitationsfelder, die von den Quark-Klumpen erzeugt wurden, schien die Wolkenstruktur stabil zu sein.

Warum kollabiert sie nicht? fragte sich Shalyn Shan. Und wodurch sind diese superdichten Quark-Klumpen entstanden? Und vor allem – wieso entladen sie ihre energetischen Speicher mit tödlicher Präzision, sobald ein Objekt in die Wolke eindringt…?

Sie stieß hörbar die Luft aus.

Die Antwort lag auf der Hand.

»Das kann nur bedeuten, daß die Quark-Klumpen künstlich erschaffen wurden.« Sie wagte sich nicht vorzustellen, welch technische Meisterleistung dazu nötig war.

»Ich vermute, daß sie mit den Energiespeichern identisch sind, die der Major angemessen hat«, erklärte Lukas Hagen. Fahrig fuhr er sich durch das schüttere, aschblonde Haar und wischte sich den Schweiß von der Stirn. »Wenn sie tatsächlich künstlich erzeugt worden sind, dann handelt es sich um Knotenpunkte eines Abwehrsystems, das genau zu diesem Zweck eingerichtet worden ist. Nämlich Raumschiffe wie die PROMET beim Eindringen in den Katai-Sektor zu zerstören oder wieder hinauszuschleudern.«

»Spekulationen«, erwiderte Modesta. »Mutmaßungen, für die Sie keine Beweise haben. Welches Volk des Universums sollte in der Lage sein, ein derartig unglaubliches, einhundert Lichtjahre durchmessendes System zu erschaffen?«

»Jedenfalls keins, das wir kennen.« Cy hatte sich die ganze Zeit ruhig verhalten. Aber das für Terraner wie Moraner technische Wunder hatte ihn in seinen Bann geschlagen. »Natürlich können wir nur spekulieren, aber ich halte die Meinung des Professors für logisch und nachvollziehbar.«

»Dann ist die Staubwolke nur das Trägermedium des Abwehrsystems«, folgerte Anake Takagawa. »Wenn das so ist, können wir nicht ausschließen, daß sie ebenfalls künstlich erschaffen wurde. Sollten keine Passagen existieren, in denen das Abwehrsystem nicht vorhanden ist, haben wir Pech, Leute. Dann gibt es für uns nämlich keinen Weg in den Katai-Sektor. Und auch für niemanden sonst.«

»Und genau davon müssen wir ausgehen«, pflichtete die Kommandantin bei. »Wer einen solchen Abwehrmechanismus entwickelt, versteckt sich vor irgendwem oder irgendwas. Wir können die Staubwolke weiter untersuchen, aber...«

Sie ließ den Rest des Satzes offen und verschränkte ratlos die Arme vor der Brust.

Die Stimmung an Bord der PROMET IV war gedrückt, die Besatzung war ratlos.

Allem Anschein nach standen sie einer Technologie gegenüber, die sie nicht begriffen, geschweige denn überwinden konnten. Das Schiff befand sich im Unterlichtflug, ohne daß es ein bestimmtes Ziel gegeben hätte. So sehr sie sich auch die Köpfe zerbrachen, niemand hatte eine vernünftige Idee.

Sie starteten keine weiteren Sonden, zumindest ein Punkt, den Professor Lukas Hagen als positiv empfand. Ansonsten unternahmen sie allgemeine astronomische Messungen, die auch jedes Mittelklasse-Beiboot hätte durchführen können.

»Wenn nicht ein Vorfall in der Größenordnung eines Wunders eintritt, können wir unsere Siebensachen packen und nach Hause fliegen«, brachte Anake Takagawa die allgemeine Stimmungslage auf den Punkt. Er blickte in betretene Gesichter.

»Ich empfange Funksignale.« Die Stimme des Majors durchbrach das bedrückte Schweigen. »Zwar sehr schwach, aber durchaus verständlich. Von einem automatischen Notsender. Sie kommen auf der HTO-Notfrequenz rein.«

»Unsere Leute?« Shalyn Shan war mit einem Satz auf den Beinen. Sie trat hinter O'Healy und betrachtete seine Anlage, als könnte sie sich die Frage damit selbst beantworten. »Können Sie feststellen, von welchem Schiff sie stammen?«

Sie ignorierte die versteckten Blicke, die sie auf sich lasten fühlte. Natürlich dachte jeder an die verschollene PROMET III und an Shans Ehemann Jörn Callaghan.

»Ich kann die Funksignatur erfassen.«

»Können wir das Schiff damit identifizieren?« fragte Vanessa Modesta.

O'Healy nickte.

»Kip, du hast die Funksignaturen sämtlicher HTO-Schiffe in deinen Speicherbänken. Stelle einen Vergleich mit den hereinkommenden Signalen an.«

»Ist bereits erledigt«, antwortete der Bordcomputer mit seiner sonoren Baritonstimme. »Es handelt sich um das HTO-Rettungsschiff DSCHINGIS KHAN unter dem Kommando von Captain Jonas Kraggen.«

Shalyns Gesicht zeigte keine Regung. Die DSCHINGIS KHAN! Der HTO-Rettungskreuzer, der die verschollene PROMET III suchen sollte und ebenfalls im Katai-Sektor verschwunden war.

»Von wo kommt der Notruf?«

»Von einem Sonnensystem in fünfzehn Lichtjahren Entfernung, ebenfalls am Rand des Katai-Sektors liegend. Der Dekametro zeigt eine Sonne mit sieben Planeten.«

»Vielleicht finden wir dort Antworten. Anscheinend ist das unsere letzte Hoffnung.«

»Hoffnung«, wiederholte der Major. »Ja, das ist es. Ich taufe den Stern auf den Namen Hope.«

Die Pilotin leitete die Transition ein. Sie konnte deutlich spüren, wie die Lethargie von der Besatzung abfiel. Nicht auszudenken, wenn sich Hope ebenfalls als Sackgasse erweisen würde.

Die PROMET IV fiel außerhalb der Bahn des siebten Planeten in den Normalraum zurück.

Hektische Betriebsamkeit breitete sich aus, und die Orter lieferten die Daten des Hope-Systems.

Hope erwies sich als solähnliche, mit etwa vier Milliarden Jahren relativ junge gelbe Sonne, deren zweiter Planet eine Sauerstoffwelt war.

Hope II war der einzige Planet des Systems, der in der Lebenszone lag und damit für Menschen oder Extraterrestrier mit ähnlichem Metabolismus als Lebensraum geeignet war. Erste Nahaufklärungen zeigten riesige Ruinen- und Trümmerfelder. Offensichtlich war er einst bewohnt gewesen.

Jetzt war Hope II nur noch eine radioaktiv verstrahlte Hölle ohne jegliches Leben, an deren Oberfläche ewige Sand- und Staubstürme tobten.

»Starke hyperphysikalische Erschütterungen«, meldete Ortungsspezialist O'Healy. »In einhundert Millionen Kilometern Entfernung um die Sonne liegt eine ringförmige Zone ungewöhnlich heftiger Parakon-Turbulenzen.«

»Auslöser?«

Der Major zuckte ratlos mit den Achseln. »Läßt sich nicht lokalisieren. Liegt möglicherweise im Parakon selbst.«

»Und die DSCHINGIS KHAN?«

»Weiterhin in der Ortung. Anscheinend ist sie abgestürzt. Sie liegt auf Hope II.«

Er veränderte eine Einstellung an seinen Instrumenten. »Ich habe sie in den Aufnahmeoptiken. Kip, kannst du uns eine Holo-Abbildung liefern?«

Er hatte noch nicht ausgesprochen, als sich ein holographisches Display aufbaute und den Rettungskreuzer zeigte. Er lag zu einem Viertel im Sand begraben, häßliche schwarze Löcher zeichneten sich auf seinem Rumpf ab.

»Sie sind nicht einfach abgestürzt«, stellte Cy emotionslos fest. »Sie sind abgeschossen worden. Fragt sich nur, von wem. Denn als es geschehen ist, stand dort unten längst kein Stein mehr auf dem anderen.«

»Wir gehen runter«, entschied die Kommandantin, während sie sich vom Bordcomputer die Standortdaten der DSCHINGIS KHAN geben ließ.

Die DeGorm-Turbos brachten die PROMET ins Innere des Systems. Bald hatten sie die Bahn des dritten Planeten hinter sich gelassen. Die DSCHINGIS KHAN lag in der südlichen Hemisphäre von Hope II, nicht weit entfernt vom Äquator. Shan verzögerte die Triebwerke und machte sich zur Landung bereit.

»Neue Orterechos!« gellte O'Healys Stimme durch die Zentrale. »Ein fremdes Schiff! Es befand sich von uns aus gesehen hinter dem Planeten und kommt eben in unseren Erfassungsbereich. Mein Gott, es ist riesig...!«

»Bitte exaktere Daten«, forderte die Kommandantin ihn auf. Der Major räusperte sich verlegen und schaltete ein Holodisplay. Das unbekannte Schiff entstand vor ihren Augen, während O'Healy herunterrasselte: »Würfelförmiges Konglomerat aus etwa dreihundert Modulen. Die Gesamtkantenlänge der einzelnen Seiten liegt bei 3200 Metern. Größtenteils Inaktivität, nur in wenigen Modulen registriere ich schwache Energiewerte. Es handelt sich möglicherweise um Antriebssektion, Lebenserhaltungssysteme und ähnliches. Allerdings empfange ich keine Lebenszeichen.«

Cy deutete auf einige markante Stellen der Holographie. »Sieht nach schweren Beschußschäden aus. Anscheinend ist der Würfel dem gleichen Angreifer zum Opfer gefallen wie die DSCHINGIS KHAN.«

»Vielleicht auch nicht. Vielleicht haben sich Kraggen und der mysteriöse Raumer gegenseitig beschossen.«

»Das wäre eine Erklärung.« Shalyn vergewisserte sich, daß der Würfel keine Aktivitäten zeigte. Satellitengleich hielt er eine geostationäre Umlaufbahn über dem Äquator. »MYSTERY«, sagte sie, »ist, glaube ich, ein treffender Name für den Modulraumer. Also, wir landen nicht mit der PROMET auf Hope II, sondern gehen mit ihr auf Parallelkurs zur MYSTERY, um ein Auge auf sie zu haben. Takagawa und ich landen mit einem Beiboot. Wir halten ständigen Funkkontakt.«

»Soll ich eine Sonde rüberschicken?« frage Lukas Hagen.

Shalyn dachte einen Moment nach. »Noch nicht«, entschied sie dann. »Erst wenn wir von Hope II zurück sind.«

9.

Die Kommandantin hatte den Antigrav-Impuls-Antrieb für den Atmosphärenflug eingeschaltet. Unter ihnen funkelte und gleißte Hope II. Das Licht seiner Sonne brach sich in den Milliarden und Abermilliarden Sandkörnchen der scheinbar endlosen Wüste und wurde von ihnen zurückgeworfen. Gewaltige Stürme tobten an der Planetenoberfläche und ließen den Sand niemals zur Ruhe kommen.

Anake Takagawas Finger huschten fahrig über die Bedienungselemente der Konsole. Hin und wieder hielt er kurz inne und warf einen Blick auf die Computeranzeigen. Der Astronavigator wollte die hereinkommenden Daten nicht akzeptieren, solange es einen Rest an Zweifeln gab. Den Ruinenfeldern zufolge, die sie aus dem Raum ausgemacht hatten, mußte dieser Planet einst eine blühende Zivilisation beherbergt haben. Doch davon schien nichts übriggeblieben zu sein.

»Keinerlei Lebenszeichen«, erklärte er schließlich, und seine Stimme klang resigniert. »Nicht mal welche tierischen Ursprungs. Der ganze Planet ist tot. Das gilt auch für die DSCHINGIS KHAN.«

Die Moranerin nickte bedächtig. »Das bestätigt die Ergebnisse unserer Raummessungen, auch wenn ich wünschte, es wäre anders.«

»Wie ein gewaltiger Friedhof«, stellte Anake Takagawa fest, während die Kommandantin der PROMET IV das Beiboot in einer weiten Schleife über das scheinbar endlose Trümmerfeld zog. Offenbar hatte ihn sein sonniger Humor im Stich gelassen. In seinem Gesicht zuckte es, und zusammen mit den Narben ließ ihn das noch eine Spur finsterer dreinschauen.

Dieser Planet ist tatsächlich ein Friedhof, durchfuhr es ihn. Und wir kommen mit Fragen anstatt mit Blumen. Nur daß niemand mehr da ist, der uns Antworten geben kann.

»Womit Sie vermutlich recht haben«, erwiderte Shalyn Shan mit gedämpfter Stimme. Ganz schwach konnte sie die Gefühle des Japaners empfangen – Wut und Ohnmacht. »Angesichts der

Ausdehnung der Stadt müssen hier Millionen von Wesen gelebt haben.«

Sie beschleunigte das Beiboot und ließ es hoch über der Wüste dahinjagen. Im Osten befanden sich die Ruinen einer Stadt, wie sie über ganz Hope II verteilt waren. Dort hatten sie den verschollenen Rettungskreuzer der HTO-Corporation geortet.

Nach zehn Kilometern hatte sich an dem öden Bild nichts verändert. Der gleißende Helligkeit reflektierende Sand schien zu kochen. Dafür überflogen sie ein annähernd sturmfreies Gebiet. Dann stachen in der Ferne erste starre Finger in die Höhe, die sich bald als Überreste von Gebäuden entpuppten. Eine unüberschaubare Trümmerwüste lag vor ihnen, in der vereinzelte Hochhäuser, die der völligen Vernichtung entgangen waren, wie stumme Zeugen eines unvorstellbaren Dramas wirkten. Aber der größte Teil der Riesenstadt war im wahrsten Sinne des Wortes bis auf die Grundmauern zerstört und eingeäschert worden.

»Ich frage mich, was hier passiert ist«, sagte Shalyn Shan, als sie die ersten Ausläufer der Stadt erreichten.

Sie ging langsam tiefer und überflog die höchsten noch stehenden Häuserskelette, während der Japaner die Luftzusammensetzung analysierte und auf schädliche Stoffe untersuchte.

»Eine Sauerstoffwelt«, stellte er fest, obwohl das bereits die Weltraumaufklärung festgestellt hatte. »Fast wie die gute alte Erde. Nur die Beimengungen an Edelgasen sind etwas höher. Kein Problem für Menschen, wenn nicht diese verdammte Radioaktivität wäre.« Als ihm die Kommandantin einen kurzen Blick aus ihren schrägstehenden grünen Augen zuwarf, fügte er rasch hinzu: »Aufgrund der Gänze der Zerstörung kann es sich nur um ein thermonukleares Bombardement aus dem Weltraum gehandelt haben. Tut mir leid, aber Hope II ist eine radioaktiv verstrahlte Hölle, auf der in Tausenden von Jahren nichts wachsen wird.«

Ein globaler thermonuklearer Krieg, dachte er schaudernd, ohne die Worte auszusprechen.

Hätten sich die sieben politischen Machtblöcke der Erde Ende des 21. Jahrhunderts nicht zu den TERRA STATES zusammengeschlossen, wäre ähnliches früher oder später auch auf Terra geschehen. Im Vorbeiflug wirkten die leeren Fensteröffnungen wie unzählige Augen, die dem Besucher hinterherschauten. Die Ruinen der einstigen Megalopole unterstrichen das öde Bild des Planeten, das sich der Crew der PROMET bereits aus dem Weltraum geboten hatte.

»Und sonst?« fragte Shan scheinbar teilnahmslos. »Keine Mikroorganismen?«

Der Japaner schüttelte den Kopf.

»Selbst die haben nicht überlebt.«

»Können wir das Beiboot mit Schutzanzügen verlassen? Oder müssen wir mit unliebsamen Überraschungen rechnen?«

Der Astronavigator zuckte mit den Achseln. »Keine Gefahren, die unsere Meßgeräte wahrnehmen können.« Sarkasmus schwang in seiner Stimme mit. »Aber von allein ist die DSCHINGIS KHAN nicht vom Himmel gefallen.«

»Schon gut. Es besteht immer noch die Möglichkeit, daß sie von der MYSTERY angegriffen wurde. Irgendwelche energetischen Aktivitäten, Sie Schlauberger?«

Anake schüttelte den Kopf. »Aber das heißt nichts. Vielleicht gibt es unter der Planetenoberfläche automatische Abwehreinrichtungen, die sich erst aktivieren, wenn ein Eindringling Hope II einen Besuch abstattet.«

Die Kommandantin antwortete nicht. Die Überlegung ließ sich nicht ausschließen. Subplanetare automatische Abwehrforts mußten nicht zwangsläufig vernichtet worden sein. Sie konnten in einem scheinbaren Dornröschenschlaf liegen, wie die Menschen sich ausdrückten, und dermaßen schwache Energiemengen emittieren, daß sie auch von hochentwickelten moranisch-terranischen Ortern nicht registriert werden konnten.

»Ihre Einschätzung als Exopsychologe?« fragte sie schließlich.

Nachdenklich starrte der Japaner aus dem Bugfenster, während die Pilotin eine weitere Schleife zog und jetzt dicht über den Ruinen dahinflog.

»Nicht wirklich«, wehrte er ab. »Denken Sie dran, ich habe kein Diplom.«

»Nur praktische Erfahrungen. Schon gut, lassen Sie das Geplänkel, Takagawa.« Ihre Stimme klang gereizt, als ihr Kopf zur Seite ruckte und ihre schulterlangen Silberhaare über den Halsansatz ihres Overalls flossen. »Das ist mir lieber als jedes Hochschulwissen. Also, Ihre Meinung, bitte.«

Vor ihnen tauchte ein schwarzer Schatten zwischen den Ruinen auf, der rasch größer wurde – die Silhouette der DSCHINGIS KHAN.

»Schwer zu sagen. Ich weiß nicht einmal, wer die Bewohner von Hope II waren.« Er nahm die Hände von den Meßgeräten und verschränkte die Arme erwartungsvoll vor der Brust. »Wie auch immer - ich denke, daß nichts passieren wird. Ich habe noch keine extraterrestrische Rasse kennengelernt, die solch eine sinnlose Vorgehensweise an den Tag legen würde. Außerdem, wenn wirklich eine Automatik zum Leben erwachen sollte, würden wir es im letzten Moment immer noch anmessen und könnten auf den KSS vertrauen und einen Blitzstart riskieren.«

Ein schwaches Lächeln erschien auf Shalyn Shans Gesicht. Sie wußte ebensogut wie er, daß kein Blitzstart der Welt sie bei ein oder zwei Sekunden Vorwarnzeit retten würde, wenn eine Roboteinrichtung existierte, die auch die DSCHINGIS KHAN abgeschossen hatte. Die Möglichkeit war ebenso groß wie die, daß das HTO-Rettungsschiff der MYSTERY zum Opfer gefallen war. Auch der bei Beibooten relativ schwache Kombischutzschirm wäre in dem Fall nicht mehr als ein Blatt Papier gegen die Druckwelle einer Atomexplosion. Alles in allem hatten sie nicht die geringste Sicherheit – außer Takagawas Vertrauen in fremde Völker. Und dann auch noch in eins, das längst nicht mehr existierte. Aber wie sie selbst gesagt hatte. Es basierte auf seinen persönlichen Erfahrungen, die er mit zahlreichen außerirdischen Völkern während seiner jungen Jahre auf einem Dutzend Prospektorenschiffe gemacht hatte.

»Also schön«, sagte sie und zog das Beiboot nach unten, während vor ihnen die DSCHINGIS KHAN in die Höhe wuchs. »Halten Sie die Orter im Auge.«

Das schlanke N-Beiboot der Standardklasse mit seiner Länge von zwölf Metern und seinem maximalen Durchmesser von 2,9 Metern wirkte gegen den abgeplatteten Tropfen der DSCHINGIS KHAN wie ein zerbrechlich aussehendes Spielzeug. Deren schwarzer Rumpf war klobig und stark nach außen gewölbt, was an den Stauräumen in ihrem Bauch für Menschen und Material lag.

»Ein häßlicher Klotz«, bemerkte Takagawa, während er sich vergegenwärtigte, daß die gedrungene Bauweise äußerst funktional war für ein Rettungsschiff, das über möglichst große Aufnahmekapazitäten verfügen mußte. »Aber bekanntlich soll man ja nicht all zu viel auf das Äußere geben.« Er warf der gutaussehenden, schlanken Moranerin einen unauffälligen Blick zu. Er hätte gelogen mit der Behauptung, sich für die herbe exotische Schönheit mit dem sinnlichen Mund und den vollen Lippen nicht erwärmen zu können. Aber das ging den meisten terranischen Männern bei ihrem Anblick so. Selbst im Schutzanzug und mit Helm verlor sie nichts von ihrer beeindruckenden Erscheinung. Vorsicht, dachte er. Halte deine Gefühle im Zaum. Du kennst ihre empathischen Fähigkeiten. Und sie ist schließlich hier, weil sie hofft, bei dieser Mission ihren mit der PROMET III verschollenen Ehemann Jörn Callaghan zu finden.

Als sie aus dem Beiboot kletterten, schlug ihnen die Hitze der unwirtlichen Welt entgegen, die sie auch in den Anzügen wahrnahmen.

»Erinnert mich daran, daß mein letzter Urlaub zehn Jahre zurückliegt.« Der Japaner sprang in den heißen Sand, und ein verklärter Ausdruck trat in seine Augen. »Auf einer Welt namens Adaye. Ich habe sie so benannt, weil ich sie an Bord eines klapprigen Prospektorenschiffs entdeckt habe. Bis dahin hatte sie keinen Namen, weil es keine intelligenten Bewohner gab. Es war heiß, ständig über dreißig Grad im Schatten, aber Adaye war über und über von Seen bedeckt. In manchen war der Salzgehalt so hoch, daß ich mich auf dem Rücken von einem Ufer zum anderen treiben lassen konnte, während der Autopilot das Schiff ständig über mir hielt und mir Schatten garantierte. Die Fische waren so träge, daß man sie mit der Hand fangen konnte, und der Sand so heiß, daß man sie zum Braten nur hineinlegen mußte.«

»Aber hier herrschen fünfzig Grad«, warf Shalyn Shan trocken ein und ging an dem Exopsychologen vorbei. »Und Schatten gibt es so wenig wie Wasser. Heben Sie sich Ihre Geschichten für einen passenderen Zeitpunkt auf.« Sie folgte einem annähernd tennisballgroßen, runden Flugkörper, der sirrend ein Stück voraus zischte und dann bewegungslos in der Luft stehenblieb.

Stumm schüttelte Takagawa den Kopf.

Seine Geschichten waren auch schon besser angekommen. Wenn er es sich recht überlegte, dann allerdings selten bei der Moranerin. Er beobachtete den Meßrobot, der in diesem Moment Tausende von Daten in sich aufnahm, die später ausgewertet würden. Sollte er eine Gefahr feststellen, die Anake im Beiboot entgangen war, würde er augenblicklich Alarm schlagen.

Ein daumengroßer Kollege des Tennisballs war unterdessen zur DSCHINGIS KHAN geschwirrt und in ihrem Inneren verschwunden.

Der Kreuzer lag auf der Seite, zu einem Viertel in Sand und Gestein begraben. Die Wucht des Aufpralls mußte die Trümmer, in die er gestürzt war, geradezu pulverisiert haben. Der Rumpf war an mehreren Stellen aufgerissen. Häßlich gezackte Ränder zeugten von dem Hüllenbruch, der beim Aufprall entstanden war. Offensichtlich war es Captain Kraggen nicht mehr gelungen, den Flug zu stabilisieren, nachdem er abgeschossen worden war. An einigen Stellen hatte sich der hochkomprimierte Marsonstahl verflüssigt und war blasenwerfend von der Schiffshülle auf den Boden getropft.

Dort konnte wirklich niemand überlebt haben.

Shan war dem Tennisball gefolgt, der für einige Sekunden durch einen halbverschütteten Hauseingang verschwunden war. Als er wieder zum Vorschein kam, verharrte er in der Luft über der Schwelle und rotierte um eine imaginäre Achse.

»Neuigkeiten?« fragte sie, ohne ihre Frage näher präzisieren zu müssen. Der Meßrob konnte sehr wohl zwischen primär relevanten Daten und solchen, die im Augenblick unerheblich und nur für eine spätere Analyse interessant waren, unterscheiden. Er würde sie nicht damit behelligen, wenn sie es nicht ausdrücklich verlangte. Und er wußte sehr genau, worauf sie hinaus wollte.

»Ich habe eine Radio-Karbon-Messung durchgeführt«, erklärte er. Er hatte die gleiche angenehme Baritonstimme wie Kip an Bord der PROMET IV. »Dadurch können wir mit einer Abweichung von einskommasieben Prozent feststellen, wann die Stadt zerstört wurde.«

»Wann?« Sie kannte die Antwort, bevor die Maschine sie aussprach.

»Vor 1350 Jahren«, kam die aufreizend ruhige Bestätigung. Natürlich, dem Rob bedeutete diese Zahl nichts. Shalyn sehr wohl. Die Jahre des Großen Kriegs, ging es ihr durch den Kopf. Aus den Augenwinkeln registrierte sie, wie der Astronavigator nähertrat. Er hatte die Antwort ebenfalls vernommen.

»Es waren die Zyklops«, stellte er überflüssigerweise fest. »Auch Hope II ist ihnen zum Opfer gefallen.«

»Wenn sie auch hier waren, verstehe ich, warum irgendwer den Katai-Sektor in einen undurchdringlichen, tödlichen Mantel gehüllt hat. Selbst die Zyklops werden es nicht geschafft haben, die Wolke zu durchdringen.« Takagawa nickte schwach. Hope II hatte das Pech gehabt, auf der falschen Seite des gewaltigen Abwehrmechanismus zu liegen.

»Lebenszeichen?« fragte die Kommandantin. »Negativ.« Shalyn Shan nickte schweigend. Sie dachte an Moran, dachte an die vielen anderen Welten, die von den Schwarzen Raumern der Zyklops zerstört worden waren, als sie diesen Teil der Galaxis mit Krieg überzogen hatten. Eiseskälte durchfuhr sie, als sie an die neuerlichen Aktivitäten der Schwarzen Raumer in der Galaxis dachte. Zwar verhielten sie sich nicht mehr feindselig, wenn man auf eines ihrer schwarzen Hantelschiffe traf, aber niemand ahnte, welche Ziele sie beziehungsweise ihre Abkömmlinge heute verfolgten.

Wir hätten sie vernichten sollen, als wir die Gelegenheit dazu hatten, dachte sie. Sie alle, und kein einziges ihrer Schiffe übriglassen. Allein für das, was sie Moran und den Moranern angetan haben, hätten sie es verdient.

»Wieder ein Planet«, sagte sie matt zu Takagawa. »Uns bleibt nichts anderes zu tun, als ihn zu katalogisieren. Ich kann mir nicht vorstellen, daß irgend jemand auf die Idee kommen wird, ihn zu besiedeln.« Obwohl es genug überdrehte Sektierer gab, die ihren Kick vielleicht gerade daraus zogen, einen Planeten unter gigantischen Schutzkuppeln in Besitz zu nehmen, der vom Blut von Milliarden getränkt war. Aber das war nicht ihr Problem, und es war ihr auch egal.

»Alles in Ordnung, Shalyn?« fragte der Japaner. »Sie sind verdammt blaß.«

Ohne auf seine Bemerkung einzugehen, deutete die Kommandantin zur DSCHINGIS KHAN hinüber. »Das da ist noch nicht so lange her. Möglicherweise bekommen wir dort hilfreichere Informationen.«

Vermutlich dachte sie wieder an Jörn Callaghan, aber Takagawa hütete sich, den Gedanken auszusprechen. Er hatte nicht die geringste Ahnung, wie sie reagieren würde.

Schweigend stapften sie durch den Sand, der bereits vor langer Zeit begonnen hatte, den Landstrich zurückzuerobern, der ihm durch den Bau der Stadt entrissen worden war. Hin und wieder mußten sie über die Trümmer eingestürzter Gebäude oder über flache Mauern klettern, die sowohl das nukleare Bombardement der Zyklops als auch den Zahn der Zeit überstanden hatten. Vor ihnen streckte sich die Hülle des HTO-Rettungskreuzers über fünfzig Meter in die Höhe. Wenn sie den Kopf in den Nacken legten, konnten sie weit oben einzelne versengte Buchstaben ausmachen. Einst waren sie flammenrot gewesen, wie es bei allen Kreuzern dieser Art Sitte war, und hatten den Namensschriftzug des Schiffes ergeben. Jetzt bildeten sie nur noch die zur Unkenntlichkeit verwitterte Inschrift auf einem pockennarbigen Grabstein. Einen Einstieg in den aufgerissenen Rumpf der DSCHINGIS KHAN zu finden, bedeutete kein Problem. Sie enterten das Wrack in Bodenhöhe durch eines der zahlreichen mannshohen Einschußlöcher. Die gezackten Ränder waren rußgeschwärzt und auf groteske Art verdreht. Der Meßrob hatte einen Scheinwerfer eingeschaltet und schwebte Shan und Takagawa voraus. In den unmittelbaren Bereich der Außenhülle drang ausreichend Tageslicht, doch als sie weiter ins Innere des Schiffs vordrangen, wurde es immer dunkler.

Im Inneren des Rettungskreuzers war nichts heil geblieben. Zumindest in diesem Teil hatten die Waffen des Angreifers ganze Arbeit geleistet. Die Wände waren aufgerissen und wie mit einem Dosenöffner zusammengerollt. Ein Schott war zerfetzt, als bestände es aus Papier.

»Scheint eine Schleuse gewesen zu sein«, murmelte Takagawa, als er die nüchterne Ausstattung betrachtete, oder besser das, was davon übrig war. Schwarz verkohlte Bündel hingen in deformierten Arretierungen. Wahrscheinlich hatte es sich dabei einmal um Raumanzüge gehandelt. Sollten sich irgendwelche unbefestigten

Gegenstände in diesem Raum befunden haben, waren sie in höheren Atmosphäreschichten aus dem Schiff geschleudert worden. Zerschmolzenes Metall war blasenbildend an den Wänden heruntergelaufen und tropfenförmig erstarrt.

In gebückter Haltung kletterte die Moranerin zwischen den bizarren Metallfetzen des ehemaligen Schotts hindurch.

»Vorsicht!« warnte sie den Japaner. »Die Kanten sind scharf wie Rasierklingen.«

Sie folgten dem Scheinwerferkegel der Maschine und erreichten eine weitläufige Halle. Auch sie war vollkommen leer.

»Ein Laderaum«, stellte der Japaner fest. »Allerdings keine Ladung.« Shan blickte ihn schief an.

»Was sollten sie mit einer Ladung, wenn sie sich auf einer Rettungsmission befanden? Das hier sollten Notunterkünfte werden.«

»Zumindest beweist uns das, daß Kraggen keinen Erfolg hatte.« Takagawa ließ den Roboter einen weiten Kreis fliegen und ihn die letzten Ecken der Halle ausleuchten. Er dachte an die PROMET III, von der sie nie wieder gehört hatten, aber auch an die ebenfalls in Katai verschollene HUDSON der Kosmodrom-Werft und an die LIVINGSTONE der Lunadocks. »Wenn er Passagiere an Bord gehabt hätte, wären wir bereits auf Leichen gestoßen. In dem Fall müssen wir sogar dankbar sein, daß er die Verschollenen nicht gefunden hat. So besteht immerhin die Möglichkeit, daß sie noch leben.«

»Glauben Sie wirklich daran?«

»Was weiß ich.« Der Astronavigator zuckte hilflos mit den Achseln. »In einem Jahr kann viel passieren. Aber wenn sie auf einem Sauerstoffplaneten notgelandet sind, könnten sie überlebt haben.«

Ohne eine Antwort durchquerte die Moranerin die Halle, und Takagawa folgte ihr. Gelegentlich mußten sie von der Decke gestürzten Trümmern ausweichen. An manchen Stellen war der Boden aufgerissen. In der Schwärze ließen sich geborstene Verbindungsrohre oder zerfetzte Kabelstränge ausmachen.

»Was haben Sie vor?« Takagawas Stimme wurde von den Wänden zurückgeworfen.

»Wir gehen zur Zentrale«, antwortete die Kommandantin, während sie kurz den Kopf drehte. »Wenn wir herausfinden können, was geschehen ist, dann dort.« Sie zwängte sich durch ein verbogenes, halb geöffnetes Schott. Dann stand sie in einem verwüsteten Verbindungskorridor und wartete, daß der Exopsychologe zu ihr aufschloß. Vor ihnen war es heller. Ein gewaltiges Loch klaffte ein Stück voraus, eine vermutlich von dem Angreifer thermal geschnittene Schneise, die schräg in die Höhe führte. Vor ihnen endete der Boden des Gangs in gezackten Rändern. Als Shalyn Shan einen Blick in die Tiefe warf, sah sie undeutlich zur Formlosigkeit geschmolzene Klumpen, die einmal Einrichtungsgegenstände aus Metallplast oder anderen Verbundstoffen gewesen sein mußten. Sie deutete auf die andere Seite.

»Wir müssen dort hinüber«, erklärte sie. »Hinter dem Schott am Ende des Korridors liegt die Zentrale der DSCHINGIS KHAN.«

An der rechten Wand war ein schmaler Streifen des Untergrunds übrig. Der Meßrobot schwebte an dem Terraner und der Moranerin vorbei und richtete den Scheinwerfer speziell dorthin.

»Wird schon gehen«, meinte Takagawa. Mit dem Rücken zur Wand balancierte er auf den Fersen über den von der Hitze gewellten schmalen Sims. Unterarmlange erkaltete Tropfen hingen an dessem Rand. Schweiß rann in Strömen über Anakes Gesicht, während er ab und zu einen unsicheren Blick in die Tiefe warf. Zum ersten Mal wurden ihm die herrschenden fünfzig Grad richtig bewußt. Dann war er auf der anderen Seite. »Bleiben Sie in Rückenlage«, rief er hinüber. »Und pressen Sie sich fest an die Wand. Dann geht es ganz wie von selbst.«

Dann war auch Shan drüben, und der Meßrob sauste über ihren Köpfen dahin. Vor dem Schott blieb er bewegungslos in der Luft hängen und ließ den Scheinwerferstrahl über die Bedienungsleiste huschen.

»Nichts zu machen«, sagte Shalyn. »Die Automatik funktioniert nicht mehr. Ich hoffe nur, daß es da drinnen anders aussieht und wir den Computer in Gang bekommen. Andernfalls bleibt uns nichts anderes übrig, als die Computerblöcke auseinanderzunehmen und die Speicherelemente mit dem Logbuch in die PROMET IV hinüberzunehmen.«

Der Japaner zog die Stirn in Falten, als ärgerte er sich über ein nicht wiedergutzumachendes Versäumnis. »Wir hätten Cy mitnehmen sollen. Selbst wenn es keine Energie mehr gibt, hätte der Cyborg irgendeinen Zugang zu den Daten gefunden. Vielleicht sollten wir ihn rufen.«

Das Schott war geborsten. Ein fingerdicker Riß zog sich von oben nach unten.

»Versuchen wir es allein«, ermunterte ihn die Moranerin. »Ich habe das Gefühl, daß uns die Zeit unter den Nägeln verrinnt, wie ihr Menschen sagt.«

Gemeinsam griffen sie mit den Fingern in den Riß und zerrten daran. Sekundenlang schien es, als hätten sie keine Chance, das Schott zu bewegen, dann gab es ein ächzendes Knirschen. Mit einem kurzen Ruck öffnete es sich einen Spalt weit. Mit aller Kraft machten sie einen weiteren Versuch, und wieder knirschte es beängstigend. Eingedrungener Sand hatte sich in die Führungsschiene gesetzt und blockierte den Lauf.

Aber es reichte. Es gelang ihnen, sich seitlich durch die entstandene Öffnung zu quetschen. Der tennisballgroße Meßrobot war bereits zuvor hineingehuscht.

Die Zentrale war zu großen Teilen zerstört. Konsolen waren aus ihren Verankerungen gerissen und ausgebrannt. Verschmorte Zuleitungen hingen gleich regungslosen Fühlern aus den Wandungen. Hier und da hatten sich freiliegende elektronische Bauteile darin verheddert. Die meisten Monitore waren implodiert und die Sitze der Besatzung umgestürzt und durch die Zentrale geschleudert.

Es stank bestialisch. Eine Mischung aus nicht abgezogenem Feuergeruch, Verwesung und verbranntem Fleisch lag in der schalen Luft. Nach dem Ausfall der Systeme hatten offenbar auch Lüftung und Lufterneuerung nicht mehr gearbeitet. Anake hatte schon einige Tote gesehen, dennoch mußte er sich beherrschen, um sich nicht zu übergeben.

Shalyn Shans Blicke blieben an den Leichen hängen. Die meisten trugen nur die einfachen Bordkombinationen, nur zwei oder drei hatten einen Schutzanzug angelegt. Es hatte ihnen nicht geholfen. Die Anzüge hatten lediglich das Tempo der Verwesung verringert. Manche waren angesengt oder verkohlt. Ihre Befürchtungen bestätigten sich. Kein Besatzungsmitglied der DSCHINGIS KHAN war dem feindlichen Angriff entkommen. Zwar wußte sie nicht genau, wie groß die Crew gewesen war, aber wenn Überlebende sich auf Hope II versteckten, hätten sie deren Lebenszeichen angemessen, wenn die Radioaktivität sie nicht ohnehin längst umgebracht hätte.

Takagawa wuchtete einen umgestürzten Sitz zur Seite.

»Captain Kraggen«, sagte er schnaufend. »Seine Montur ist größtenteils verbrannt, aber die Rangabzeichen sind noch zu erkennen.«

Sie nickte langsam und legte den Kopf in den Nacken, als von oben leises Summen ertönte.

Der daumengroße Robot kam durch das halb geöffnete Schott geschossen. Mit einem kurzen Blick vergewisserte sie sich, daß seine Sensoren in Funktion waren und er alles aufnahm. Der Meßrobot leuchtete in der Zentrale umher und ließ die Szene noch gespenstischer erscheinen, als sie ohnehin war.

»Ich messe schwache energetische Aktivität«, verkündete er und sank langsam auf eine Konsole nieder, die das Chaos einigermaßen unbeschädigt überstanden hatte. »Möglicherweise läßt sich über dieses Terminal ein Zugriff auf die Speicherbänke bewerkstelligen.«

»Sofern das Feuer nicht alle Daten vernichtet hat«, entgegnete die Moranerin. Sie mußte sich zwingen, den Blick von den Toten zu nehmen. Mit einem Ruck wandte sie sich ab und der Konsole zu, über der sich der Meßrob um seine eigene Achse drehte. Mit einigen Handgriffen vergewisserte sie sich, daß er recht hatte.

»Das Notstromaggregat ist noch intakt«, seufzte sie erleichtert. »Keine Ahnung, warum es nach dem Totalausfall der Systeme nicht angesprungen ist. Aber das haben wir gleich. So, das müßte...«

Übergangslos flammte Licht auf. Einige in die Decke eingelassene Röhren hatten den Untergang der DSCHINGIS KHAN überstanden. Auch die Zuleitungen vom Notstromaggregat mußten unbeschädigt sein. Der Meßrob schaltete seinen Scheinwerfer aus und verschwand im nächsten Moment zwischen den Trümmern, um weitere Messungen vorzunehmen.

Shans Finger huschten über die Bedienungselemente, ohne einen sichtbaren Erfolg zu erzielen. Irritiert hielt sie inne.

»Teile des Systems scheinen noch intakt zu sein, aber ich bekomme keinen Zugriff auf die Daten«, erklärte sie. »Wahrscheinlich sind die Transferkanäle zum Output-Terminal unterbrochen.«

»Kriegen Sie das hin?« fragte Takagawa. »Vielleicht bekommen wir eine Überbrückung zustande.«

Nachdenklich nickte die Moranerin – eine Geste, die sie den Terranern abgeschaut hatte. Sie sah sich kurz in der zerstörten Zentrale um, dann griff sie nach einem deformierten Metallstück von einer Sessellehne. Rasch ging sie in die Knie und setzte es wie einen Hebel hinter die Konsolenverkleidung.

»Helfen Sie mir«, brachte sie angestrengt hervor. »Die Platte sitzt fest. Sie muß sich durch die Hitze verzogen haben.«

Der Exopsychologe kniete sich hinter sie, und sie zogen gemeinsam an dem zum Brecheisen umfunktionierten Trümmerstück. Mit einem Ruck gab die Verkleidung nach und sprang aus ihrer Arretierung. Rasch steckte Shalyn ihren Kopf in die Öffnung. Sie murmelte etwas auf Moranisch.

»Verstehe«, erwiderte Anake ätzend.

Sie warf ihm einen genervten Blick zu und ließ sich auf den Rücken fallen. Mit beiden Händen hantierte sie in der Öffnung.

»Ich glaube, ich habe die Unterbrechung gefunden«, brachte sie hervor. »Einen Moment noch. So, versuchen Sie jetzt mal, ob Sie das Abspielen der Aufzeichnungen starten können.«

Sie hörte ihn hantieren, dann drang knisterndes Rauschen aus verborgenen Lautsprechern. Shalyn war noch nicht ganz auf den Beinen, als aus einem implodierten Monitor eine Stichflamme schlug und sie nur um Haaresbreite verfehlte. Splitter flogen umher, und ein Spannungsbogen schlug vom Monitor zu einem benachbarten Aggregat. Eine Sekunde später war er verschwunden, und eine keuchende Stimme war zu hören.

»Captain Kraggen ist tot«, konnten sie fragmentarisch vernehmen. »...meisten anderen ebenfalls. Wahrscheinlich werden auch wir den Absturz...« Unheilverkündendes Krachen ließ die Worte des Sprechers verstummen. Minutenlanges Donnern von Explosionen und panikerfüllte Schreie folgten. »...unsere Schuld«, konnten sie dann die Stimme wieder hören, leiser jetzt als zuvor. Das Sprechen schien ihrem Träger schwerzufallen. Offensichtlich war er ebenfalls schwerverletzt. »...Kraggens Kurzschlußreaktion, als das fremde Schiff uns bei der Untersuchung der Ruinen überraschte. Wir feuerten, weil wir einen

Angriff annahmen, aber das stimmte nicht. Das fremde Schiff erlitt schwere Treffer, aber es gelang ihm noch, uns abzuschießen und...«

Die restlichen Worte vergingen im Lärm einer gewaltigen Explosion. Ein letztes Mal drangen Schreie durch, dann war nur noch ein statisches Rauschen zu vernehmen, unterbrochen von gelegentlichen kleineren Explosionen.

»Ein Mißverständnis«, flüsterte Anake betroffen und sah sich in der Zentrale um.

Er ließ die Schultern hängen und schüttelte verständnislos den Kopf. Alle Energie schien aus ihm gewichen. »Sie sind tot aufgrund eines Mißverständnisses.«

»Ja«, meinte die Moranerin trocken. »Hören Sie zu, Takagawa. Kommen Sie zu sich!«

Sie schüttelte ihn, um ihn aus seiner Lethargie zu reißen. »Das Ganze ist tragisch, aber wir müssen verhindern, daß dasselbe der PROMET zustößt.«

Der Japaner sah sie schief an. »Wieso?« fragte er nur.

»Begreifen Sie denn nicht?« herrschte sie ihn an. »Die Waffensysteme der MYSTERY waren noch aktiv, nachdem die DSCHINGIS KHAN ihren letzten Schuß abgefeuert hatte. Vielleicht sind sie das noch immer.«

»Sie meinen...« Alarmiert warf er einen Blick auf sein Armbandfunkgerät. »Wir müssen die PROMET warnen. Auf keinen Fall darf sie sich der MYSTERY nähern.«

Im gleichen Moment sprach das Funkgerät der Kommandantin an.

»Hier Shan«, meldete sie sich.

»Hier Hagen«, kam die Antwort. »Schlechte Nachrichten. Modesta und Cy haben die PROMET IV heimlich verlassen. Sie sind mit einem Beiboot zur MYSTERY geflogen.«

»Gegen meinen ausdrücklichen Befehl«, zischte die Moranerin. »Rufen sie die beiden auf der Stelle zurück.«

»Haben wir bereits versucht«, antwortete der Professor. »Nichts zu machen. Der Funkkontakt zu ihnen ist abgebrochen.«

Shalyn Shan unterbrach die Verbindung. »Machen wir, daß wir hier rauskommen«, forderte sie den Astronavigator auf. »Nichts wie zurück zur PROMET.«

10.

Der gewaltige kastenförmige Raumer wirkte wie ein eigenständiger kleiner Stern. Da sich die Sonne Hope im Rücken des Beiboots befand und die MYSTERY in ihrem Schein badete, ähnelte der Würfelraumer einer Mini-Sonne, die soeben über dem Horizont des Planeten aufgetaucht war und ihnen ihr Licht entgegenschickte.

»Abgesehen von dem Kugelraumer hinter der Plutobahn habe ich nie zuvor ein Raumschiff dieser Größenordnung gesehen«, erklärte Cyberjohn Five. »Die Masse ist so groß, daß die MYSTERY über eine deutlich meßbare Schwerkraft verfügt.«

Je weiter sie sich dem fremden Giganten näherten, desto besser ließen sich die einzelnen Segmente voneinander unterscheiden. Verglichen mit der PROMET IV war jedes der etwa dreihundert Module noch ein Ungetüm für sich.

»Ich frage mich, warum sie für die Module derart unterschiedliche Formen gewählt haben«, fuhr der Cyborg fort, während sein Blick die sich auf dem Bildschirm abzeichnenden Details gierig aufnahm. Er deutete auf eine bestimmte Stelle. »Sehen Sie sich nur dieses gezackte Teil gleich neben der Ellipse an, es spricht jeglicher Vernunft Hohn.« »Reine Zweckmäßigkeit vermutlich«, entgegnete Vanessa Modesta. »Außerdem interessiert mich das nicht. Denken Sie daran, weshalb wir in diesem Boot sitzen.«

Sie war es, die den Cyborg entgegen dem ausdrücklichen Befehl von Kommandantin Shalyn Shan zu diesem Vorstoß überredet hatte. Sie vermutete an Bord der MYSTERY fremde Technologien, wie sie weder Terranern noch Moranern jemals unter die Augen gekommen waren. Warum sollte sie diese Schätze mit den anderen teilen? Wenn sie zögerten und sich nicht zu einer beherzten Vorgehensweise entschließen konnten, na gut, ihr Problem. Wer nichts wagte, konnte auch nichts gewinnen. Und Vanessa wollte gewinnen, nur deshalb hatte sie sich überhaupt zu der Expedition an Bord der PROMET IV entschieden. Idealistische Beweggründe in allen Ehren – die Mechanismen von Kapitalismus und Gewinnakkumulation waren wesentlich ehrlicher, jedenfalls für die Bordärztin. Wer wollte ihr verdenken, daß sie die Chance nutzte, die die HTO-Prospektorstatuten ihr boten? In ihnen war festgelegt, daß der Erstentdecker fremder Technologien mit annähernd dreißig Prozent am Erlös aus allen Folgeeinnahmen der Vermarktung beteiligt war.

»Ich kann mir keine Zweckmäßigkeit vorstellen, die den Aufbau eines derart bizarren Splitters rechtfertigt«, erwiderte Cy, als habe er ihren Einwurf überhört. Sein haarloser, kantiger Schädel drückte wilde Entschlossenheit aus, als er beinahe unmerklich nickte und ihn ein Stück näher an den Bildschirm brachte. »Aber vielleicht werden wir Sinn und Zweck der unterschiedlichen Module noch erkennen, wenn wir uns erst an Bord der MYSTERY befinden.«

Er hielt direkt auf ein riesiges Strahlwaffenleck zu, dessen gezackte Ränder Vanessa Modesta an die zum Zuschnappen bereiten Zahnreihen eines gewaltigen Hais erinnerten.

»Wie Jonas im Maul des Wals«, flüsterte sie, als Cyberjohn das Beiboot langsam durch die gewaltsam entstandene Öffnung steuerte. Im Inneren hatte der Beschuß wesentlich weniger Schaden angerichtet, als es von außen zu erwarten war. Sah man von der Außenhülle ab, war die Halle weitgehend unbeschädigt. Anscheinend hatten die Wirkungstreffer kein brennbares Material vorgefunden. In anderen Bereichen der MYSTERY mußte das ganz anders aussehen, wenn er sich die Einschußnarben ins Gedächtnis rief.

In der langgestreckten Halle, die vor ihnen lag, waren vereinzelte quaderförmige Kästen gestapelt. Sie mußten befestigt sein, anderenfalls wären sie durch den Unterdruck in die Leere des Weltalls gesogen worden. Sie setzten sich bis in große Höhen fort, teilweise in gewaltigen Regalen gelagert, dennoch war die Halle für die Abmessungen, über die sie verfügte, annähernd leer. Cy schätzte, daß das Modul, in dem das Beiboot jetzt sachte zu Boden glitt, an die zweihundert Meter lang war. In einer Höhe von fünfzig Meter verjüngte es sich und endete in einem gewölbten kuppelförmigen Dach.

»Wirkt wie ein Dom«, stellte die Ärztin fest. »Vielleicht haben sie hier Messen zelebriert.«

Cy warf ihr einen abschätzenden Blick zu und fragte sich, ob sie das ernst meinte.

»Unvorstellbar«, entgegnete er schließlich. »Wir befinden uns in einem Lagerraum, kahl, nüchtern und kalt, und niemand würde auf die Idee kommen, an solch einem trostlosen Ort eine heilige Zeremonie vorzunehmen.«

»Es war nur ein Witz.« Modesta schälte sich aus ihrem Sitz, als das Boot mit einem Ruck aufsetzte. »Aber ich vergesse immer wieder, daß Humor für Sie ein Fremdwort ist. Wir steigen aus«, entschied sie. »Vergessen Sie nicht, den Helm zu schließen. Da draußen herrscht das Vakuum.«

Cy folgte ihr zur Schleuse.

»Ihre letzten Worte sollten wohl ebenfalls ein Witz sein«, vermutete er, während er den Helm seines Raumanzugs nach vorn stülpte und in der Magnethalterung verankerte. Die Magnetschuhe der Anzüge reagierten auf den Untergrund und bewahrten sie davor, in der Schwerelosigkeit unkontrollierte Sprünge zu machen.

»Das da sieht aus wie eine Schleuse.« Modesta deutete links hinüber, während der Cyborg sich an einem der quaderförmigen Container zu schaffen machte. Am Kopfende befand sich eine eingelassene Vertiefung, in der ein Tastenfeld angebracht war.

»Die Dinger sind elektronisch verriegelt«, stellte er fest und schüttelte verwundert den Kopf. »Der reinste Dilettantismus. Eine simple Informationskette, die in eine logische Anordnung zu bringen ist. Ich nehme an, daß bei der richtigen Reihenfolge ein Durchgang freigeschaltet und die Verriegelung gelöst wird.«

Probeweise ließ er die Finger über die Tastatur wandern. Unbekannte Symbole befanden sich darauf, die sich änderten, sobald die Tasten berührt wurden.

»Funktioniert noch«, meinte Cy. »Geben Sie mir ein paar Sekunden, und wir wissen, was sich im Inneren befindet.«

Vanessa schaute interessiert zu, wie er sich der fremden Symbolik bediente, ohne erklären zu können, was er tat. Aber auch dies war ein technisches Problem, das sie kalt ließ. Der Cyborg war ein technisches Genie und spielte mit elektronischen Systemen so virtuos wie ein Orchestergeiger auf seinem Instrument. Deshalb hatte sie ihn als

Begleiter ausgewählt. Sie fragte nicht nach dem Wie oder Warum – alles, was sie interessierte, waren Resultate.

»Schon fertig«, riß Cy sie in seiner kurz angebundenen Art aus ihren Gedanken.

Lautlos schwang das Oberteil des Containers auf. Eine bewegliche graue Masse kam zum Vorschein, die in einer leicht zitternden Welle träge von einem Ende zum anderen schwappte.

»Da drin herrschen vierzig Grad Celsius«, las die Ärztin von den Anzeigen ihres Anzugs ab. »Scheint so, als ob das Zeug hier drinnen gezüchtet wird. Es sendet minimale Lebensimpulse aus. Ich kann Proteine, Kohlenhydrate und Spurenelemente messen.«

»Lebensmittel«, schloß Cy. »Wenn mich auch die Form an ein menschliches Gehirn erinnert.«

Angewidert verzog Modesta das Gesicht.

»Dann frage ich mich, wer oder was damit gefüttert werden soll. Wir haben keine Lebensimpulse angemessen.«

»Vielleicht ist die MYSTERY ein Frachtschiff, das dieses Zeug dorthin transportiert, wo es gebraucht wird.« Er betrachtete den Container von allen Seiten, dann stemmte er sich dagegen. Dank seiner enormen Körperkräfte gelang es ihm, den Quader ein Stück zu verschieben. Daß er sich in der Schwerelosigkeit nicht selbständig machte, bewies, daß er magnetisch am Hallenboden verankert war.

»Ganz wie ich vermutet habe«, erklärte Cy. »Weder von den Seiten noch von unten gibt es Zuleitungen. Das Ding ist vollständig autark. Wir könnten zu Analysezwecken einen Container mit zur PROMET IV nehmen.«

Modesta packte den Deckel des Containers und schlug ihn zu.

»Nein!« stieß sie hervor. »Das hat später noch Zeit, aber deswegen sind wir nicht hergekommen.«

Natürlich hatte sie gehofft, in dem Quader auf elektronische Schaltteile oder andere High-Tech-Erzeugnisse der fremden Kultur zu stoßen. Nicht so ungeduldig, altes Mädchen, sagte sie sich. Die MYSTERY ist riesengroß. Du wirst schon noch auf deine Kosten kommen. Stumm setzte sie sich in Bewegung und ging hinüber zu dem Schott, das sie bereits zuvor ins Auge gefaßt hatte. Linksseitig war ein Sensorfeld eingelassen.

Die Ärztin legte die behandschuhte Hand darauf. Ein überraschter Ausruf entfuhr ihr. Mit allem hatte sie gerechnet, aber nicht damit, daß das Schott gleich beim ersten Versuch zu beiden Seiten in der Wand verschwand.

»So einfach«, sagte sie zu sich selbst. »Zu einfach.«

Was, wenn sie bereits erwartet wurden? Von wem auch immer? Unsinn, versuchte sie sich selbst zu beruhigen und rief sich einmal mehr das Fehlen jeglicher Lebenszeichen ins Gedächtnis. Dennoch blieb ein Rest von Zweifeln. Auch die schwachen Lebensimpulse der Biomasse in den Containern hatten ihre Sensoren nicht registriert. Was, wenn eine mögliche Besatzung der MYSTERY über unbekannte Abschirmmöglichkeiten verfügte? Sie schob den Gedanken beiseite und erinnerte sich ihrer Maxime: Wer nicht wagt, der nicht gewinnt!

Übergangslos flammte Licht auf. Ein kleiner Raum von drei mal vier Metern schälte sich aus der Dunkelheit. Die Ärztin registrierte nur beiläufig, daß Cy hinter ihr auftauchte und sie durch das offene Schott schob. So schnell, wie es sich geöffnet hatte, schloß es sich hinter ihnen wieder. Der Raum war vollkommen leer. Kahle weiße Wände umgaben sie.

»Eine Schleuse«, schloß der Cyborg. Er betrachtete die aufleuchtenden Daten, die das Unterarm-Display seines Raumanzugs lieferte. »Beachten Sie die Werte. Sie wird mit einem Stickstoff-Sauerstoff-Gemisch geflutet, Mischungsverhältnis etwa Vier zu Eins. Beinahe wie die irdische Atmosphäre.«

Vor ihnen glitt ein weiteres Schott auseinander.

»Mein Gott«, entfuhr es Vanessa Modesta.

Leichter Würgereiz entstand in ihrem Hals. Für einen Moment hatte sie den Eindruck, die Schleuse spuckte sie geradewegs ins Weltall, dann bemerkte sie die leichte Brechung des Sonnenlichts. Zehn Meter weiter ragte eine dunkelblaue Wand empor. Wie weit sie sich in die Tiefe fortsetzte, ließ sich nicht erkennen. Vorsprünge und Auswuchtungen behinderten dort die Sicht. Zu beiden Seiten endete die Wand an karabinerähnlichen angeflanschten Modulen, die wie verkrüppelte Finger ins All stachen. Oben kippte die Wand nach hinten weg und simulierte einen künstlichen Horizont, an dessen Rand sich eben noch weitere Gänge wie der, in dem sie standen, erahnen ließen.

»Ein annähernd transparenter Schlauch«, stellte Cyberjohn Five fest. »Zweieinhalb Meter im Durchmesser.« Er trat einen Schritt nach vorn und prüfte die Tragfähigkeit des Untergrunds. »Alles klar. Ein Verbindungssteg. Wahrscheinlich sind sämtliche Module der MYSTERY auf diese Weise miteinander verbunden. Wir können uns ihm bedenkenlos anvertrauen.«

Als er einen weiteren Schritt machte, geriet er in eine horizontale Fluglage und wurde sanft vorangetragen. Eine Automatik hatte reagiert und ein künstliches Kraftfeld aufgebaut, das die beiden Eindringlinge zum nächsten Modul transportierte. Diesmal öffnete sich das Schott vor ihnen ohne ihr Zutun. Sie schwebten hindurch und wurden sanft auf dem Boden abgesetzt.

»Atembare Atmosphäre. Ich glaube, wir können die Helme abnehmen und Sauerstoff sparen«, schlug die Ärztin vor. »Außerdem existiert eine künstliche Schwerkraft von einem G. Umgebungstemperatur liegt bei neunzehn Grad Celsius. Man könnte annehmen, wir befänden uns auf der guten alten Erde.«

Wieder flammte Licht auf und gab den Blick auf eine unübersichtliche, verwinkelte Halle frei. Sarkophagähnliche Wannen reihten sich aneinander, soweit das Auge reichte. Gewaltige Konsolen und Maschinenblöcke strebten zwanzig Meter in die Höhe und verschmolzen mit der Decke. Sie verhinderten die Sicht auf das rückwärtige Ende der Halle und ließen ihre Ausmaße nur erahnen. Dicke Bündel unverkleideter Leitungen und Rohre führten unter der Decke entlang und verbanden die Konsolen mit gläsernen Behältern, in denen sich nichts befand.

»Keine energetischen Aktivitäten. Keinerlei Emissionen.« Cy schaute sich um. »Aber die Einrichtung macht den Eindruck einer Produktionsstätte.« Er dachte an die Biomasse, die sie entdeckt hatten. Vielleicht wurde sie in den Containern bis zur Verwendung gelagert, nachdem sie in Einrichtungen wie dieser produziert worden war.

Modesta hatte den gleichen Gedanken.

»Die Masse in den Containern wird nicht ewig dort lagern. Wenn wir weiter ins Schiffsinnere vordringen, werden wir früher oder später auf in Betrieb befindliche Einrichtungen stoßen.« Sie strichen an einer der Wannenreihen entlang. Die einzelnen Behälter waren durch kristalline

Schläuche miteinander verbunden. Vermutlich gingen sie in eine Art Fließband über, bei dem der Produktionsvorgang an einem Ende der Halle begann und am anderen abgeschlossen war.

Vermutungen, warf sich Vanessa vor. Sie trieb den Cyborg zu größerer Eile an, während sie die Maschinenblöcke skeptisch musterte, als könnten sie jeden Moment zum Leben erwachen. Der Gang beschrieb eine leichte Krümmung nach unten, bis er in ein kreisförmiges Loch im Boden mündete, gleich an der Kreuzung zweier Verbindungsgänge.

Cyberjohn streckte einen Arm aus und nickte.

»Ein Kraftfeld. Genau wie draußen im Schlauch. Scheint auf dem gleichen Prinzip zu basieren wie unser zentraler Antigravschacht auf der PROMET IV.«

Kurzentschlossen trat er einen Schritt vor, dann schwebte er langsam in die Tiefe. Die Ärztin folgte ihm. Sie glitten durch einen röhrenförmigen Saal, in dem einige der Lagercontainer gestapelt waren, die sie bereits bei ihrem Eindringen gefunden hatte. Nur eine schwache Beleuchtung brannte. Bereits nach wenigen Minuten hatten sie eine weitere Halle erreicht. Sie glich der letzten wie ein Ei dem anderen, in der nächsten war es nicht anders. Keine Anzeichen, daß in letzter Zeit tatsächlich etwas in ihnen produziert worden war. Vielleicht hatten sie sich geirrt.

»Ich frage mich, ob wir umkehren sollten«, erklärte Cy.

»Unsinn«, zischte Modesta barsch und funkelte ihn aufreizend an. »Wir haben ja noch nicht mal angefangen. Denken Sie nur an das, was jeder von uns bekommen kann.« Sie strich mit dem Zeigefinger über seine Brust und nach unten, bis ihre Hand zwischen seinen Beinen verschwand. »Besonders Sie.«

»Möglich«, murrte der Cyborg. Er deutete nach vorn. »Dann sollten wir zusehen, daß wir weiterkommen.«

Unsicher musterte sie ihn. Ihre Umgarnungstechnik schien bei ihm nicht zu wirken. Oder? Die meisten Männer hätten bei ihrer kurvenreichen Figur ihre Hände nicht bei sich halten können, wenn sie auf derartige Weise provoziert worden wären, und hätten beim schmachtenden Schlafzimmerblick aus ihren großen braunen Augen und dem verführerischen Zucken des sinnlichen roten Kußmunds längst jeglichen Widerstand aufgegeben. Bei Cyberjohn war es anders. Sie brachte ein knappes Nicken zustande und setzte sich wieder in Bewegung. Irgendwo mußte es eine Zentrale geben, einen Maschinenraum, Waffen- sowie Kommunikationsanlagen. Bisher hatten sie nicht viel gesehen, aber bereits die wenigen Erkenntnisse ließen auf eine Technologie schließen, die der terranisch-moranischen weit überlegen war. Sie würden etwas finden, da war sie ganz sicher.

Vanessa Modestas Erwartungen sollten schon bald erfüllt werden.

»Noch keine Nachricht von ihnen?« fragte Shalyn Shan, als sie, gefolgt von Anake Takagawa, in die Kommandozentrale der PROMET IV stürmte.

Patrick O'Healy hockte in seinem Sitz vor den Funkkontrollen und schüttelte den Kopf. »Ich habe weder Funk- noch Energieortung auch nur einen Moment aus den Augen gelassen«, erklärte er. »Nichts. Ich weiß nicht, ob sie auf meine Funkanrufe nicht reagieren, weil sie nicht reagieren wollen, oder ob ein abschirmender Mechanismus an Bord der MYSTERY keine Impulse durchläßt.«

»Wo ist Hagen?«

»In seiner Kabine. Schätze, er hat sich eine Weile aufs Ohr gelegt. Er murmelte irgendwas davon, daß Sie seine Sonden in der Staubwolke in die Luft jagen, er die MYSTERY aber nicht untersuchen darf.«

»Also ist unser Professor jetzt eingeschnappt.« Shalyn schüttelte verzweifelt den Kopf. »Auch gut«, seufzte sie schließlich. »Lassen wir ihn fürs erste schlafen. Haben Sie eine Sonde hinübergeschickt, um nach den beiden zu suchen?«

Der Funkspezialist warf ihr einen kurzen Blick zu und schüttelte den Kopf.

»Sie haben ausdrücklich jeden Vorstoß bis zu Ihrer Rückkehr verboten«, verteidigte er sich. »Ich wollte nicht noch mehr Unheil anrichten.«

»Schon gut, Major«, beruhigte sie ihn. »Sie haben vollkommen richtig gehandelt.«

Sie berichtete von ihrer Vermutung, daß die fremden Waffensysteme noch aktiv waren.

»Angesichts des Zustands der DSCHINGIS KHAN haben wir allen Grund zur Vorsicht, wenn wir nicht ebenfalls abgeschossen werden wollen. Trotzdem müssen wir uns überlegen, was wir jetzt machen. Vielleicht sind Modesta und Cy in Gefahr und können nicht antworten.«

»Sie wollen den beiden folgen?« vermutete O'Healy. »Wenn Sie mich fragen, Kommandantin – wir sollten sie da rausholen und ihnen den Arsch aufreißen.«

Takagawa lachte laut auf.

»Zumindest bei dem Cyborg dürfte ihnen das schwerfallen«, warf er ein. »Wer weiß, wohin die Duraplaststränge seines Exoskeletts reichen.«

Shan betrachtete nachdenklich ein holographisches Display, das die MYSTERY vor dem Hintergrund von Hope II zeigte.

»Ich habe ein ungutes Gefühl«, gab sie zu. »Irgendwas läuft da drüben schief. Der Major hat recht. Vornehmen können wir uns Modesta und Cy später, zunächst müssen wir sehen, daß wir sie da rausholen.«

Ein gewaltiges keilförmiges Modul lag vor ihnen. Im Gegensatz zu den bisherigen war es nicht von außen komplett durch eine bestimmte Farbe markiert, sondern von der gleichen annähernden Transparenz wie der Schlauch, durch den sie sich bewegten. Schon vom Verbindungssteg konnten Vanessa Modesta und Cy ins Innere des Moduls hineinschauen. Was sie sahen, erinnerte an eine gewaltige Menagerie. Reihen mit Lebewesen streckten sich weit in die Ferne, aufgereiht wie in einem kosmischen Puppentheater, Dutzende von Etagen übereinander.

»Immer noch keine Lebenszeichen«, preßte die Ärztin hervor, während sie eine Bewegung auszumachen versuchte. Erfolglos. Wenn sie nicht tatsächlich Puppen vor sich hatten, war keins der Wesen mehr am Leben.

»Sieht aus wie ein Zoo«, meinte Cyberjohn, während sie sich beeilten, den Schlauch zu verlassen.

Von einer inneren Unruhe ergriffen, lief Modesta los, bis sie das erste der erstarrten Wesen erreicht hatte. Es war ihr egal, ob Cy ihr folgte. Ihre Augen saugten sich an dem Anblick fest, der sich ihr bot. Ein vierbeiniges Wesen, etwas größer und kräftiger als ein terranisches Pferd, hing regungslos einen halben Meter über dem Boden. Es verfügte über einen weit ausladenden Vorderkörper und einen langen, grazil wirkenden Hals. Dichter, strähniger Pelz verdeckte die Hälfte seiner Beine. Sie war überzeugt davon, es mit einem Reittier zu tun zu haben.

Sie ging ein paar Schritte weiter, bis sie das nächste Tier erreichte, ein reißzahnbewehrtes Ungetüm mit drei stämmigen Beinpaaren, die in einen muskulösen schlanken Körper übergingen. Allem Anschein nach ein Jäger. Wie das andere schwebte es bewegungslos in der Luft und hatte die Augen geschlossen.

»Tiere oder Intelligenzwesen?« Die Frage ließ sie zusammenzucken. Sekundenlang hatte sie vergessen, daß sie nicht allein war. Sie starrte den Cyborg aus großen Augen an, als sei er eins der fremden Wesen, das gerade eben aus seiner Bewegungslosigkeit erwacht war.

»Tiere«, sagte sie, während sie an weiteren Exemplaren vorbeischlenderte. »Jedenfalls wenn ich mich auf meine exobiologischen, physiognomischen Kenntnisse verlasse. Aber ganz sicher sein kann man nie. Ich will nicht ausschließen, daß sich das eine oder andere Intelligenzwesen darunter befindet.«

»Womit wir bei der Grundsatzfrage wären, was als Intelligenzwesen anzusehen ist«, warf Cy ein. »Aber ich schließe mich Ihrer Einschätzung an. Vielleicht haben wir es tatsächlich mit einem Zoo zu tun.«

Aber auch das, dachte Vanessa, ist nur eine Spekulation. Wir kennen die Erbauer dieses Schiffs nicht. Wir dürfen keine menschlichen Maßstäbe anwenden. Was uns wie ein Zoo erscheint, könnte völlig anderen, fremdartigen Zwecken dienen...

»Möglich, daß sie noch leben.« Die Ärztin deutete auf die verschiedenfarbigen, schwach leuchtenden Feldern, die sich am Boden unter den Tieren abzeichneten. »Es könnte sich um die optischen Ausgaben von Kontrollmechanismen handeln«, überlegte sie und ließ die

Instrumente ihres Anzug neuerliche Messungen vornehmen. Sie hielt dem Cyborg ihren Unterarm hin.

»Schwache Emissionen«, stellte er überrascht fest. »So schwach, daß sie nur aus unmittelbarer Nähe anzumessen sind. Einen Moment. Nein, Lebenszeichen kann ich dennoch weiterhin keine feststellen.«

»Wer weiß, was in diesem Schiff noch so alles aktiv ist.« Vanessa zog schaudernd die Schultern zusammen. »Würde mich nicht wundern, wenn rings um uns herum plötzlich alles zum Leben erwachte.«

Er fragte nicht, ob sie die fremden Wesen oder die Maschinen der MYSTERY meinte. Das eine konnte sich als so verhängnisvoll erweisen wie das andere.

»Es müssen Tausende sein«, sagte er stattdessen. »Energiefelder müssen sie in dem Schwebezustand halten. Es widerspricht jeder technischen Logik, daß unsere Instrumente sie nicht registrieren.«

Sie drangen weiter in die Halle ein, manchmal von dem Gefühl begleitet, beobachtet zu werden. Doch wenn Vanessa den Kopf drehte und einen verstohlenen Blick nach hinten warf, konnte sie keine Bewegung ausmachen.

Du entwickelst Anzeichen von Paranoia, machte sie sich klar. Es liegt an diesen Tieren. Aber sie sind tot, oder was auch immer. Jedenfalls können sie dich weder beobachten noch verfolgen.

»Hier drinnen ist es wärmer als in den anderen Hallen«, sagte sie nachdenklich. Cy nickte. »Das könnte ein Indiz dafür sein, daß sie trotz fehlender Anzeichen am Leben sind«, entgegnete er und hielt inne. Er streckte einen Arm aus und berührte eins der fremdartigen Wesen. Ein eigenartiges Kribbeln breitete sich, von den Fingerspitzen ausgehend, in seinem Arm aus. Augenblicklich spürte er seine Finger nicht mehr und zog den Arm rasch zurück.

»Haben Sie etwas gefühlt?« fragte die Ärztin. »Sie bewegen Ihren Arm so seltsam.«

»Es ist wie eine Paralyse«, erwiderte der Cyborg »Meine Implantate werden davon nicht betroffen, wohl aber die biologischen Elemente. Aber die Lähmung läßt bereits wieder nach.«

»Ein Stasisfeld.« Modesta nickte. »Natürlich. Das ist es. Diese Wesen werden in Konservierungseinheiten am Leben erhalten. Ihre Theorie mit dem galaktischen Zoo hat etwas für sich.«

Vorausgesetzt, fügte sie in Gedanken hinzu, die Erbauer der MYSTERY denken und handeln wie Menschen. Was nicht sehr wahrscheinlich ist.

»Seltsam, daß wir bislang auf keinen Wächter gestoßen sind.«

Abrupt brach die Reihe, an der sie sich entlangbewegten, ab. Eine Lücke machte ihnen das Hinüberwechseln in den nächsten, parallel verlaufenden Gang möglich. Dort sah es nicht anders aus. Ihnen blieb nichts anderes übrig, als dem Verlauf des sanft abfallenden Korridors zu folgen.

»Eine Öffnung.« Cy blieb stehen und schaute nach oben. »Dort auch. Wir sollten zumindest eine der weiteren Ebenen untersuchen.«

Vanessa nickte, während Cyberjohn sich dem aufwärts führenden Feld anvertraute und langsam in die Höhe getragen wurde. Sie hielt das für sinnlos. Andererseits – was sie suchte, hatte sie bisher nicht gefunden, und es schien in dieser Halle auch nicht zu existieren. Die Technik zur Erzeugung von Stasisfeldern, einer simpleren und wesentlich effizienteren Weiterentwicklung früher kryogenischer Tanks, besaß die Menschheit ebenfalls. Damit konnte sie keinen potenten Wirtschaftsrepräsentanten hinterm Ofen hervorlocken. Aber wer diese gewaltige Menagerie geschaffen hatte, der wartete noch mit ganz anderen technischen Wunderdingen auf.

Nachdem sie die zehn Meter bis zur nächsten Ebene überwunden hatte, schüttelte sie den Kopf. Auf den ersten Blick machte sie keine Unterschiede aus.

»Dort entlang«, entschied sie sich für eine Richtung, die sie noch weiter ins Innere der MYSTERY führte.

Manche der Lebensformen, an denen sie sich entlangbewegten, wirkten grotesk. Gewaltige Körper oder scheinbar viel zu große Köpfe saßen auf dünnen, stummelartigen Beinchen. Einmal sahen sie einen krabbenartigen, rosafarben Körper von etwa zwei Metern Durchmessern, an dessen Seiten sich rudimentäre Stummelflügel befanden. Es lief ihr kalt über den Rücken. Wie sie überhaupt keinem der Tiere hätte über den Weg laufen wollen, wenn es nicht in Stase gewesen wäre. Für irdische Verhältnisse waren es ausnahmslos Monster und bizarre Absonderlichkeiten, die selbst in diesem Zustand bedrohlich und angriffslustig wirkten.

Müssen schöne Horrorplaneten sein, dachte Vanessa, von dem die Viecher kommen. Sie verkniff sich die Frage, ob die übergroße Meeresfrucht wohl schmecken mochte. Cyberjohn Five hatte seine Humorlosigkeit mehr als einmal unter Beweis gestellt.

Fahrig wischte sie sich mit dem Handrücken über die Stirn. Sie hatte den Eindruck, daß es noch wärmer geworden war, doch mit einem kurzen Blick auf ihre Instrumente vergewisserte sie sich, daß ihre Wahrnehmung sie trog. Shalyn Shan fiel ihr ein, die mit Sicherheit inzwischen wußte, daß Modesta und Cyberjohn auf eigene Faust an Bord der MYSTERY gegangen waren. Nicht umsonst hatten sie und Cy gleich nach ihrem Start mit dem Beiboot sämtliche Funkverbindungen unterbrochen. Sie drängte den Gedanken beiseite. An der Auseinandersetzung mit der Kommandantin würde sie früher oder später nicht vorbeikommen, also durfte sie auf keinen Fall mit leeren Händen zurückkehren. Mit aufsehenerregenden Entdeckungen würde sie der Moranerin auch vor den anderen Besatzungsmitgliedern den Wind aus den Segeln nehmen.

»Der Korridor weitet sich«, hörte sie Cys Stimme.

Irritiert blickte sie auf, dann erkannte sie es ebenfalls. Unwillkürlich verfiel sie in eine schnellere Gangart und hetzte den Gang entlang. Ihr Herz schlug heftiger. Was immer sie suchte, dort war es. Dann blieben die Stasisfelder hinter ihnen zurück. Ein ausgedehnter Bereich von der Größe eines Fußballfeldes lag vor ihnen, aber er war auf groteske Art verzerrt, wie von einem schrägstehenden Spiegel zurückgeworfen. Weil sich die Reihen der Tiere dahinter fortsetzten, war die Freifläche von weiter hinten nicht zu sehen gewesen. Nein, das war nicht der Grund, erkannte sie. Etwas anderes steckte dahinter, aber ihr Verstand konnte es nicht fassen.

Ein gewaltiger Maschinenpark erstreckte sich über die gesamte Fläche. Aus dem Augenwinkel sah sie das Verhängnis auf sich zukommen.

Modesta schrie auf, als sie über die Abbruchkante stürzte. Es ging in einem Neunziggradwinkel geradewegs nach unten. Ein endloser Abgrund verschluckte sie. Verzweifelt ruderte sie mit den Armen, um sich irgendwo festzuhalten, doch da war nichts. Sie schrie und schloß die Augen, in der Erwartung, in endloser Tiefe aufzuschlagen und mit verrenktem Körper und zerschmetterten Gliedern liegenzubleiben. Shan würde ihr keine Vorhaltungen mehr machen können.

Dann spürte sie den Widerstand unter ihren Füßen.

Vorsichtig öffnete sie die Augen wieder. Und schüttelte fassungslos den Kopf.

Sie fiel nicht. Im Gegenteil, sie stand auf ebenem Untergrund wie auch schon zuvor. Der Maschinenpark wirkte nicht länger perspektivisch verzerrt, sondern so, wie er sich menschlichen Sinneseindrücken darstellen sollte. Als sie sich umdrehte, war der Abgrund wieder da. Erschrocken machte sie einen Schritt von der Kante weg.

Jetzt hatten die Stasisfelder mit den fremdartigen Lebensformen scheinbar die Lage gewechselt. Sie waren am Abgrund, der sich tatsächlich Hunderte von Metern in die Tiefe erstreckte, übereinandergestapelt.

Dann sah sie Cy. Er kam geradewegs die Wand hochmarschiert. Plötzlich kippte er vornüber, ganz untypisch mit einem schwachen Lächeln auf den Lippen, und stand im nächsten Moment vor ihr.

»Veränderte Gravitation«, erklärte er. »Zwei Ebenen, die in einem Winkel von neunzig Grad aneinanderstoßen, werden auf diese Weise räumlich optimal ausgenutzt. Theoretisch kann man auf diese Art in beziehungsweise auf einem würfelförmigen Raum zwölf verschiedene geographische Teilbereiche positionieren.« Er nickte bewundernd. »Die Moraner haben auf Terra bereits damit experimentiert, aber sie sind über das Versuchsstadium nicht hinausgekommen.«

»Ja«, meinte die Ärztin matt. Der Schrecken steckte ihr noch immer in den Knochen. »Ich erinnere mich, davon gehört zu haben.« Sie schaute in den scheinbaren Abgrund. »Wenn ich jetzt einen Schritt tue, befinde ich mich wieder in der Menagerie?«

Cy nickte.

Modesta stieß einen triumphierenden Laut aus. »Vermutlich ist das für die Erbauer der MYSTERY nicht mehr als eine Spielerei, aber ich bin für den Anfang schon ganz zufrieden.« Ihre Entdeckung konnte den terranisch-moranischen Raumschiffbau revolutionieren. Es war noch gar nicht abzusehen, welche wirtschaftlichen Aspekte das für Modesta haben würde. Sie deutete zu den Maschinen in ihrem Rücken. »Und es scheint auch gleich weiterzugehen.«

»Das sind offensichtlich Roboter.« Cy deutete auf einige in die Aggregate eingelassene Nischen. Die darin befindlichen Maschinen besaßen einen gedrungenen Rumpf, entfernt menschenähnlich, und drei Handlungsarme unterschiedlicher Bauweise, die ringförmig um den Körper angeordnet waren, jedoch keine Beine. Auch ein Kopf existierte nicht. »Deaktiviert glücklicherweise. Wer weiß, wie sie auf uns reagieren würden.«

Der Cyborg ging an einer geschlossenen Maschinenphalanx entlang, die nach einiger Zeit jäh abbrach und einigen unverkleideten Schaltkästen Platz machte. Seitlich führte ein schmaler Steg zu einem wirr verschachtelten Konglomerat metallischer Aufbauten. Hunderte sensorischer Schaltfelder gleicher Größe, aber unterschiedlicher Farbgebung waren darin eingelassen.

Der Cyborg schlug einen Haken und sah sich Hunderten, wenn nicht Tausenden von nebeneinanderliegenden Schiebereglern gegenüber. An den Enden der Laufschienen befanden sich winzige Sichtfenster.

Feinjustierungen, dachte er, wenn er auch nicht die geringste Ahnung hatte, wofür sie dienten.

Und die Fenster zeigten vermutlich die manipulierten Werte an, wenn sie in Funktion waren.

Er blieb vor einer Konsole stehen, die von verschiedenfarbigen Linien durchzogen wurde, die sich gelegentlich kreuzten und Verbindungen zum Rest des Maschinenparks andeuteten. Verbissen betrachtete er die wenigen Armaturen und Bedienungselemente, die sich an diesem Aggregat befanden, viel weniger als an jedem anderen Bauteil, das er sah.

Möglich, daß er eine zentrale Einheit vor sich hatte, von der aus die gesamte Anlage in Betrieb genommen werden konnte.

Die meisten Bedienungselemente ringsum befanden sich in Hüfthöhe, waren also für die Bedienung in sitzender Haltung gemacht. Die Anordnung war verwirrend, aber ansonsten hätte es sich um ein Bedienungspult an Bord der PROMET IV handeln können.

»Nicht die geringste energetische Aktivität«, stellte er fest. »Allerdings muß eine Wechselwirkung stattfinden, wenn die Stasisfelder von hier aus kontrolliert werden.« Wie für Menschenhände gemacht, dachte er. Vielleicht sollte ich... Tote Monitore starrten ihn an. Sichtfenster, in denen nichts zu sehen war. Probeweise legte er eine Hand auf eine Kontrolleiste dreifach gestaffelter Sensorfelder. Nichts geschah. Möglicherweise war durch den Beschuß, dem das Schiff ausgesetzt gewesen war, in einem anderen Teil eine Funktionsstörung eingetreten, die auch diese Instrumente lahmlegte. Wahrscheinlicher aber war, daß sie sich überhaupt nicht in Betrieb befinden sollten. Immerhin war die Funktion der Stasisfelder in keinster Weise beeinträchtigt. Das belegte, daß es sich nicht um einen Ausfall handelte. Er hätte seine Cyborgimplantate verwettet, daß sich zumindest ein Teil der elektronischen Systeme im Standby-Modus befand.

»Wofür halten Sie das?« fragte die Ärztin.

»Ich habe keinen Anhaltspunkt«, erwiderte Cy. Er machte ein ratloses Gesicht. Würde er die Anlage oder zumindest einen Teil davon in Funktion sehen, sähe die Sache anders aus. Aber es war Wahnsinn, einen möglichen Geist in der Maschine zu wecken, ohne sicher zu sein, ihn auch wieder in die Flasche zurückbefördern zu können. »Ich kann es wirklich nicht sagen.«

»Aber ich habe eine vage Ahnung.«

Vanessa hatte ein langgezogenes Computerterminal umrundet und war in der verwirrenden Anordnung der Konsolen verschwunden. Kurzfristig verlor der Cyborg sie aus den Augen. Mit einem gewaltigen Satz sprang er über die Phalanx hinweg und stand neben ihr. Sie deutete mit dem Kopf in einen abwärts führenden, runden Schacht von zehn Metern Durchmesser. Die gesamte Wandung war bedeckt von quaderförmigen, an Enden und Seiten abgerundeten Behältern mit transparenten Oberteilen.

Vanessa glitt in den Schacht. Schwacher Lichtschein, dessen Ausgangsherd nicht zu lokalisieren war, wies ihr den Weg.

»Wieder ein künstliches Schwerefeld«, sagte sie, während sie sich um die eigene Achse drehte und dann innehielt. »Allerdings dient es nicht dem Transport wie bei den anderen. Es hält mich schwerelos in der Mittelachse der Röhre.« Sie machte eine Bewegung mit den Beinen und glitt weiter in die Röhre hinein. Dann streckte sie die Arme aus und hielt sich an einem der Behälter fest. »Sehen Sie? In dieser Position kann ich mühelos jeden der Tanks erreichen und die Terminals bedienen.«

»Kryo-Tanks?« fragte Cy. Sie schüttelte den Kopf. »Kloning-Tanks, würde ich sagen. Leider sind Sie leer.«

Sie stieß sich ab und trieb weiter, bis der Cyborg sie in dem Halbdunkel aus den Augen verlor. »Dachte ich es mir doch«, hörte er sie nach einer Weile.

»Was ist?« rief er. »Soll ich Ihnen folgen?«

»Nein, ich komme gleich zurück.«

»Haben Sie etwas entdeckt?«

Modesta antwortete nicht, und Cy spähte in das Dämmerlicht. Unruhe überkam ihn, und er schwang sich über den Schachtrand. Unentschlossen blieb er in der Luft hängen.

»Antworten Sie!« schrie er.

»Schon gut. Alles in Ordnung.«

Modesta tauchte aus der Dunkelheit auf und schob ihn vor sich her. »Es sind tatsächlich Kloning-Tanks. Weiter drinnen habe ich welche gefunden, die nicht leer sind.«

Er schaute sie fragend an.

»Ähnliche Monster wie in den Stasisfeldern«, erklärte sie. »Wenn sie alle geklont wurden, wundert mich die abschreckende Vielfalt überhaupt nicht. Ansonsten hätten sie von verdammt vielen Planeten eingesammelt worden sein müssen. Mich wunderte schon, daß ich nicht eine der Gattungen in den Stasisfeldern je zuvor gesehen habe. Möglicherweise sind sie alle genetisch verändert.«

»Hören Sie, Vanessa.« Cy blickte ihr in die Augen, und sie hatte das Gefühl, daß sie es tatsächlich geschafft hatte, Eindruck auf ihn zu machen. »Wir sollten jetzt vielleicht zur PROMET zurückkehren. Sie sind doch sicher, oder?«

Hilflos hob sie die Schultern und ließ sie wieder fallen.

»So sicher, wie wir bei den wenigen Informationen sein können«, wehrte sie ab. Für einen Moment schloß sie die Augen und ließ den Kopf sinken. »Natürlich kann ich nicht ausschließen, daß all diese Wesen doch natürlichen Ursprungs sind.« Sie sah ihn trotzig an. »Verdammt, wir haben einfach zu wenig Informationen.« Dann schüttelte sie energisch den Kopf. »Versuchen Sie, Zugriff auf die Computer zu bekommen. Vielleicht können wir aus den Speicherbänken der MYSTERY mehr erfahren.«

Das Gesicht des Cyborgs zeigte keine Regung. »Schwer zu sagen, ob es möglich ist, nur die Dateien anzuzapfen, ohne automatisch weitere Programme zu starten. Ich kann nichts über die Vernetzung der Systeme sagen«, erklärte er mit tonloser Stimme. »Möglich, daß sie miteinander kommunizieren oder sich sonstwie gegenseitig steuern. Vielleicht läuft das ganze Programm ähnlich wie bei einer Batch-Datei ab, wenn der Hebel erst mal umgelegt ist.«

Sie vertrödelten wertvolle Zeit. Modesta war sicher, daß Shalyn Shan früher oder später die Initiative ergreifen und ihnen folgen würde.

»Ich vertraue Ihren Fähigkeiten«, sagte sie.

Cy begab sich zu der Konsole, die er für das Herz der Anlage hielt. Er hatte der Ärztin seine volle Unterstützung bei dieser Aktion zugesagt, daher verkniff er sich den Beginn einer Diskussion. Unschlüssig bediente er einige der Armaturen, ohne daß er eine Reaktion erzielte. Er ging in die Hocke und untersuchte die Verkleidungen der Konsolen. Sie waren magnetisch befestigt und ließen sich problemlos entfernen. Er hatte sich nicht getäuscht. Auch wenn annähernd keine Emissionen anzumessen waren, war die Anlage nicht außer Betrieb.

Armdicke Kabelstränge verbanden plasmatische Felder miteinander. Die schwach leuchtenden Gasmassen gruppierten sich um und veränderten gelegentliche ihre Lage. Cy vermutete, daß sie eine Kontrollfunktion innehatten. Er konnte einige Unterbrecher-Dips und Energieweichen ausmachen. An dieser Stelle mußte er das Problem angehen. Vorsichtig schob er den haarlosen, kantigen Schädel und dann den Oberkörper zwischen das Kabelgewirr.

Die Umgruppierung des ionisierten Gases folgte einem bestimmten Schema, und er war sicher, nicht plötzlich davon betroffen zu werden. Er verschaffte sich einen Überblick über das scheinbare Chaos und hatte nach wenigen Minuten die Struktur der Verdrahtung und den wahrscheinlichen Leitungsfluß bei Betrieb erkannt. Behutsam löste er einige Steckverbindungen.

Kompatibel, dachte er, als er die Anschlüsse untersuchte. Eigentlich unmöglich, aber was hieß das schon.

Er legte eine der münzgroßen Cyberbuchsen in seiner Schläfe frei und stellte eine Verbindung her.

Es funktionierte tatsächlich. Die Cyborgimplantate in seinem Gehirn registrierten einen schwachen Datentransfer, und er brachte ein müdes Lächeln zustande.

Er ließ sich mit dem Datenfluß treiben und wurde kurzzeitig zu einem festen Bestandteil des komplexen Systems. Rasch zog er sich zurück, als er das erkannte.

Die Gefahr, die Orientierung zu verlieren, war zu groß. Aber was er wissen wollte, wußte er.

Er nahm einige Handgriffe an den Weichen vor und manipulierte damit die Plasmafelder.

Ihr einziger Sinn war, einen Energiefluß zu unterbinden, sobald Schäden oder Fehlfunktionen eintraten. Das war bei dem Beschuß, dem die MYSTERY ausgesetzt gewesen war, geschehen. Es fiel ihm nicht schwer, eine Überbrückung zu installieren und den Plasmafeldern weiszumachen, alles sei in Ordnung.

»Ich kann nicht sagen, wieviel Zeit wir haben, bis es zu einem Kurzschluß kommt oder die Überbrückung zusammenbricht.«

Er dachte an die bewegungslosen Roboter.

»Außerdem wird es mit Sicherheit ein Regulativ gegen unbefugten Zugriff geben, das über kurz oder lang eingreift.«

Vanessa Modesta blickte ihn ungeduldig an, nachdem er die Verkleidung der Konsole wieder angebracht hatte und sich erhob. Er ignorierte sie und widmete sich den Bedienungselementen.

Es dauerte nicht lange, dann erwachten mehrere LEDs zum Leben. Die verschiedenfarbigen matten Linien begannen in dumpfen Farbtönen zu leuchten.

»Na also!« stieß die Ärztin triumphierend hervor und gab Cy einen heftigen Klaps auf den Hintern.

Ohne sich ablenken zu lassen, ließ er seine Finger über eine unbeschriftete Tastatur fliegen.

Sie trat neben ihn und sah ihm eine Weile zu, ohne ein Wort zu sagen. Schließlich meinte sie: »Ich habe den Eindruck, daß Sie genau wissen, was sie tun. Oder hacken Sie wahllos auf der Tastatur herum?«

Cy schüttelte den Kopf. »Fällt Ihnen nichts auf?« Er zog eine verächtliche Grimasse. »Stellen Sie sich ein Terminal an Bord der PROMET IV vor. Oder an Bord eines anderen unserer Schiffe. Die Aufteilung ist exakt die gleiche. Ein Zufall ist nahezu unmöglich.« Er trat einen Schritt beiseite und nickte ihr auffordernd zu. »Na los, fordern Sie ein Listing der vorhandenen Zugriffsmöglichkeiten an.«

Sie sah ihn an, als hätte er den Verstand verloren. »Das grundsätzliche System des logischen Aufbaus mag das gleiche sein«, wehrte sie ab. »Aber woher soll ich die Buchstaben oder Symbole kennen, mit denen die Erbauer der MYSTERY arbeiten? Ich habe draußen am Öffnungsmechanismus der Schleuse welche gesehen, und ich konnte nicht das geringste damit anfangen.«

»Vergessen Sie sie. Sie machen einen Denkfehler.« Cy deutete auf das Terminal. »Keine Zeichen«, erklärte er. »Also lassen Sie sie außer acht. Sie wissen, welche Buchstaben auf welcher Taste bei einer terranischen Tastatur zu finden sind. Also richten Sie sich danach.«

Auf Modestas Stirn erschien eine steile Falte. »Ich kann Ihnen den Gefallen tun, aber Sie wissen so gut wie ich, daß das nicht funktionieren wird.« Sie ließ hörbar die Luft entweichen. »Es sei denn…«

Als sie den Abrufbefehl eingab, hatte sie den Eindruck, es an Bord der PROMET zu tun. Rechts von ihnen lief eine Informationskette über einen Monitor.

»Interstar!« stieß sie fassungslos hervor. »Aber das ist unmöglich.«

Interstar war die galaktische Verkehrssprache. Sie war von Linguisten verschiedener Planeten künstlich entwickelt worden, um den galaktischen Völkern eine gemeinsame Basis zur Kommunikation zu geben. Längst war sie allgemein anerkannt. Bedeutete dies, daß die MYSTERY, dieses gewaltige, phantastische Schiff, wie sie nie eins zuvor gesehen hatten, einem dieser Völker gehörte? Höchst unwahrscheinlich. Andererseits – niemand konnte genau sagen, wie weit sich Interstar bis heute im Universum verbreitet hatte oder wie alt diese Sprache wirklich war. Sie schüttelte den Kopf und konzentrierte sich auf die Arbeit.

Es gelang ihr, die Dateien des Bordcomputers abzufragen. Sie hielt inne und rief eine bestimmte ab. Wiederum war die Bildschirmausgabe in Interstar verfaßt.

»Sehen Sie sich das an«, stieß sie atemlos hervor. »Unsere Annahme war richtig. Das ganze Schiff ist ein fliegendes Gen-Labor. Diesen Daten zufolge muß es seit Jahren unterwegs sein. Offensichtlich hat es

Hunderte von Planeten angeflogen und sowohl die kompletten Genome als auch Exemplare der diversen einheimischen Spezies gesammelt. Leider gibt es keine Angabe, ob es sich dabei nur um Tiere oder auch um intelligente Wesen handelt.«

»Die anderen Maschinen«, warf Cy ein. »Sie schalten sich der Reihe nach ein.« Vanessa ignorierte seinen Einwurf. Die Informationen, die sie aus dem Bordcomputer erhielt, zogen sie in ihren Bann. Vermutlich waren sie mehr wert als jegliche technische Ausstattung der MYSTERY.

»Hier ist die Rede von einer Macht namens AVATARA... Vermutlich handelt es sich dabei um die Erbauer der MYSTERY... Sie leben in der... der Region hinter dem Schleier, was immer das auch bedeuten mag...«

Cy kniff die Augen zusammen. Plötzlich hatte er ein ungutes Gefühl. Er sah sich besorgt um.

»Da sind noch mehr Informationen«, rief Vanessa aufgeregt. »Es existiert ein Tor... ein Verborgenes Tor, heißt es hier. Das Tor ist der einzige Weg zu dieser Region hinter dem Schleier, aber...«

»Später!« Cy hatte ihre Schulter gepackt und riß sie herum, als ein durchdringender, auf- und abschwellender Ton einsetzte. »Ein Alarm! Anscheinend aktivieren sich sämtliche Schiffsfunktionen.«

Ein tiefes Grollen ließ ihn aufhorchen, eine Mischung aus Fauchen und Bellen. »Sie wachen auf«, erkannte Cy. »Die Monster wachen auf.«

11.

Da passiert etwas«, murmelte Patrick O'Healy, als er den ersten Energieimpuls ortete. Im nächsten Moment schlugen sämtliche Anzeigen voll aus. Er stieß die Luft aus und schüttelte den Kopf. »Ach du Scheiße«, entfuhr es ihm. Dann löste er den Alarm aus.

»Bitte etwas genauer, Major!«

Shalyn Shan trat hinter ihn und sah mit eigenen Augen, was der Ortungsspezialist meinte. Die MYSTERY erwachte aus ihrem

Dornröschenschlaf. Sie sprang in den Kommandantensitz und ließ sich die Werte übermitteln.

»In der MYSTERY scheinen sämtliche Systeme aktiviert zu werden.« O'Healys Stimme klang jetzt nüchtern und beherrscht. »Angezeigte Werte steigen sprunghaft weiter an. Energiepegel ist bereits dreimal so hoch wie auf der PROMET. Und steigt weiter.«

»Schutzschirm hoch?« rief Anake Takagawa dazwischen.

Die Moranerin warf ihm einen kurzen Blick zu, dann wandte sie sich wieder O'Healy zu. »Können Sie feststellen, ob sich Waffensysteme darunter befinden?«

»Negativ«, kam die prompte Antwort. »Es ist mir gelungen, die Waffen zu lokalisieren. Sie werden nicht gespeist, bedeuten also keine Gefahr für uns.«

»Dann verzichten wir auf die Schirme«, antwortete Shan erleichtert. »Vorerst jedenfalls. Aber sobald Energie auf die Waffen gelegt wird, wünsche ich sofort informiert zu werden.« Sie nickte dem Japaner zu. »Fahren sie den KSS dann ohne weiteren Befehl hoch.«

Takagawa nickte. »Aber denken Sie daran, daß wir Modesta und Cy damit aussperren.«

Die Kommandantin nickte stumm. Dieser Gefahr war sie sich bewußt.

Aber sie würde die PROMET IV nicht aufs Spiel setzen. Die Ärztin und der Cyborg hatten sich selbst in diese Lage gebracht.

»Ich glaube nicht, daß das passieren wird«, meinte sie. »Da wir keine Lebensformen in der MYSTERY angemessen haben, können nur unsere Leute die Energie eingeschaltet haben. Wie auch immer sie das gemacht haben mögen, sie werden mit Sicherheit nicht an den Waffenkontrollen hantieren.«

Ein Blick in das Gesicht des Astronavigators sagte ihr deutlich, was hinter seiner Stirn vorging. Wenn Cy und Modesta die Energielevels durch einen Zufall hochgefahren hatten, konnte es ebenfalls zu einem nicht geplanten Unglück mit den Waffenautomatiken kommen.

Gähnend betrat Lukas Hagen die Zentrale. Der Professor war geistesgegenwärtig genug, keine Fragen zu stellen, sondern sich in seinen Sitz fallen zu lassen und sich selbst einen Überblick über die Lage zu verschaffen.

»Haben Sie nochmal versucht, die beiden über Funk zu erreichen?«

»Ständig«, versicherte O'Healy. »Ich komme nicht durch.«

Ihre Überlegungen, Cyberjohn und Modesta auf die MYSTERY zu folgen, waren Makulatur. Dort drüben schien die Hölle los zu sein, und solange sie nicht genau wußte, was vor sich ging, würde sie kein weiteres Besatzungsmitglied in eine mögliche Gefahr schicken.

»Sind schon irgendwem die Lebensformsignale aufgefallen?« warf der Professor ein.

Alarmiert kontrollierte Shan die Instrumente. Fremde Lebenssignale bekam jedes Besatzungsmitglied angezeigt. Tatsächlich. Wie hatte sie das übersehen können?

»Ich habe sie ebenfalls!« Takagawas Stimme überschlug sich beinahe. »Es sind so viele, daß die Orter keine genauen Angaben machen können.« Er wischte sich über die Augen. »Aber ich bin ganz sicher, vor ein paar Sekunden waren sie noch nicht da.«

»Nicht nur die MYSTERY erwacht«, konstatierte die Moranerin. »Sondern auch ihre Bewohner. Major, versuchen Sie Funkkontakt herzustellen. Versuchen Sie es auf allen Frequenzen. Vielleicht haben wir mehr Glück als bei Cy und Vanessa.« Allerdings hatte sie da ihre Zweifel. Wie zur Bestätigung schüttelte O'Healy den Kopf.

Er murmelte unverständliches Zeug vor sich hin, während seine Finger nervös über die Schalttafeln seines Terminals huschten. Eben lieferten ihm seine Kontrollpulte neue Daten. Er baute ein Holodisplay auf, ließ einen kurzen Blick darüber wandern und es wieder in sich zusammenbrechen.

»Neuer Ärger«, brachte er mühsam beherrscht hervor.

»Von der MYSTERY gehen hyperenergetische Emissionen aus. Es scheint sich um einen gezielten Vorgang zu handeln, der die Parakon-Turbulenzen in Nähe der Sonne verstärkt.«

Erneut ließ er ein holographisches Display entstehen, um den anderen zu zeigen, was er meinte. Sich windende weißgraue Schlieren bildeten sich vor der Schwärze des Weltalls.

»Bedeutet das, ein Teil des Parakons tritt in unser Standarduniversum über?«

Die Moranerin hatte nie davon gehört, daß ein solcher Vorgang möglich war. Das Parakon war ein Über- oder Zwischenuniversum, selbst die besten moranischen Wissenschaftler waren sich da nicht einig. Nur eins stand fest: Das Universum, wie Terraner und Moraner es kannten, lag im Parakon eingebettet.

»Wenn es nur das wäre.« O'Healy stieß ein heiseres Lachen aus. »Dort draußen bildet sich ein Wurmloch.«

Ein paar Sekunden herrschte gelähmtes Schweigen. Dann durchbrach Lukas Hagens Stimme die Stille.

»Künstlich?«

»Was weiß ich. Vielleicht künstlich, vielleicht existiert es versteckt und wird durch die hyperenergetischen Emissionen zur Tätigkeit angeregt.« Er machte eine kaum merkliche Pause. »Jedenfalls nimmt die MYSTERY Fahrt auf. Sie steuert geradewegs auf das Wurmloch zu.«

Alle Anwesenden starrten schweigend auf ein Holodisplay, das O'Healys dramatisch klingende Worte untermalte.

»Na schön«, sagte die Kommandantin, während sie die PROMET IV auf einen Kurs brachte, der sie der MYSTERY in dichtem Abstand folgen ließ. »Wir können Modesta und Cy nicht im Stich lassen.«

»Ein Wurmloch«, kicherte Lukas Hagen begeistert. »Daß ich das noch erleben darf.«

Er machte eine weit ausholende Handbewegung, die das gesamte Universum zu umfassen schien. »Möglicherweise transportiert es uns ans andere Ende der Galaxis.« Die Moranerin antwortete nicht. Sie hatte so eine Vorahnung.

Wütendes Schreien und Fauchen verfolgte sie, als sie durch die Gänge hasteten. Mehr und mehr der unheimlichen Tiere erwachten. Sie tobten und keiften und fielen übereinander her. Vermutlich betrachteten sie Modesta und Cy als Leckerbissen, sozusagen als kleinen Snack zwischendurch. Mit dem Zusammenbruch der Stasisfelder breiteten sich schwere, übelriechende Ausdünstungen aus. Notgedrungen hatten sie versucht, den Funkkontakt zur PROMET IV wiederherzustellen, doch es ging nicht. Irgend etwas verhinderte jegliche Verbindung.

»Vorsicht!« schrie Cy. Aus schreckgeweiteten Augen machte die Ärztin einen huschenden Schatten aus, der von rechts oben auf sie zugeflogen kam. Sie ließ sich fallen und rollte sich seitlich ab. Ein nervenzerreißendes Kreischen war zu hören, dann drang der Gestank von verbranntem Fleisch an ihre Nase. Vanessa rappelte sich auf und sah einen verschmorten und entstellten Körper neben sich liegen. Verwirrt schaute sie zwischen dem Cyborg und dem toten Tier hin und her. Sie hätte nicht zu sagen vermocht, wie es zuvor ausgesehen hatte. Cy mußte ihm mit der noch immer erhobenen Blasterpistole mehr als einen Schuß verpaßt haben.

»Danke«, stammelte sie. »Vielen Dank. Ich glaube, das Ding hatte mich als Appetizer auserkoren.« Sie ärgerte sich darüber, daß sie nicht so vorausschauend gewesen war, ebenfalls eine Waffe mitzunehmen.

»Kommen Sie schon!« Cyberjohn half ihr auf die Beine. »Wir müssen sehen, daß wir weiterkommen. Anscheinend ist auch dieser Bereich nicht mehr sicher.«

Sie nickte, ratlos, in welche Richtung sie sich wenden sollten. Der Rückweg durch die Stasishalle war ihnen verwehrt. Die erwachten Monster hatten sie attackiert und zum Umweg durch eine andere Halle gezwungen. Dann hatten sie mehrmals die Ebenen gewechselt, aber inzwischen hatten sich die wildgewordenen Genschöpfungen überall verteilt. Und nun schien es, als ob sie sich in dem gewaltigen Modul verirrt hatten.

»Dort entlang«, beeilte Cy sich zu sagen, aber Vanessa sah ihm an, daß er ebenfalls unschlüssig war. Er zog sie mit sich, und sie war froh darüber, daß er die Initiative übernahm.

Die Halle, durch die sie sich bewegten, war viel höher als alle, die sie bisher betreten hatten.

Hügeliges Gelände war darin nachgestellt, mit üppiger Vegetation und gelegentlichen Wasserstellen. Manchmal hörten sie Tierschreie, gar nicht weit entfernt, aber im Unterholz und zwischen den Bäumen blieben die Monster unsichtbar.

Der Cyborg steckte den Blaster nicht wieder weg, sondern hielt ihn schußbereit vor sich. Ihm war klar, daß die Waffe kein Allheilmittel war. Eine Weile konnten sie sich die Bestien damit vom Hals halten, aber wenn sie sich sammelten und in größerer Zahl über die

Eindringlinge herfielen, würden sie der reinen Überzahl früher oder später unterliegen.

»Sehen Sie die Erhebung?« Zwischen lianenbehangenen Urwaldriesen deutete er auf den Kamm einer Geländeerhöhung, die relativ unbewachsen war. »Vielleicht können wir von dort oben aus sehen, wohin wir uns wenden müssen.«

Als sie sich in Bewegung setzten, erklang aus dem dichten Grün ein Fauchen wie von einer gewaltigen Raubkatze. Cy feuerte auf gut Glück in die Richtung, wo er die Bestie vermutete. Für einige Sekunden herrschte Ruhe, dann setzte das Fauchen umso wütender wieder ein. Sie beeilten sich, soweit es das sich verdichtende Unterholz zuließ. Bald glaubten sie wieder die penetranten Tierausdünstungen wahrzunehmen.

»Sie folgen uns«, vermutete Vanessa. »Ich glaube, sie wissen genau, wohin wir wollen, und kreisen uns ein.«

»Unsinn, dazu müßten sie über Intelligenz verfügen, und das tun sie nicht.«

Modesta lachte humorlos auf. »Sie haben wohl meine exobiologische Abhandlung ›Fremde Lebensformen‹ nicht gelesen? Dann wüßten sie, daß sich auf vielen Planeten Tiere, auch unterschiedlicher Gattungen, zusammentun, wenn sie eine gemeinsame, unterlegene Beute ausgemacht haben. Instinkte, mein Lieber, die mit Intelligenz nicht das geringste zu tun haben. Und in der Rolle der Beute befinden wir uns momentan.«

Wie zur Bestätigung ihrer Worte drang erneut das Fauchen zu ihnen herüber, und diesmal schien es aus mehreren Kehlen zu stammen. Dazwischen klang noch immer das Heulen des Alarms, aber es drang von weit oben zu ihnen herab und war kaum noch zu hören.

Sie hatten etwa die Hälfte des Wegs bis zu dem angepeilten Hügel bewältigt, als aus der Höhe tiefes Kreischen zu ihnen herunterdrang.

»Vögel«, sagte die Ärztin. »Aber wohl nicht von der Art, wie wir sie von der Erde her kennen.«

Sie machten den Fehler, gleichzeitig nach oben zu schauen und ihre Umgebung aus den Augen zu lassen. Direkt vor ihnen wurde das Unterholz auseinandergesprengt. Ein schulterhoher Graukittel brach stampfend daraus hervor und rannte die Gefährten über den Haufen, um sich augenblicklich herumzuwerfen und erneut zum Angriff überzugehen.

Modesta schlug mit dem Rücken gegen einen Baumstamm. Schmerz raste durch ihren Körper, und sekundenlang konnte sie sich nicht bewegen. Aus aufgerissenen Augen sah sie, wie das vor Aufregung zitternde Untier den Cyborg beinahe erreicht hatte. Es stieß ein triumphierendes Grunzen aus und riß das Maul auf. Unterarmdicke Hauer kamen zum Vorschein, als es sich vorwärtswarf. Cy riß den Blaster hoch und feuerte.

Das Monster sprang, als ihm der Feuerstoß in den Kopf fuhr. Es hatte nicht mal Zeit zu schreien. Vom eigenen Schwung getragen flog es über den Cyborg hinweg, nur noch ein spastisch zuckender Rumpf, an dem der Schädel fehlte.

»Cy, hinter Ihnen!« gellte Modestas Schrei, als das zweite Vieh seiner Art durchs Unterholz brach.

Trotz seiner Schnelligkeit hatte Cyberjohn keine Zeit zur Gegenwehr. Das Biest hatte ihn bereits erreicht, als er sich anschickte, die Waffe herumzureißen. Urweltliches, ohrenbetäubendes Schreien ließ der Ärztin das Blut in den Adern gefrieren. Zwischen den Baumwipfeln war ein gezackter Schnabel aufgetaucht, mannslang und weit aufgerissen. Blut tropfte daraus hervor, als hätte er eben erst Beute gemacht. Der nachfolgende Kopf bestand aus gewaltigen Glubschaugen und einem grellbunten, blutverschmierten Flaum, der schlanke, langgezogene Körper erinnerte an eine Mischung aus Schlange und Echse.

Geifernd stieß das Monster zu, als der Graukittel die Hauer hochriß. Es packte ihn in der Körpermitte und riß ihn auseinander. Die Schreie und der Todeskampf ließen den Boden und die Luft erzittern. Schmatzende Geräusche vermischten sich mit gewaltigem Stapfen.

Cy ließ sich zu Boden fallen, den Blaster im Anschlag, als mehrere der Graukittel wie aus dem Nichts erschienen, wütend, grunzend, tobend, und sich in einen einzigen Körper zu verwandeln schienen, in eine Dampfwalze, in einen Vernichtungsleib, der nur Töten und Fressen kannte.

Cy feuerte und feuerte. Ohne den Finger vom Auslöser des Blasters zu nehmen, schwenkte er die Waffe hin und her.

Brennende, vor Schmerzen wahnsinnige Kreaturen rannten reflexartig weiter, bis er ihnen im wahrsten Sinne des Wortes die Beine unter den versengten Körpern zerstrahlte. Der Schlangenechsenvogel warf dem Cyborg einen schiefen Blick zu, ohne Anstalten zu machen, ihn anzugreifen. Im Blutrausch stieß er seinen Schnabel in die gekochten Kadaver und riß riesige, dampfende Brocken aus ihnen heraus.

Unschlüssig hielt Cyberjohn die Waffe, riß sie hoch, als etwas seine Schulter berührte. Beinahe konnte er den Impuls nicht mehr unterdrücken, den Auslöser zu betätigen. Er starrte Vanessa an, und sie starrte ihn an. In seinen Augen erkannte sie, daß er um ein Haar das gleiche mit ihr gemacht hätte wie mit den Monstern.

»Weg hier«, stammelte sie. »Machen wir, daß wir hier wegkommen. Nur weg und weiter.«

Sie machten einen Bogen um das zufrieden sabbernde und schmatzende Flugtier, dessen Gier kein Ende zu kennen schien. Dann sprangen sie hinter einige Bäume und verloren es aus den Augen.

»Die Hölle«, wisperte Vanessa. »Diese Kreaturen sind die Hölle. Ich frage mich, welcher Wahnsinnige sie in die Stasisfelder gesteckt hat. Und wozu.«

»Wenn wir uns nicht beeilen, werden wir es niemals erfahren«, trieb Cy sie an. »Dann enden wir nämlich doch noch in einem fremden Magen.«

Sie sah ihn an und grinste. Dann schüttelte sie begreifend den Kopf. Nein, er hatte es so gemeint, wie er es gesagt hatte. Trocken und ernst. Und sie hatte tatsächlich fast gedacht, der Cyborg hätte einen Scherz gemacht. Aber das würde sie niemals erleben, und wenn sie das hier tausendmal überstanden.

»Wir haben nur einen Teil der MYSTERY gesehen«, überlegte die Exobiologin. »Wer weiß, auf was wir noch stoßen würden, wenn wir mehr Zeit hätten.«

»Aber wir haben keine Zeit«, gab Cy zu bedenken. Sie rannten weiter.

Obwohl sie weiterhin von fremden Schreien und Tierstimmen begleitet wurden, bekamen sie in der Folgezeit keine der Kreaturen zu Gesicht. Allerdings beruhigte sie diese Tatsache keineswegs. Beiden war klar, daß sie ständig auf den nächsten Angriff vorbereitet sein

mußten. Bestärkt wurden sie in diesem Wissen durch die Häufigkeit und die Fülle der unheimlichen Rufe. Beides nahm nämlich ständig zu. Modesta ging nicht aus dem Kopf, was sie Cy über das instinktive Zusammenrotten unterschiedlicher Jäger gesagt hatte. Von Minute zu Minute wuchs in ihr die Überzeugung, daß es auch in diesem Fall so war.

Dennoch erreichten sie unbeschädigt den Hügel, den sie aus der Ferne gesehen hatte. Er mochte an die vierzig Meter hoch sein und überragte damit selbst die höchsten der Urwaldriesen noch um ein Stück.

»Ein Trampelpfad.« Mit ausgestrecktem Finger deutete Vanessa nach links hinüber. »Der deutet allerdings darauf hin, daß nicht alle Lebewesen an Bord der MYSTERY in Stasisfeldern gefangengehalten wurden. Seiner deutlichen Ausprägung zufolge scheint er häufig benutzt worden zu sein.«

»Es kann auch sein, daß er wie die Landschaft und die Flora der Erholung der Besatzung diente.« Aber, dachte Cy selbstkritisch, wir haben von der Crew noch keine Spur gefunden. Nur die Monster und die deaktivierten Roboter. Vielleicht arbeitet das Schiff vollautomatisch...

»Wie dem auch sei. Allein die Existenz dieses Geländefragments setzt eine Benutzung voraus«, begehrte die Exobiologin auf. »Ansonsten hätte sich nämlich niemand die Mühe gemacht, es zu erschaffen.«

Cy nickte stumm, während sie dem Pfad folgten.

Der feste Untergrund wurde bald lockerer und ging in Sand über, und sie bemerkten, daß sie Spuren hinterließen. Das hatte einen Vorteil und einen Nachteil. Es bewies, daß der Pfad zuvor nicht benutzt worden war, jedenfalls nicht in letzter Zeit. Andererseits konnte man ihnen problemlos folgen. Doch das war nicht tragisch. Wilde Tiere pflegten sich zumeist auf ihren Geruchssinn zu verlassen, und nicht auf Fußabdrücke.

Sie hasteten den Weg entlang, während die Tierstimmen kurzzeitig zurückblieben. Bald holten sie jedoch wieder auf. Einmal raschelte es zu ihrer Rechten verdächtig im Gebüsch, und Cy zerblasterte einen Teil des Unterholzes. Ein erbärmliches Wimmern zeigte ihm, daß er nicht nur Pflanzen getroffen hatte. Dann durchstießen sie die Baumwipfel. In einiger Entfernung über ihnen hing kopfüber ein ausgedehnter Maschinenpark. Vereinzelt waren dort Bewegungen zu erkennen.

»Wieder die umgekehrte Gravitation«, stellte Vanessa Modesta fest. »Hoffentlich fällt sie nicht plötzlich aus, und irgendwas fällt uns auf den Kopf.«

Humorlos starrte der Cyborg sie an, und sie stöhnte unterdrückt auf.

»Kennen Sie Buster Keaton?« fragte sie. »Nein? Terranische Filmgeschichte. Der hat angeblich auch nie gelacht. Ach, vergessen Sie's.«

Sie drehte sich einmal um sich selbst und ließ den Blick über den Urwald wandern. In der Ferne bewegten sich Scharen fliegender Schatten. In diese Richtung würde sie nichts zurückbewegen. Doch vor ihnen sah es vielversprechender aus. Dort erstreckte sich eine nicht ganz transparente Wandung, die ihnen den Blick in den freien Raum gestattete.

»Die angeflanschten Karabiner. Dort oben«, sagte Cy. »Wir sind in die richtige Richtung gegangen. Etwas tiefer liegt der Verbindungsschlauch zum angrenzenden Segment. Wir müssen möglichst kurz vor der Wand eine Möglichkeit finden, in die tieferen Ebenen zu gelangen.« Er deutete nach unten. »Der Pfad führt wieder abwärts und scheint auf dieser Seite weiterzugehen.«

Ein Stück weit war der Pfad noch zu sehen, weil die Vegetation auf der vor ihnen liegenden Seite weniger dicht war. Weiter vorn verlor er sich zwischen aufgetürmten Felsbrocken.

Stumm setzten sie sich in Bewegung, halb rennend, halb vorwärtsstolpernd. Cy hatte dabei kaum Probleme und mußte immer wieder innehalten, um auf die Bordärztin zu warten. Sein operativ mit dem Körper verbundenes Exoskelett verlieh ihm Ausdauer und Schnelligkeit, bei denen kein normaler Mensch mithalten konnte.

Bald wurde der Pfad schmaler, und das undurchdringliche Grün wucherte beinahe bis an ihn heran. Wenn eins der feindlichen Biester intelligent genug war, sich in seinem Schutz stumm heranzuschleichen, blieb Cy und Modesta keine Zeit mehr zu einer Reaktion. Daher feuerte der Cyborg zur Abschreckung gelegentlich kurze Feuerstöße ins Unterholz. Dann sahen sie die Wandung des Moduls. Verzweifelt hielten sie nach einem Abstieg in die tiefer liegenden Ebenen Ausschau. Hoffentlich irrten sie sich nicht, und der Pfad lief ins Leere und endete unvermittelt. Plötzlich brach das Lärmen der Monster wieder aus, und es kam aus allen Richtungen.

»Sie haben uns eingekreist!« schrie Vanessa, als die erste Bestie aus dem Grün sprang, ein gorillaähnliches Ungetüm mit zwei Armpaaren. Das obere wirbelte angriffslustig durch die Luft, während das untere wütend auf den Boden trommelte. Gleich dahinter folgten zwei kräftige, schuppenbewehrte Vierbeiner mit peitschenden Schwänzen, die das Unterholz wie Blätter zur Seite wirbelten.

Cy schoß, während sich Vanessa nach vorne warf und mit einem Hechtsprung dem Zugriff der vier Arme entging. Das Ungeheuer schrie auf, tödlich getroffen, dafür tauchte eine buntschillernde Kugel auf, die nur aus Sehnen und Tentakeln zu bestehen schien. Und dann folgte der Großangriff. Ein Monster nach dem anderen sprang zwischen den Bäumen hervor, und jetzt kamen sie auch von der anderen Seite.

Cy feuerte und feuerte, doch es war eine Frage von Sekunden, bis eins der Monster ihn erwischte.

»Hier!« schrie Modesta plötzlich. »Hier ist die Schachtöffnung.«

Der Cyborg zerblasterte die vorderste Front der Angreifer, als ein Tentakel auf ihn zugepeitscht kam und ihn mit voller Wucht vor die Brust traf. Er wurde nach hinten gewischt und verlor den Boden unter den Füßen. Sofort setzten die Angreifer nach. Während er sich nach hinten abrollte, sah er Vanessa.

»Kommen Sie schon!« gellte ihre Stimme zu ihm herüber.

Sie ließ sich in die Öffnung fallen und sank tiefer, und Cy rollte einfach weiter und feuerte dabei mit ausgestreckten Armen über dem Kopf. Eine gewaltige Pranke schlug ein Loch in den Boden, wo eben noch sein Kopf gewesen war, und dann fiel das Monster gurgelnd und qualmend vornüber und brachte zwei andere ins Stolpern, und der Energiestrahl fraß sich zischend in sie hinein. Cy spürte die Kante des Schachtes und kippte vornüber. Er drehte sich einmal um sich selbst und warf den Kopf in den Nacken, und tatsächlich, sie folgten ihm. Allerdings fehlte ihnen jetzt die Bewegungsfreiheit, und er konnte sie wie Tontauben abschießen, sobald sie von dem abwärts führenden Kraftfeld erfaßt wurden.

Unter sich hörte er einen spitzen Schrei Vanessas. Am Grund des Schachtes warteten sie bereits, Dutzende von ihnen. Aus! dachte er, als er in die geöffneten Mäuler und die gierig gebleckten Zahnreihen blickte.

»Halten Sie sich fest!« schrie er.

Vanessa streckte die Arme aus und bekam seine Beine zu fassen und zog sich an ihm hoch, bis sie auf einer Höhe waren.

Noch zehn Meter.

Cy feuerte wieder, jetzt nach unten, und der Energiestrahl fraß schwarze Wunden und verkohlte Klumpen, doch die Monster wurden nicht weniger, und es entstand keine Lücke. Von den Seiten strömten sie herbei, zu viele, als daß er sie alle mit dem Blaster hätte vernichten können. Mit einem raschen Blick überzeugte er sich, daß nun auch von oben die ersten nachkamen.

Noch fünf Meter!

»Mein Gott, was ist das?«

Modestas zitternde Hand deutete nach unten, und Cy sah, was sie meinte. Ein Monster, schrecklicher als alle, die sie bisher zu Gesicht bekommen hatten, stürmte von hinten heran. Eine aufrecht gehende Heuschrecke, größer als ein Mann und mit einem rötlich-goldenen Chitinpanzer bewehrt. In wilder Raserei kam sie auf zwei Beinpaaren heran, und dann erkannte er entsetzt, daß sie martialische Waffen in ihren vier sechsfingrigen Klauenhänden hielt. Mit einem gewaltigen Sprung über fünfzehn Meter erreichte sie die anderen Monster.

»Das war es dann wohl«, flüsterte die Ärztin und klammerte sich an Cyberjohn. »Und es ist meine Schuld.«

Noch drei Meter!

Cy und Vanessa waren jetzt direkt über den tobenden Monstern. Furchterregende Köpfe streckten sich ihnen entgegen. Schnäbel, Reißzähne, krallenbewehrte Pranken und Tatzen, Scheren und Spitzhörner. Der Cyborg feuerte ohne Unterbrechung und trat mit den Füßen aus. Dann brach die Hölle los.

Mit einem donnernden Grollen erreichte die Heuschrecke die Ungeheuer und preschte in die ersten Reihen hinein. Vanessa lief es bei dem animalischen Wutausbruch kalt über den Rücken. Überrascht starrte sie die Heuschrecke an, die auf die anderen Monster losging und die Waffen sprechen ließ. Mit der Rechten des oberen Armpaares holte sie weit aus und ließ einen stachelbewehrten Morgenstern niedersausen. Unter der Wucht des Aufpralls zerplatzte ein Kopf und wurde in den dazugehörigen Körper geschmettert. Mit einem weiten Satz flog die Heuschrecke auf die andere Seite der Ungeheuer und fuhr herum. Ihr Schwert zischte durch die Luft und verwandelte einen erbärmlich jaulenden Vierbeiner in einen blutigen Haufen.

Unruhe kam in die Bestien, und Cy witterte Morgenluft. Er riß den Blaster herum und schuf qualmende und stinkende Kadaver gleich unter sich. Vanessa und er fielen direkt in einen dampfenden Haufen verschmorten, teilweise noch zuckenden Fleisches.

Cy vollführte eine Drehung und zerschmolz, was ihnen zu nahe kam.

»Die Heuschrecke!« schrie Vanessa. »Sie hilft uns. Passen Sie auf, daß Sie sie nicht treffen!«

Cy schnaufte. Daß eins der Monster auf die anderen losging, bedeutete für ihn noch lange nicht, daß es das ihretwegen tat. Dennoch bemühte er sich, nicht in die Richtung des tobenden Berserkers zu feuern.

Ihr unerwarteter Helfer rammte eine Axt seitlich in einen gebückt gehenden Zweibeiner, dessen Klauen gefährlich aufblitzten, und spaltete den Körper. Er warf seinen gesamten Körper nach vorn, seine drei Waffen gleichzeitig einsetzend, hieb, stach und schlug wild in alle Richtungen.

»Sie schlägt eine Schneise«, zischte Vanessa. »Genau in der Richtung, in die wir müssen.«

Cy reagierte instinktiv. Er warf sich nach vorn und tauchte zwischen zwei Angreifern durch, rollte sich in ihren Rücken und streckte sie nieder. Ihr martialisches Fauchen erstarb in gurgelndem Geröchel. Vanessa lief los und flog mit einem weiten Hechtsprung über die Kadaver hinweg. Auf der rechten Seite hatte sie vor sich eine Lücke ausgemacht, und dahinter wütete die Heuschrecke, die sie beinahe erreicht hatten. Die Ärztin sprang auf die Beine und zog Cy mit sich, der unablässig weiterfeuerte. Vor ihnen wuchs die Heuschrecke in die Höhe. Sie wirkte bedrohlicher als die meisten anderen Monster, die sie zu Gesicht bekommen hatten. Ihr rötlich-goldener Chitinpanzer war blutbefleckt, in ihren schwarzen Facettenaugen lag ein eigenartiger Schimmer. Ohne sich um die beiden Menschen zu kümmern, setzte sie ihre Waffen ein, die vom Rot des Blutes glänzten. Wenn der Morgenstern ein Opfer fand, knackte es, daß es Vanessa durch Mark und Bein ging.

Die Ärztin mußte sich zwingen, sich nicht umzudrehen und zu flüchten. Sie warf Cy einen kurzen Blick zu und konnte auch in seinen Augen die Verunsicherung lesen. Eine Falle? Würde die Heuschrecke über sie herfallen, sobald sie für einen Moment unachtsam waren?

Unsinn, dachte sie. Ein solches Schauspiel war nicht nötig. Ohne das überraschende Eingreifen der Heuschrecke wären Cy und ich den Monstern längst zum Opfer gefallen. Wir müssen ihr vertrauen.

Hinter ihnen waren jetzt keine Gegner mehr, der Fluchtweg schien frei. Dafür tauchten von der anderen Seite weitere auf, und auch von oben quollen sie herab, getragen von dem Antigravfeld, um zu den anderen zu stoßen. Als hätten sie eine unbekannte Beziehung zueinander, wuchs ihr Toben beim Anblick der Kadaver weiter an. Kein Gedanke mehr daran, übereinander herzufallen. Sie hatten nur noch ein gemeinsames Ziel – die Menschen.

Für den Bruchteil einer Sekunde hielt Vanessa inne. Einer plötzlichen Eingebung folgend, wandte sie sich an die Heuschrecke, »Kommst du mit uns?« fragte sie auf Interstar.

Interstar! Cy starrte sie an, als hätte sie den Verstand verloren. Dann begriff er. Die Heuschrecke mußte über Intelligenz verfügen. Dieser zielgerichtete Einsatz der Waffen folgte keinem instinktiven Muster. Und wenn die unbekannten Erbauer der MYSTERY Interstar sprachen, dann...

»Sir Klakkarakk, ganz zu Ihren Diensten«, kam die Antwort, die ihm die Sprache vorschlug, ebenfalls auf Interstar. Bei ihren Worten ließ die Heuschrecke die Waffen nicht eine Sekunde lang ruhen. »Der edle Ritter von Quog aus dem Volke der Quogoren.«

»Dann los jetzt!« peitschte Cy die anderen voran.

Der Weg hinter ihnen war frei. Gemeinsam liefen sie los, verfolgt vom Brüllen und Schreien, Fauchen, Knurren und Heulen der entfesselten Lebensformen in ihrem Rücken. Er fragte sich, wie die Monster aus der Halle mit den Stasisfeldern in den Maschinenpark gelangt waren, durch den sie hetzten. Sie mußten einen anderen Abstieg gefunden haben. Bei der Ausdehnung der Hallen erschien nur logisch, daß es mehr als einen davon gab. Hin und wieder warf er den Kopf nach hinten und gab einen ungezielten Schuß ab, der nicht viel Unheil unter ihren Verfolgern anrichtete. Irgendeine der Bestien traf er immer, aber es waren zu viele. Er hatte den Eindruck, daß inzwischen sämtliche Stasisfelder erloschen waren. Und alles, was sich darin befunden hatte, war ihnen auf den Fersen. Nur ein paar Meter, und der Abstand vergrößerte sich nicht.

»Schneller!« schrie er. »So entkommen wir ihnen nicht!« Er dachte an die Schleuse, durch die sie mußten. Von der anderen Seite hatte sie sich durch eine einfache Berührung betätigen lassen, aber er rechnete mit dem schlimmsten. Vielleicht würde er auf dieser Seite sekundenraubende Schaltungen vornehmen müssen.

Der Quogore zischte mit einem weiten Sprung an ihm vorbei und federte sich spielerisch leicht mit seinen zwei Beinpaaren ab. Er hielt inne und gestikulierte mit seinen Waffen.

»Schneller«, wiederholte er, und es klang spöttisch. »Schneller. Aber wenn ich schneller mache, kommen die Kinger nicht mit. Sir Klakkarakk meint es immer gut, aber er ist zu bedauern.«

Kinger! Der Quogore hielt sie für Kinger – für Wikinger! Vielleicht rettete ihnen der Umstand dieser Verwechslung das Leben. Cy rief sich ins Gedächtnis, was er über dieses Volk wußte. Die Wikinger waren Humanoide aus dem Algol-System, absolut menschenähnlich, was das Aussehen betraf. Es war also kein Wunder, daß dieser selbsternannte edle Ritter sie verwechselte. Die Wikinger lebten in der Art mittelalterlicher Fürsten der Erde in finsteren Burgen. Der Planet hatte nur eine kleine Bevölkerung, war aber so unfruchtbar, daß er nicht mal die ernähren konnte. Da er ebenfalls arm an Rohstoffen und Bodenschätzen war und keinen Handel ermöglichte, gingen die in Sippen lebenden Wikinger, die sich selbst Kinger nannten, dem Gewerbe der interstellaren Piraterie nach, was sie bei fast allen bekannten Völkern der Galaxis mehr als unbeliebt machte. Nachdenklich nickte er. Na gut, dann waren sie eben Wikinger auf Zeit. Er beschloß, den Irrtum erst später aufzuklären. Vielleicht würde der Quogore sonst seine Meinung, ihnen beistehen zu müssen, ändern.

»Die Schleuse!« zischte Cy und warf einen Blick nach hinten. Inzwischen hatten sie doch ein paar Meter Vorsprung mehr herausgeholt. »Vanessa, nehmen Sie den Blaster.«

Die Ärztin griff nach der Waffe. Sie konnte sich denken, welche Gedanken den Cyborg beschäftigten. Hoffentlich hatte sich die Schleuse nicht mit den Ungeheuern verschworen. Im Laufen checkte sie den Ladezustand der Waffe.

»Überhitzung«, stieß sie atemlos hervor. »Noch ein paar Schüsse, und das Ding fliegt uns um die Ohren.«

Cy sparte sich eine Erwiderung. Er hatte den Umstand bereits zuvor festgestellt. Sie durften eben nicht mehr schießen, sondern mußten schnell genug sein. Und wenn die Monster sie doch noch erreichten, blieb ihnen nichts anderes übrig, als auf Sir Klakkarakk zu vertrauen.

Der Quogore huschte indessen voraus und erreichte das Schleusenschott als erster. Unschlüssig stand er davor und starrte es an. Er legte eine seiner vier Hände auf eine seitlich vom Schott eingelassene Sensorplatte, doch nichts geschah.

»Technik«, sagte er. »Nichts für mich.« Er schnaufte vernehmlich und machte seine Waffen bereit. »Ist eine Sache für die Kinger.« Damit hob er den Morgenstern über seinen Kopf und ließ ihn bedrohlich kreisen. Die heranstürmenden Bestien zeigten sich davon wenig beeindruckt. Ihr markerschütterndes Toben kündete von ihrer Mordlust.

Cy ließ eine Handfläche auf das Sensorfeld klatschen. Zu seiner Überraschung fuhr das Schott zischend auf, obwohl es auf den Quogoren nicht reagiert hatte.

Nacheinander sprangen sie in die enge Schleuse. Plötzlich kam etwas herangeflogen. Vanessa nahm die Bewegung aus dem Augenwinkel wahr und schoß. Ein wütendes Kreischen raste an ihrem Ohr vorbei, ohne zu verstummen.

»Die Wandung des Schlauchs!« schrie Cy.

Vanessa fuhr mit der Waffe herum. Natürlich! Wenn das Material einem Blasterschuß nicht standhielt, würden sie ins All gerissen.

»Schließen Sie die Schleuse!« Dann sah sie, daß es nicht möglich war. Ein paar der Monster waren heran und blockierten das Schott. Scheiß drauf, dachte Vanessa. Nichts mehr zu verlieren. Sie betätigte den Auslöser der Waffe und feuerte. Vor ihr vergingen die Ungeheuer mit elendem Geschrei. Hinter sich hörte sie Schreie. Das Schott schloß sich noch immer nicht. Sie warf den Kopf herum.

Sir Klakkarakk zerschnitt das fliegende Biest, das sich in Cys Montur verbissen hatte, bis nur noch der Kopf dort hing. Der Cyborg riß ihn ab und stöhnte unterdrückt auf, während sich auf der Montur ein blutiger Fleck abzeichnete. Einzig seine spezielle Körperbeschaffenheit verhinderte, daß er fiel. Vanessa feuerte wieder auf die Schottöffnung. Fleischfetzen hingen dort. Sie sprang vor und trat sie zur Seite. Das Schott ruckte an und glitt zu. Im letzten Moment schleuderte sie den Blaster durch die Öffnung.

Der gewaltige Donner der Explosion ließ sie zusammenzucken. Aus aufgerissenen Augen starrte sie die Schleuse an. Eine Sekunde verging, dann noch eine. Sie schienen Ewigkeiten zu dauern.

Dann ließ sie hörbar die Luft entweichen.

»Sie hat gehalten«, stellte sie tonlos fest, während sie sich vorzustellen versuchte, was von dem Verbindungsschlauch und den Ungeheuern übriggeblieben sein mochte.

»Die MYSTERY hat ein Kraftfeld aufgebaut«, verkündete der Prof alarmiert. »Eine Art Schutzschild, der auch die PROMET einschließt.«

Seit zwanzig Minuten folgten sie der MYSTERY nun schon in Richtung der Sonne Hope, die vor ihren Augen allmählich größer wurde.

Die sichtbaren Ausprägungen des Wurmlochs hatten ständig an Intensität zugenommen.

Was zunächst ein unsichtbares, hyperphysikalisches Gewitter aus Blitzen und energetischen Verwirbelungen gewesen war, hatte sich nach und nach nahe bei der Sonne manifestiert und lieferte einen optischen Abdruck des Phänomens. Mittlerweile war es stabilisiert und schien seinen Endzustand erreicht zu haben – den Zustand, in dem seine Benutzung als Transportmedium in einen anderen Bereich des Universums möglich war.

»Sie erhöht die Geschwindigkeit«, gellte Anake Takagawas Stimme durch die Kommandozentrale. »Kein Zweifel mehr möglich. Sie rast genau auf das Wurmloch zu.«

Shalyn konnte ihren Blick nicht von dem Holodisplay losreißen, auf dem das Wurmloch zu sehen war. Es bildete eine dunkelblaue Spirale vor dem Schwarz des Weltalls, in der sich milchige Schlieren im Kreis an der äußeren Peripherie entlangbewegten. Lichtkaskaden zuckten aus seinem Inneren hervor und erweckten den Eindruck eines Wetterleuchtens.

»Besteht die Möglichkeit, erfolgreich gegenzusteuern?« fragte sie mit aller Ruhe, zu der sie fähig war. »Können wir aus dem Kraftfeld ausbrechen?«

»Unwahrscheinlich.« Das schwere Atmen war in O'Healys Stimme nicht zu überhören. »Die Feldstärke ist etwa doppelt so hoch wie die unseres KSS. Unsere Maschinen wären binnen kürzester Zeit überlastet und würden zusammenbrechen.«

»Dann schalten wir sie ganz aus und lassen uns treiben«, entschied die Kommandantin, als sie daran dachte, daß der Cyborg und die Ärztin sich noch immer auf dem anderen Schiff aufhielten. Sie unterbrach den Energiefluß zu den DeGorm-Triebwerken und überflog die Kontrollen. Die PROMET IV beschleunigte weiter im Sog der MYSTERY. Wenn nicht ein Wunder geschah, war das Verhängnis nicht mehr aufzuhalten. Sie würden in das Wurmloch stürzen. Und an Wunder glaubten nur einige versponnene Terraner. Die Frage war nur, wo sie herauskommen würden. Und ob es eine Rückkehrmöglichkeit gab. War die universelle Passage auch von der anderen Seite aus benutzbar?

Shalyn sah den plötzlich auftretenden Ausdruck des Erstaunens in Takagawas Gesicht. Unwillkürlich folgte sie seinem Blick.

Vanessa Modesta und Cy kamen eben in die Zentrale gestürzt. Und sie waren nicht allein. Ein riesiges Wesen von furchteinflößendem Äußeren folgte ihnen, eine aufrecht gehende Heuschrecke von etwa zweimeterzwanzig Körpergröße. Sie bewegte sich auf zwei Beinpaaren voran und stieß grollende, dunkle Laute aus. Sie verfügte über einen rötlich-goldenen Chitinpanzer und betrachtete die Kommandantin aus zwei faustgroßen, schwarzen Facettenaugen.

»Bei den Cegiren!« entfuhr Shalyn die alte moranische Redewendung.

»Kein Grund zur Panik«, schrie der Cyborg und wedelte mit den Händen, damit niemand zu einer Fehlreaktion verleitet wurde. »Das ist ein Freund.«

»Sir Klakkarakk«, stellte sich das Wesen mit einer tiefen, grollenden Baßstimme vor. »Der edle Ritter von Quog. Ganz zu Ihren Diensten.«

Die Moranerin bemerkte nur beiläufig die martialischen Waffen, mit denen die Heuschrecke ausgerüstet war. Morgenstern, Schwert und Axt aus einem rötlichen Material, anscheinend aus Chitin wie der Panzer des Wesens. Sie schienen noch vor kurzem benutzt worden zu sein, denn deutliche Anzeichen von Blut waren zu erkennen. Auch Vanessa und Cy wirkten, als kämen sie geradewegs aus einem Kampf. Der Cyborg blutete aus einer Wunde an der Brust. In diesem Moment wunderte es Shalyn nicht mal, daß sich der Fremde der galaktischen Verkehrssprache Interstar bediente.

»Wir versuchen einen Ausbruch!« befahl sie. »Alle hinsetzen und anschnallen!«

Neben den drei Plätzen vor den Kontrollpulten verfügte die Kommandozentrale über drei weitere Notsitze. Cy und Vanessa ließen sich in die beiden freien Sessel fallen, während der Quogore in den beiden Beinpaaren einknickte und sich mit den sechsfingrigen Klauenhänden seiner Armpaare festklammerte.

Die PROMET IV bäumte sich auf, als die Kommandantin die Maschinen wieder einschaltete und Schub gab.

Es gab einen kurzen Ruck, als sie sich von dem fremden Kraftfeld losriß und gleich wieder eingefangen wurde. Sie hatten nicht genügend Schubkraft entgegenzusetzen. In der Antriebssektion steigerte sich das sanfte Summen der DeGorm-Turbos zu einem infernalischen Kreischen, doch noch immer waren sie an die MYSTERY gekettet. Shalyn fuhr die Leistung der Maschinen bis an den kritischen Punkt hoch. Irgendwo gab es eine Explosion. Beißender Gestank drang in ihre Nase.

»Sinnlos«, brachte sie hervor und gab auf. Augenblicklich ebbte der Geräuschpegel ab. Cy betrachtete regungslos das holographische Display. Er hatte keine großartigen Erklärungen gebraucht, um zu erkennen, was geschah. Plötzlich fielen ihm die Informationen ein, die Vanessa vom Bordcomputer der MYSTERY abgerufen hatte. Das Verborgene Tor, dachte er. Dieses Wurmloch ist das Verborgene Tor! Natürlich! Und es führt in die Region hinter dem Schleier... dem Schleier aus der kosmischen, undurchdringlichen Staubwolke um Katai!

Oder sollte er sich irren?

Die MYSTERY und die PROMET IV in ihrem Schlepp rasten mit irrwitzigen Werten auf das Wurmloch zu. Die Lichtkaskaden in seinem Inneren verstärkten sich und schlugen den beiden Schiffen entgegen, erfaßten sie und zogen sie zu sich heran. Schräg darüber, in hundert Millionen Kilometern Entfernung, loderte der Atomofen der Sonne Hope.

»Hyperenergetische Turbulenzen erfassen uns.« O'Healy starrte seine Instrumente und dann die Besatzungsmitglieder der Reihe nach an. »Sie sind von einer Stärke, wie ich sie nie zuvor kennengelernt habe.«

»Hoffentlich vernichten sie uns nicht«, flüsterte Vanessa Modesta. »Hoffentlich...«

Plötzlich füllte grelles, blendendes Licht die Zentrale. Eine letzte Erschütterung ließ die Schiffshülle wie eine Glocke dröhnen.

Dann stürzten die MYSTERY und die PROMET IV in das Wurmloch...

RAUMSCHIFF PROMET - NEUE ABENTEUER

Band 2

Die Meister des Lebens

Konrad Schaef, W. A. Hary

Jagd im Cyberspace auf den virtuellen Anführer der terroristischen Gaia-Front, Adamson. Das Cyberspace ist jedoch sein Reich, ein Mord in der virtuellen Welt für Adamson ein Kinderspiel. Vivien Raid, Arn Borul und der genial-exzentrische Cyberspezialist Song Wong befinden sich in dieser Welt.

Die PROMET befindet sich unterdessen manövrierunfähig im Orbit von Orawarna 7, dort bereiten *Die Meister des Lebens* barbarische Kämpfe vor.

RAUMSCHIFF PROMET-NEUE ABENTEUER ist eine actionreiche Space Opera vor dem Hintergrund der RP-CLASSIC-Serie, mit einer neuen Crew und neuen Akteuren auf der galaktischen Bühne, ohne aber die alten Helden zu vergessen. Die Exposés zur Serie schreibt Thomas Ziegler.

UNSER LIEFERBARES VERLAGSPROGRAMM

BLITZ - PHANTASTISCHE ROMANE
Band 00, *Clark Darlton* - Die Zeit ist gegen uns (UTO 1)
Band 00, *William Voltz* - Die letzten Menschen der Erde (UTO 2)
Band 01, *Ronald M. Hahn* - Auf der Erde gestrandet
Band 02, *Peter Terrid* - Im Reich der Jadegöttin
Band 03, *Horst Pukallus* - Der Moloch von Moordendijk
Band 04, *Werner K. Giesa* - Mutabor
Band 05, *Jörg Kaegelmann* - Twister
Band 06, *Hugh Walker* - Das Signal
Band 07, *Kurt Mahr* - Der lange Weg zur Erde (UTO 3)
Band 08, *Manfred Wegener* - Die Verbannten (UTO 4
Band 09, *Thomas Ziegler* - Alles ist gut (UTO 5)
Band 10, *Thomas Ziegler* - Kleinigkeit für Reinkarnauten
Band 11, *Rainer Castor* - Gea, die vergessene Welt
Band 12, *Hugh Walker* - Drakula
Band 13, *Hugh Walker* - Die Hölle in mir
Band 14, *Hugh Walker* - Die Totenweckerin
Band 15, *Hahn & Pukallus* - Alptraumland
RAUMSCHIFF PROMET - CLASSIC
Band 01, *Kurt Brand* - Als der Fremde kam
Band 02, *Kurt Brand* - Gestrandet auf Suuk
Band 03, *Kurt Brand* - Raumsprung nach Moran
Band 04, *Kurt Brand* - Planet der Hoffnung
Band 05, *Kurt Brand* - Sternengespenster
RAUMSCHIFF PROMET - NEUE ABENTEUER
Band 01, *Thomas Ziegler* - 2107-Vorstoß nach Katai
Band 02, *Thomas Ziegler* - Die Meister des Lebens
Band 03, *Thomas Ziegler* - Das Haus des Krieges
Band 04, *Thomas Ziegler* - Entscheidung auf Toschawa
Band 05, *Thomas Ziegler* - Das Tribunal der Häuser
RAUMSCHIFF PROMET - STERNENABENTEUER
Band 01, *Manfred Wegener* - Am Abgrund der Zeit
MACABROS
Band 01, *Dan Shocker* - Der Monstermacher
Band 02, *Dan Shocker* - Die Geisterhöhlen
LARRY BRENT
Band 01, *Dan Shocker* - Im Kabinett des Grauens
Band 02, *Dan Shocker* - Die Treppe ins Jenseits
DAVID MURPHY
Band 01, *Wallon & Munsonius* - Jenseits der Finsternis
LARRY BRENT - DIE GEHEIMEN X-AKTEN DER PSA
Band 01, *Manfred Weinland* - Das Kind der Toten